LE ROMAN ET LE RÉCIT DU MOYEN ÂGE AU XXIe SIÈCLE

Abbé Prévost, *Manon Lescaut*

Manon Lescaut ou l'*Histoire du chevalier des Grieux et de Manon Lescaut* selon son titre premier est un court récit qui s'insère dans un ensemble romanesque plus vaste, dont il constitue le septième et ultime tome : les *Mémoires d'un homme de qualité*, publiés entre 1728 et 1731, narrant la vie du marquis de Renoncour, personnage inventé par le tumultueux Antoine François Prévost, dit abbé Prévost. *Manon Lescaut* se présentait donc au début comme un simple récit enchâssé dans l'histoire du marquis de Renoncour. Et pourtant, cette « addition », selon le terme employé par le marquis dans son « Avis de l'auteur », a très vite et durablement dépassé en notoriété l'œuvre dans laquelle elle venait s'insérer.

La rencontre de Des Grieux et Manon Lescaut, gravure d'Hubert-François Gravelot.

Une simple digression ?

De la parenthèse narrative au « petit ouvrage »

À première vue, Manon Lescaut semble n'être qu'une **parenthèse narrative** dans les *Mémoires d'un homme de qualité*, destinée à procurer au lecteur le « plaisir d'une lecture agréable ». Le narrateur premier, le marquis de Renoncour, interrompt ainsi le récit de sa propre vie pour retranscrire celui que lui fit le chevalier des Grieux, qu'il rencontra à Pacy au détour d'un voyage d'affaires. À ce stade, la rencontre avec des Grieux, auquel il vient en aide en lui ouvrant sa bourse, ne relève encore que du fait divers, vite oublié. Mais, deux plus tard, le marquis retrouve le chevalier à Calais et ce dernier lui raconte enfin toute son histoire : le relais narratif peut alors s'effectuer. Le marquis en tant que narrateur passe à l'arrière-plan et c'est désormais la voix de des Grieux qui se fait entendre.

Le récit acquiert de l'ampleur puisque le marquis affirme qu'il écrivit l'histoire de des Grieux « presque aussitôt après l'avoir entendue, et qu'on peut s'assurer, par conséquent, que rien n'est plus exact et plus fidèle que cette narration ». Cette **promesse d'exactitude et de fidélité** engage la longueur de ce récit (nous en connaîtrons tous les détails) et sa véracité (c'est le héros lui-même qui raconte ce qui lui est arrivé). L'histoire du chevalier des Grieux prend une nouvelle envergure et c'est ce qui justifie son autonomie puisqu'elle sera publiée à part des *Mémoires* comme l'explique le marquis dans son « Avis de l'auteur ».

Des « aventures de fortune et d'amour » au « traité de morale »

Pourtant, on pourrait ne voir dans *Manon Lescaut* que la narration d'« aventures de fortune et d'amour » comme l'écrit le marquis. Il est vrai que *Manon Lescaut* possède une parenté avec le **roman picaresque** qui narre les nombreuses aventures d'un « pícaro », ce terme espagnol signifiant « coquin », « voyou », « voleur ».

Or s'il est d'ascendance noble (ce que n'est pas, dans la tradition, le « pícaro »), le chevalier des Grieux se conduit bel et bien **comme un escroc et une canaille**. Manon, elle, est une friponne comme le dit le vieux G... M..., qui n'hésite pas à monnayer ses charmes. Quant à son frère, c'est une crapule avérée, qui fait entrer des Grieux dans un cercle de tricheurs. Des Grieux et Manon enchaînent en outre à une vitesse effrénée les bonnes et les mauvaises fortunes.

Tout cet univers rappelle immanquablement celui du roman picaresque et évoque même les aventures de Moll Flanders, l'héroïne éponyme du roman de Daniel Defoe. Mais cette atmosphère picaresque est aussi contrebalancée par les personnages du père du chevalier, de son meilleur ami Tiberge ou

PARCOURS

Personnages en marge, plaisirs du romanesque.

COURTISANES ET PROSTITUÉES : PLAISIR ET INTERDIT

Durant le XIXe siècle, un personnage attire particulièrement les regards des romanciers : celui de la « femme de mauvaise vie », courtisane ou prostituée. Sa représentation connaît plusieurs variations au cours du temps, de la femme sans cœur à la femme au grand cœur, de la femme fatale à la victime, mais elle reste un personnage en marge qui interpelle ou dérange.

LA DAME AUX CAMÉLIAS (1848) – ALEXANDRE DUMAS FILS

Pour écrire ce roman, Alexandre Dumas fils s'est inspiré de *Manon Lescaut* (1731) de l'abbé Prévost qu'il présente ouvertement comme l'intertexte de son livre. Au début de l'histoire, le narrateur acquiert aux enchères un volume de *Manon Lescaut* sur la première page duquel figure une étrange dédicace, signée du nom d'« Armand Duval » : « Manon à Marguerite, Humilité. » Marguerite, celle qu'on surnomme « la dame aux camélias » est donc une réécriture par Alexandre Dumas fils du personnage de Manon. Mais Marguerite possède sur Manon une « supériorité de cœur » comme l'affirme son amant Armand Duval. Ce roman devint immédiatement un best-seller et inspira au compositeur italien Giuseppe Verdi l'un de ses opéras les plus célèbres, *La Traviata* (1853).

Se préparer au
bac de français

PREMIÈRE

Une réalisation de rue des écoles

À télécharger et à écouter : les podcasts des cours
+
Une carte mentale pour bien retenir

Avec la collaboration de :
Marie-Antoinette Bissay
Aurélie Briquet
Ambre Cordet
Valérie Corrège
Glen Grainger
Adélaïde Jacquemard
Nicolas Le Flahec
Laurent Lescane
Alain Malle

SOMMAIRE

LE COURS À ÉCOUTER

Complétez vos révisions en téléchargeant et en écoutant les podcasts des cours, pour étudier en toute liberté où que vous soyez.
https://sepreparerauback.ruedesecoles.com/se-preparer-au-bac-de-francais

encore du Père supérieur de la prison Saint-Lazare qui assurent **la dimension morale** d'un roman se donnant pour « un traité de morale, réduit agréablement en exercice » et « un exemple terrible de la force des passions ».

« Un exemple terrible de la force des passions »

Un nouveau couple mythique

Car ce que crée l'abbé Prévost avant toute chose avec ce roman, c'est un nouveau couple d'amoureux mythiques, destinés à s'inscrire durablement au Panthéon des grands amoureux de la littérature. L'abbé Prévost semble le désirer ouvertement, car le récit est ponctué d'allusions à **la beauté de ce couple**, qui ne cesse de toucher les cœurs.

Dès la première séparation forcée de des Grieux et Manon, l'hôte et les domestiques de l'auberge de Saint-Denis, lorsqu'ils revoient passer seul des Grieux sous la garde de son frère, ne peuvent s'empêcher de déplorer son malheur. La même émotion face à ce couple pousse le valet de l'Hôpital où est enfermée Manon à leur venir en aide. Même le vieux G... M..., au plus fort de sa colère, est obligé d'en convenir : « Les pauvres enfants ! [...] Ils sont bien aimables l'un et l'autre. ». Tout au long du roman, les remarques sur la beauté touchante de ce couple d'« enfants » et sur la force de leur amour en dépit de leurs malheurs ne cessent de mettre en valeur leur singularité, autrement dit, de les hisser au niveau du mythe.

Une tragédie chrétienne ?

Mais la légende de ce couple tient aussi en grande partie au caractère malheureux de leur amour. Or, à la différence des autres grands amoureux, **leurs malheurs proviennent essentiellement d'une raison interne à leur couple** : le goût de Manon pour les plaisirs et le luxe. Dès que l'indigence menace, elle n'hésite pas à quitter des Grieux qui, quant à lui, ne parvient pas à se séparer d'elle.

Ces deux héros sont les **proies de leurs passions**, incapables de tirer parti de leurs erreurs, au point que « l'on se demande la raison de cette bizarrerie du cœur humain, qui lui fait goûter des idées de bien et de perfection, dont il s'éloigne dans la pratique ». De cette répétition des mêmes erreurs par les héros surgit l'idée de « fatalité » (« fatum » en latin). En des termes à coloration chrétienne tels que « Ciel », « Destinée » ou « Fortune », le chevalier, traité de « janséniste[1] » par Tiberge, explique en effet régulièrement sa vie par l'idée d'un destin déjà écrit, auquel il ne peut échapper, comme les héros des tragédies antiques.

Impuissant face à ce qu'il décrit comme une volonté divine, des Grieux est d'autant plus perplexe que c'est alors qu'ils voulaient faire approuver leur amour au Ciel par un mariage que Manon et lui se sont définitivement perdus.

3. Un roman moral ?

La lutte entre la vertu et l'amour

De fait, des Grieux est sans cesse confronté à la **contradiction qui règne entre vertu et amour**, qu'il tente de réconcilier. Ses nombreuses disputes (au sens propre et au sens rhétorique du terme qui signifie « débat, discussion argumentée ») avec son ami Tiberge figurent ce déchirement intérieur de des Grieux entre son amour pour Manon et sa propension naturelle à la vertu, indiquée dès le début du roman : « J'ai l'humeur naturellement douce et tranquille [...] et l'on me comptait pour des vertus quelques marques d'aversion naturelle pour le vice. » L'évêque d'Amiens lui propose même de renoncer à l'ordre de Malte et de prendre l'habit ecclésiastique, ce qu'il s'apprête à faire après la première trahison de Manon, guidé par Tiberge. Le chevalier affirme que ses résolutions étaient empreintes de « sainteté » et qu'il ressentait une véritable « joie intérieure » en les accomplissant.

Son incompréhension est ainsi d'autant plus grande lorsqu'il s'aperçoit qu'il lui a suffi de revoir Manon pour que tout s'écroule. En dépit de sa disposition naturelle à la vertu et de la honte qu'il éprouve parfois, des Grieux ne peut résister à son amour.

Une apologie de l'amour ?

Dans son « Avis de l'auteur », Renoncour légitime l'histoire de Manon et du chevalier par l'intérêt moral qu'elle présente : « On y trouvera peu d'événements qui ne puissent servir à l'instruction des mœurs. » Plus, cette histoire doit être un « exemple qui puisse servir de règle à quantité de personnes, dans l'exercice de la vertu ».

Certes, dans ce récit, la morale est sauve puisque des Grieux et Manon reçoivent les « châtiments du Ciel » annoncés par Tiberge : ils se retrouvent seuls et sans ressources en Amérique, et Manon meurt transie de froid dans une plaine américaine sans même un arbre pour l'abriter. La fin de ce roman semble donc édifiante. Pourtant, la constance de l'amour de des Grieux, ses défenses de plus en plus émouvantes et persuasives de l'amour (comme la dernière qu'il adresse à son père) et ce que l'on pourrait appeler la conversion finale de Manon (qui se repent sincèrement des peines qu'elle a causées au chevalier) forment une **puissante apologie de l'amour**.

Le cours à écouter

1. Partisan de la doctrine de Jansénius pour qui il existe une prédestination divine qui limite le libre arbitre humain.

NANA (1880) – ÉMILE ZOLA

C'est une tout autre vision de la courtisane que propose, quelques années plus tard, le roman d'Émile Zola. *Nana* raconte la vie d'Anna Coupeau, fille malheureuse de Gervaise et de Coupeau (dont l'histoire était narrée dans *L'Assommoir* en 1877). Très mauvaise actrice, Anna, surnommée « Nana », rencontre pourtant un succès mondain extraordinaire grâce à sa beauté très sensuelle. Elle mène ainsi une vie de femme entretenue et connaît le luxe grâce au comte Muffat. Mais les malheurs s'enchaînent bientôt. Avec *Nana*, Zola décrit sans concession la noirceur de la condition de courtisane, tout en faisant de son héroïne l'incarnation d'une époque jugée décadente.

L'ASTRAGALE (1965) – ALBERTINE SARRAZIN

Il faut attendre le XXe siècle pour que des autrices se mettent elles aussi à représenter la prostitution dans des œuvres de fiction, souvent d'inspiration autobiographique. *L'Astragale* d'Albertine Sarrazin connut dès sa publication un succès notoire. Il raconte l'évasion d'Anne, qui, en sautant du mur de la prison, s'est brisé un os du pied appelé « astragale ». Sur le bord de la route, elle est prise en stop par Julien, lui aussi ancien détenu. Ils s'éprennent l'un de l'autre. Mais après quelque temps de vie commune, Julien ne tarde pas à être à nouveau emprisonné. Anne doit alors se débrouiller seule et ne voit d'autre recours que de se prostituer. Dans ce roman autobiographique, Albertine Sarrazin fait entendre une voix et un point de vue féminins inédits sur la prostitution, dressant un portrait de prostituée se détachant des figures habituelles.

Dissertation

Charles Augustin Sainte-Beuve (1804-1869).

« Plus on lit *Manon Lescaut*, et plus il semble que tout cela soit vrai, vrai de cette vérité qui n'a rien inventé, et qui est toute copiée sur nature. S'il y a un art, c'est qu'il est impossible au lecteur de sentir l'endroit où la réalité cesse, et où la fiction commence. Ce livre, avec tous ses étranges aveux, et avec l'espèce de mœurs si particulières qu'il présente, ne plaît tant que par le parfait naturel, et cet air d'extrême vérité. » Dans quelle mesure ces remarques de Sainte-Beuve dans ses *Causeries du lundi* (t.9, novembre 1853) correspondent-elles à votre lecture de *Manon Lescaut* ?

Introduction

Analyse du sujet :

Selon Sainte-Beuve, la principale qualité du roman de l'abbé Prévost tient à l'impression de vérité qui s'en dégage, au point que le lecteur en oublierait qu'il s'agit d'une fiction. Cependant, bien des éléments de ce récit rappellent sa forme romanesque et battent en brèche l'idée qu'il serait d'un « parfait naturel ». Peut-on alors affirmer, comme semble le faire Sainte-Beuve, que l'abbé Prévost parvient à dépasser la dimension romanesque de son œuvre ?

Annonce du plan :

Indéniablement, *Manon Lescaut* donne une « impression de vérité » au lecteur. Mais ce dernier ne peut s'empêcher de remarquer les ressorts romanesques sur lesquels repose cette œuvre. Pourtant, paradoxalement, l'invraisemblance dont elle relève est peut-être ce qui contribue à lui donner un « air d'extrême vérité ».

Le plan développé

I. Une « impression de vérité »

A. Une histoire donnée comme vraie

Avant même le début de l'histoire, un soin très minutieux est consacré à la faire apparaître comme véridique. Tout d'abord, elle fait partie d'un ensemble romanesque qui est lui-même présenté comme de véritables mémoires, ceux du marquis de Renoncour. Ce dernier munit *Manon Lescaut* d'un « Avis de l'auteur » dans lequel il commence par prendre ses distances avec le métier d'écrivain en débutant ainsi l'une de ses phrases : « Tout éloigné que je suis de prétendre à la qualité d'écrivain exact. » Le marquis de Renoncour se désigne comme un écrivain amateur, un simple auteur de mémoires et non un romancier, ce qui accrédite bien sûr le fait que l'*Histoire du chevalier des Grieux et de Manon Lescaut* n'est pas plus une invention que ses mémoires et qu'il ne fait, comme il l'assure, que retranscrire le récit que lui fit le chevalier. Il déploie la même stratégie argumentative lorsqu'il déclare que sa narration est « fidèle jusque dans la relation des réflexions et des sentiments, que le jeune aventurier exprimait de la meilleure grâce du monde ». Louer l'élégance langagière du chevalier, c'est alléguer qu'elle n'est pas le fruit d'un travail d'écrivain mais qu'elle émane d'une expression spontanée et naturelle.

B. Une confession : le « parfait naturel » du narrateur des Grieux

De fait, plusieurs critiques, comme Sainte-Beuve, ont remarqué et loué la simplicité de la langue employée dans ce livre : « Le mérite du style est d'être lui-même si coulant, si facile, qu'on peut dire en quelque sorte qu'il n'existe pas. Ce sont les expressions les plus simples de la langue ; les mots de *tendresse*, de *charme*, de *langueur* y reviennent souvent [...]. » Le caractère spontané et oral du récit fait par le chevalier des Grieux au marquis de Renoncour produit une forte impression

CITATION

« Puis voici Manon Lescaut, plus vraiment femme que toutes les autres, naïvement rouée, perfide, aimante, troublante, spirituelle, redoutable et charmante. En cette figure si pleine de séduction et d'instinctive perfidie, l'écrivain semble avoir incarné tout ce qu'il y a de plus gentil, de plus entraînant et de plus infâme dans l'être féminin. Manon, c'est la femme tout entière, telle qu'elle a toujours été, telle qu'elle est, et telle qu'elle sera toujours. Ne retrouvons-nous point en elle l'Ève du paradis perdu, l'éternelle et rusée et naïve tentatrice, qui ne distingue jamais le bien du mal, et entraîne par la seule puissance de sa bouche et de ses yeux l'homme faible et fort, le mâle éternel. »
Maupassant, Préface de l'édition de *Manon Lescaut*, Paris, Launette, 1885.

ZOOM SUR...

LE PARATEXTE

Le paratexte regroupe l'ensemble des éléments qui accompagnent une œuvre comme les titres et sous-titres, la dédicace, la préface, la postface, les notes, la prière d'insérer, etc. Ces éléments permettent d'éclairer la lecture de l'œuvre.

de naturel. Les nombreux moments d'introspection de des Grieux y concourent également puisque celui-ci ne cache pas les revirements de son cœur comme après une discussion avec Tiberge : « La vertu eut assez de force, pendant quelques moments, pour s'élever dans mon cœur contre ma passion, et j'aperçus du moins, dans cet instant de lumière, la honte et l'indignité de mes chaînes. Mais ce combat fut léger et dura peu. La vue de Manon m'aurait fait précipiter du ciel. » La difficulté du chevalier à terminer son récit et sa façon d'en abréger la fin lui confèrent aussi un aspect véridique : « Pardonnez, si j'achève en peu de mots un récit qui me tue. »

Le paratexte de l'œuvre, le style et les émotions de des Grieux créent l'illusion d'un récit vrai et authentique. Mais certains éléments de ce récit s'avèrent trop étudiés pour le détacher tout à fait de l'univers romanesque.

II. Un récit bien romanesque

A. Une stratégie d'auteur bien connue

Si le marquis de Renoncour prend soin de justifier par divers arguments la véracité du récit du chevalier des Grieux, et si ses arguments peuvent paraître convaincants, il s'agit néanmoins d'une stratégie d'auteur bien connue à l'époque de l'abbé Prévost et même à la mode. Dans ce contexte, l'insistance du marquis de Renoncour à vouloir prouver l'aspect véridique de cette histoire risque de la dénoncer comme fictionnelle. Ainsi, alors qu'il certifie comme nous l'avons vu, n'être pas un « écrivain exact », il introduit un précepte d'Horace extrait de son *Art poétique*, « *Ut jam nunc dicat jam nunc debentia dici, Pleraque differat, ac praesens in tempus omittat* », qui contraste fortement avec sa protestation d'amateurisme. De même, la façon dont il résume l'histoire qu'il s'apprête à raconter est caractéristique d'un travail de fiction, comme le suggère notamment l'emploi du verbe « peindre » dans l'expression « J'ai à peindre ». L'on pourrait encore citer comme représentative l'expression « C'est rendre un service considérable au public que de l'instruire en l'amusant » qui est une reprise d'un précepte d'Aristote (adopté en première instance par les écrivains classiques au XVIIe siècle) : « *Placere et docere.* » Enfin, la façon d'achever la première partie de l'histoire en prétextant le besoin de repos du chevalier tout en promettant « quelque chose de plus intéressant dans la suite de son histoire » n'apparaît pas tant comme vraisemblable que comme un subterfuge romanesque.

B. Des artifices romanesques

Or, au cours du roman, plusieurs éléments relèvent trop fortement du romanesque pour n'être pas perçus comme tels. Tout d'abord, le rythme trépidant sur lequel s'enchaînent les actions, bonheurs et malheurs, rappelle, nous l'avons dit, le rythme du roman picaresque. De surcroît, l'aspect spectaculaire de ces actions comme la double évasion du chevalier et de Manon, le meurtre inattendu du frère de Manon ou encore le duel final entre le chevalier et Synnelet en Amérique ont une couleur romanesque bien marquée. Les disputes morales et religieuses entre le chevalier et Tiberge, très rhétoriques, manquent également de naturel. Certains passages opèrent même une rupture de ton qui surprend, comme le tour joué par Manon au prince italien. Ce bon tour ne figurait pas dans la première édition comme le signale Sainte-Beuve : « Cette tendre et folâtre espièglerie n'était pas dans le premier récit, et c'est un petit épisode que Prévost a voulu rajouter après coup. » Mais Sainte-Beuve, en cohérence avec sa perception du roman, l'interprète comme « un souvenir sans doute » qui serait revenu à l'abbé Prévost. Pourtant, l'avertissement du marquis de Renoncour dans l'« Avis de l'auteur » accentue au contraire la dimension romanesque de cet ajout : « On y a fait aussi quelques additions qui ont paru nécessaires pour la plénitude d'un des principaux caractères. » Le souci de compléter le portrait de Manon découle plus d'une préoccupation d'auteur que d'une volonté de rendre justice à un être qui aurait réellement existé.

Contrairement à ce qu'allègue Sainte-Beuve, le romanesque dans *Manon Lescaut* reste perceptible. Mais, paradoxalement, ce sont aussi certaines invraisemblances romanesques qui donnent un « air d'extrême vérité » à cette œuvre.

III. Le rôle de l'invraisemblance : un « air d'extrême vérité »

A. L'amour de des Grieux : une constance déroutante et familière à la fois

L'opiniâtreté avec laquelle des Grieux aime Manon, trahison après trahison, épreuve après épreuve, a de quoi surprendre. Cette surprise légitime que peut éprouver le lecteur face à tant de constance est incarnée dans le roman par les personnages du père du chevalier et de Tiberge. Dès la première trahison de Manon, le père du chevalier se montre incrédule face à l'obstination de son fils : « Mon père était surpris de me voir toujours si fortement touché. Il me connaissait des principes d'honneur ; et ne pouvait douter que sa trahison ne me la fît mépriser. » Les nombreuses confrontations entre le chevalier et son père ou le chevalier et Tiberge permettent d'exprimer un étonnement justifié face à la fermeté de l'amour de des Grieux. Mais cette fermeté est justement si extraordinaire qu'elle dépasse les limites du romanesque. Et l'abbé Prévost en était bien conscient, comme il le donne à lire dans l'« Avis de l'auteur » de son marquis de Renoncour : ce dernier souligne à dessein les contradictions inconcevables du chevalier des Grieux dans le premier portrait qu'il en brosse. En fin de compte, le comportement invraisemblable de des Grieux ressemble à ceux que l'on rencontre dans la réalité sans les comprendre et c'est ce qui fait son intérêt, le roman prétendant répondre à cette question complexe : « Comment arrive-t-il donc qu'on tombe si facilement au niveau du commun des hommes ? »

B. Manon : une héroïne plus vraie que nature

Si l'amour inextinguible de des Grieux fascine, le personnage de Manon n'est pas en reste. Sa légèreté, son inconstance et en même temps l'attachement sincère qu'elle éprouve pour le chevalier forment un étrange mélange chez ce personnage qui reste bien souvent une énigme, un « Sphinx étonnant » comme l'a écrit Alfred de Musset dans son poème « Namouna » (1832). Manon, c'est celle qui est capable d'aller vendre ses charmes au vieux G... M... tout en prévoyant de faire installer le chevalier dans la même maison sous l'apparence d'un « pauvre petit frère orphelin » ; c'est celle qui est capable de tourner en ridicule un prince italien simplement pour en faire une offrande amoureuse au chevalier ; c'est celle qui est capable de promettre de duper le jeune G... M... tout en manquant de parole au chevalier et en lui envoyant une prostituée pour la nuit afin de le consoler. C'est l'inconséquence même de Manon qui en fait un personnage très réaliste, aussi opaque que peut l'être un être humain dans la réalité.

Conclusion

Manon Lescaut présente indubitablement des accents de vérité, portés par la sincérité sans apprêt du chevalier des Grieux. Mais plusieurs aspects comme le rythme du récit, son caractère spectaculaire ou rhétorique le marquent du sceau du romanesque. Et pourtant, ce sont les éléments les plus invraisemblables qui permettent à *Manon Lescaut* d'outrepasser ce romanesque, cette œuvre reprenant à son avantage l'adage de Nicolas Boileau : « Le vrai peut quelquefois n'être pas vraisemblable. »

Balzac, *La Peau de chagrin*

La Peau de chagrin n'est pas le premier roman de Balzac, qui a déjà écrit et publié divers récits sous un pseudonyme et fait paraître en décembre 1829, une *Physiologie du mariage*, écrite par « un jeune célibataire », qui attire sur lui les regards et les éloges. La parution en 1831 de *La Peau de chagrin* vient confirmer le succès de l'auteur de la *Physiologie du mariage* et marque le début de la célébrité de Balzac qui s'affirme en tant que romancier. À cet égard, *La Peau de chagrin* apparaît comme un roman particulier, une sorte de somme littéraire, politique, sociale et philosophique dans laquelle Balzac livre une vision grimaçante de la société de son temps.

Portrait d'Honoré de Balzac.

La Peau de chagrin : plasticité[1] du genre romanesque

Dans le sillage et de Rabelais

Dans la partie intitulée « Le talisman », les retrouvailles de Raphaël et d'Émile sont placées sous le patronage de Rabelais, Émile rêvant d'une « joyeuse vie à la Panurge » et annonçant à Raphaël tandis qu'ils se rendent au dîner donné par le banquier Taillefer qu'ils vont faire « suivant l'expression de maître Alcofribas, un fameux *tronçon de chiere lie* ». Raphaël quant à lui a concentré toute sa philosophie dans deux mots de Rabelais : « Carymary, Carymara ».

Les références à Rabelais situent *La Peau de chagrin* dans la lignée d'œuvres romanesques hétéroclites, tant dans leur contenu, mêlant narration et réflexions philosophiques, que dans leur forme, empruntant à diverses sortes de récits.

Une forme ductile[2]

La Peau de chagrin, qualifiée de « roman philosophique », présente cependant une allure de « conte oriental » selon une expression que l'on retrouve dans les manuscrits de Balzac. De fait, l'origine de la peau de chagrin est orientale, Raphaël parlant d'une peau d'« onagre », c'est-à-dire d'un âne sauvage d'Iran, ancienne Perse, lieu où se déroulent plusieurs contes des *Mille et une Nuits*. Cette peau porte le cachet du roi oriental Salomon et les paroles qui y sont inscrites seraient en sanscrit[3], langue autrefois parlée dans le sud de l'Inde, dont provient une partie des contes des *Mille et une Nuits*. L'aspect merveilleux de *La Peau de chagrin*, représenté par le pouvoir de la peau, est cependant tempéré par de possibles interprétations rationnelles de cette histoire, qui tendent à l'installer dans une **tonalité fantastique**.

Outre sa proximité avec le conte, *La Peau de Chagrin*, a aussi des airs d'autobiographie

1. Plasticité : caractère souple et malléable d'une chose.
2. Ductile : qui peut être étiré sans se rompre.
3. En réalité, les paroles inscrites sur la peau de chagrin sont en arabe.

PARCOURS

Les romans de l'énergie : création et destruction.

« ÉNERGIE »

Le nom « énergie » vient du grec *energeia* qui signifie « force en acte » par opposition à la *dunamis*, « force en puissance ». Le verbe grec *energein* signifie « agir », « produire ».

PACTES AVEC LE DIABLE : RÊVES DE PUISSANCE

De nombreuses œuvres littéraires racontent l'histoire d'hommes ayant pactisé avec le diable afin d'obtenir une puissance surhumaine… à leurs dépens.

FAUST (1808) DE GOETHE

Faust est l'une des œuvres les plus célèbres de la littérature. Elle narre la façon dont le vieux Docteur Faust, pourtant éminent savant, succombe, dans un moment de désespoir, à la tentation de Méphistophélès (l'un des noms du Diable) qui lui propose de lui rendre sa jeunesse et de lui faire découvrir tous les plaisirs terrestres en échange de son âme.

PETER SCHLEMIHL (1813) DE CHAMISSO

Peter Schlemihl est un jeune homme pauvre qui rencontre un jour un étrange homme gris qui lui propose de donner une bourse magique qui jamais ne se vide, en échange de son ombre. Peter Schlemihl accepte ce qu'il croit être un marché à son avantage, mais l'absence de son ombre lui cause de sérieux ennuis.

MELMOTH OU L'HOMME ERRANT (1820) DE MATURIN

Ce roman raconte l'histoire de la famille Melmoth. Le jeune John Melmoth est appelé au chevet de son oncle mourant qui lui assure que leur ancêtre commun du XVIIe siècle est toujours en vie et lui demande de brûler son portrait. Après la mort de l'oncle, commence une série de récits enchâssés autour de cet ancêtre à la réputation sulfureuse. Chef-d'œuvre gothique, ce roman marqua plusieurs écrivains français dont Balzac (qui s'en inspira pour sa nouvelle, *Melmoth*

fictive, lorsque Raphaël, dans un long monologue à peine interrompu par Émile, se lance dans le récit de sa vie dans la deuxième partie du roman, « La femme sans cœur ».

Enfin, *La Peau de chagrin* s'inspire aussi des récits romantiques et gothiques anglais et irlandais comme *Manfred* (1817) de Lord Byron ou *Melmoth ou L'Homme errant* (1820) de Maturin. Mais l'aspect irrationnel du roman de Balzac va de pair avec une représentation minutieuse de la société de son temps.

Un condensé de la société de son temps

La société croquée et vilipendée

Le succès rencontré par *La Peau de chagrin* à sa publication serait dû en grande partie à la justesse du **tableau de société** que brosse ce roman.

Dans ce roman, plusieurs personnages incarnent **des types de la société** et leur histoire personnelle représente quant à elle une partie de la grande Histoire. Par exemple, Taillefer qui aurait fondé sa fortune sur le meurtre, pendant la Révolution, « d'un Allemand et quelques autres personnes qui seraient [...] son meilleur ami et la mère de cet ami » et qui, sous le règne bourgeois de Louis-Philippe, est devenu, grâce à cet argent mal acquis, un puissant banquier. Quant à Fœdora, cette « femme sans cœur », Balzac en fait même l'incarnation de la société elle-même à la fin du roman.

Une désillusion politique

Or dans *La Peau de chagrin*, la peinture faite par Balzac de la société exprime une désillusion politique. Balzac résume par le truchement d'Émile **l'instabilité politique** de son époque et l'impasse où elle se trouve : « Le gouvernement, c'est-à-dire l'aristocratie de banquiers et d'avocats qui font aujourd'hui de la patrie comme les prêtres faisaient jadis de la monarchie, a senti la nécessité de mystifier le bon peuple de France avec des mots nouveaux et de vieilles idées, à l'instar des philosophes de toutes les écoles et des hommes forts de tous les temps. »

À travers les « mots nouveaux » donc, ce sont, en dépit des révolutions, les mêmes « vieilles idées » qui perdurent. Les aléas de la trajectoire du père de Raphaël (établi au cœur du pouvoir sous la monarchie, puis renversé par la Révolution, puis relevé par l'Empire et à nouveau renversé par la Restauration) figurent cette instabilité politique qui, en quelques années, plaça certaines familles au-dessus des autres pour les jeter ensuite à bas, puis les réintégrer ou les désintégrer définitivement.

Un précipité[4] du désir ?

Une déception épistémique[5]

La désillusion politique se double d'une déception épistémique dans *La Peau de chagrin*. Lorsque Raphaël se met à rechercher une solution scientifique au rétrécissement de la peau, **les savants qu'ils consultent se révèlent impuissants**. Monsieur Lavrille, éminent zoologue, après lui avoir débité tout ce qu'il sait sur l'espèce des canards puis tout ce qu'il sait sur l'onagre, lui conseille d'aller voir Planchette, le « célèbre professeur de mécanique », n'ayant, lui, rien d'autre à lui offrir qu'une « nomenclature », définie ironiquement par le narrateur comme « toute la science humaine ». Planchette quant à lui, malgré son ingénieuse explication de la presse hydraulique et l'expérimentation tentée avec celle-ci, se révèle tout aussi incapable d'aider Raphaël. Reste alors le chimiste Japhet chez lequel Planchette conduit Raphaël et qui commence par déclarer qu'il n'y a « rien de neuf » du côté de la chimie. Il serait pourtant ravi de découvrir la « diaboline » que pourrait contenir la peau de chagrin, qu'il tâte en premier lieu... avec sa langue ! Mais la peau lui résiste à lui aussi.

Ce tour des savants par Raphaël, en même temps qu'il permet de dresser un état des lieux humoristique des connaissances scientifiques du temps de Balzac, ne fait que souligner l'impuissance des savants.

D'une « théorie de la volonté » à un éloge paradoxal de la volonté ?

Lors de la rencontre inaugurale entre Raphaël et le vieil antiquaire du quai Voltaire, ce dernier soutient que « *Vouloir* nous brûle et *Pouvoir* nous détruit ; mais *Savoir* laisse notre faible organisation dans un perpétuel état de calme ». Or cette affirmation préliminaire est mise à mal durant le roman, la désillusion politique représentant la faillite du *pouvoir* et la déception épistémique représentant celle du *savoir*.

Raphaël quant à lui incarne la question du *vouloir*, d'une part parce qu'il est l'auteur d'une « Théorie de la volonté », d'autre part car la magie de la peau dont il devient le possesseur le confronte bien évidemment – et bien cruellement – à cette question du vouloir, de la volonté, du désir.

Le cours à écouter

4. Précipité : dépôt résultant de la précipitation d'un corps dans un liquide.
5. Épistémique : relatif aux connaissances. L'« épistème » est l'ensemble des connaissances détenues par un groupe social à un moment donné.

réconcilié, en 1835), Baudelaire (qui avait le projet d'en proposer une nouvelle traduction), Lautréamont (qui emprunta à Melmoth les traits de son héros Maldoror) et André Breton (qui rédigea la préface de la nouvelle édition de 1954).

FRANKENSTEIN OU LE PROMÉTHÉE MODERNE (1818) DE MARY SHELLEY

Frankenstein est, elle aussi, comme *Faust*, une œuvre mondialement connue, au point que l'on en oublie souvent le nom de son autrice, Mary Shelley. Dans ce roman, le savant Victor Frankenstein crée, à partir de membres humains pris à des cadavres, une créature d'apparence à la fois humaine et monstrueuse. Ayant réussi à lui donner la vie, il prend peur face à sa créature et l'abandonne, ce qui ne sera pas du goût de cette dernière.

LE PORTRAIT DE DORIAN GRAY (1891) D'OSCAR WILDE

Au XIXe siècle, le thème du portrait vivant est très répandu. Oscar Wilde reprend ce topos[1] littéraire dans son roman : à Londres, le peintre Basil Hallward fait le portrait du jeune dandy Dorian Gray. À la fois fasciné par son portrait et jaloux de celui-ci, Dorian émet le vœu qu'il vieillisse à sa place. Plus que simplement vieillir, le portrait va alors porter tous les stigmates[2] de la mauvaise vie que commence à mener Dorian sous l'influence de Lord Henry, s'étant aperçu du pouvoir magique du tableau.

1. Un topos (des topoi) : lieu commun littéraire.
2. Stigmates : traces, marques laissées par dégradation.

Dissertation, sujet de métropole, juin 2023

Peut-on lire La Peau de chagrin *comme le tableau d'un monde exténué ?*
Vous répondrez à cette question dans un développement organisé en vous appuyant sur La Peau de chagrin*, sur les textes que vous avez étudiés dans le cadre du parcours associé, et sur votre culture personnelle.*

Introduction

Au début du roman, Raphaël de Valentin est décrit ainsi : « La morne impassibilité du suicide donnait à ce front une pâleur mate et maladive [...]et la physionomie exprimait une résignation qui faisait mal à voir. ». Raphaël semble être, dès le début du roman, l'emblème d'une jeunesse sans énergie et prête à mourir avant d'avoir vécu. L'univers peint par Balzac est donc « exténué », dans le sens où il ne semble pas y avoir d'avenir pour de nombreux personnages. Cette « fatigue » de vivre s'explique grandement par la société de 1830 telle que Balzac la présente, s'abîmant dans une déchéance morale et idéologique qui ne permet pas l'épanouissement des idéaux d'une jeunesse romantique. Cependant, Balzac place au centre de cette société un objet magique qui réveille les désirs et redonne paradoxalement de l'énergie à Raphaël, même si celle-ci est limitée et le mène à sa perte. Dès lors, en quoi *La Peau de chagrin*, tout en peignant le tableau réaliste d'une société moribonde, affirme également la permanence d'une énergie créatrice ? Dans un premier temps, nous verrons que la société peinte par Balzac est « exténuée » en ce qu'elle semble aller vers sa destruction. La seconde partie montrera que le roman présente également des solutions créatrices.

Le plan développé

Le monde dans lequel évoluent les personnages est, à bien des égards, « exténué », peine à se renouveler. Balzac peint un monde social marqué par la destruction morale, idéologique, et dans lequel les idéaux artistiques semblent voués à l'échec.

En effet, le roman met en scène un conflit générationnel opposant la société de la monarchie de Juillet et la jeunesse. Ce conflit est mis en scène lors de l'échange entre l'antiquaire et Raphaël. L'âge du vendeur, cent deux ans, peut ainsi être lu comme la métaphore d'une génération refusant de laisser place à une jeunesse d'emblée étouffée dans ses aspirations, et Balzac montre leur caractère irréconciliable. Quand l'antiquaire vante un idéal d'économie, Raphaël affirme son refus d'une telle leçon et en prend le contre-pied radical : « je veux vivre avec excès [...]. J'avais résolu ma vie par l'étude et par la pensée ; mais elles ne m'ont même pas nourri ». Il affirme ainsi la caducité de la philosophie de l'ancienne génération et le désir d'une vie intense, bien que courte. Le roman met ainsi en avant un monde doublement exténué : une génération usée fait face à une jeunesse préférant se vouer à une destruction rapide.

Par ailleurs, Balzac montre que ces deux philosophies mènent à une destruction morale. Les tenants de l'économie d'énergie sont moins moraux qu'ils ne se donnent à voir : l'antiquaire est aussi un être tentateur et Balzac le compare explicitement à Méphistophélès. De même, le « vieux Taillefer », incarnant en sa qualité de banquier le système économique bourgeois, organise des fêtes orgiaques comblant ses appétits immoraux. Plus jeune, mais incarnant ces valeurs, Fœdora reste indifférente aux souffrances qu'elle cause, n'accordant d'importance qu'à l'argent. Face à cette mentalité cynique, la génération faisant l'apologie d'une vie intense verse aussi dans une idéologie destructrice. Rastignac, par exemple, pousse Raphaël à écrire des mémoires mensongers et donc à sacrifier son honneur. Les deux philosophies qui composent la société se rejoignent de ce fait dans la destruction morale : le monde est exténué dans le sens où il a perdu tout idéal.

En effet, rien ne semble pouvoir contrer ce monde cynique, pas même l'art. C'est ce qu'illustre la carrière avortée d'écrivain de Raphaël. Notons que, pour se livrer à une activité créatrice, Raphaël fait le choix de se couper du monde : tout se passe comme s'il fallait s'extraire de cette société « exténuée » pour créer, que ce soit de l'art ou de la philosophie. Le retour au monde, cependant, est implacable, et les deux œuvres sont un échec : la comédie n'attire aucun public, et personne ne lit le *Traité de la volonté*. L'art est alors réduit au rang de marchandise, ce qui est incarné par Finot, « proxénète littéraire » prêt à toutes les escroqueries. Ainsi, le monde peint par Balzac est celui d'une société « exténuée » dans le sens où tout ce qui permet de penser l'avenir (les idéaux, l'art, la philosophie...) est en proie à une philosophie mortifère imposée par des personnages moribonds mais s'accrochant pourtant à la vie et à leurs pouvoirs, condamnant la génération de Raphaël à l'autodestruction ou au parjure.

Génération d'« illusions perdues », certains personnages acceptent leur déchéance morale et embrassent une vie courte. Ils ne sauraient cependant être qualifiés « d'exténués », et sont au contraire porteurs d'une grande énergie. Il est en effet possible de s'extraire de cette société pour échapper à son caractère mortifère ou encore de puiser dans sa déchéance même une source d'énergie.

Découverte de la peau de chagrin par Raphaël de Valentin, gravure d'Adrien Moreau.

Portrait d'Honoré de Balzac par Louis Boulanger, 1836.

En effet, si la société parisienne est largement « exténuée », le monde n'est pas sans offrir des sources d'énergie vivifiante. Le cas le plus évident est celui de la retraite au Mont-Dore : « [Raphaël] sentait instinctivement le besoin de se rapprocher de la nature, des émotions vraies ». La vie en marge permet en effet de sortir de la violence de la société et du conflit générationnel mortifère : « La santé débordait dans cette nature plantureuse, la vieillesse et l'enfance y étaient belles. » Il y a donc bien un monde en dehors de la société « exténuée » dans *La Peau de chagrin*, qui redonne de l'énergie et mène à la création, les paysages du Mont-Dore présentant des « âpres et sauvages attraits [qui tentent] les pinceaux de nos artistes ». Des considérations similaires et programmatiques se trouvaient déjà dans le cabinet de l'antiquaire, où les objets évoquent à Raphaël « la vie simple de la nature » et « les joies de son âge ». Balzac peint donc également un monde qui peut être revigorant et inspirant.

Ce regain d'énergie se trouve aussi au sein même de la société. Pauline, par exemple, parvient à échapper à la perte d'énergie. Pauvre, et donc exclue (y compris par Raphaël, qui refuse de concevoir « l'amour dans la misère »), elle échappe à la déchéance en faisant preuve de la « générosité de ceux qui ne possèdent rien ». Cette façon d'échapper à la décrépitude était annoncée dans le cabinet de l'antiquaire, véritable condensé du monde balzacien, dans un tableau du Christ : « L'Évangile était traduit par la simplicité calme de ces adorables yeux où se réfugiaient les âmes troublées. » La doctrine catholique qui trouve son écho dans la figure de Pauline serait donc un moyen de revivre dans la société déliquescente. Une autre façon de retrouver de l'énergie au sein de la société est, au contraire, d'embrasser sa vicissitude. « Nous vivons plus en un jour qu'une bonne bourgeoise en dix ans », dit Euphrasie, quand Aquilina affirme : « J'aime mieux mourir de plaisir que de maladie. » Il est paradoxal de voir que Pauline tient un discours similaire : « Qu'importe le nombre de jours, si, dans une nuit, dans une heure, nous avons épuisé toute une vie de paix et d'amour ? [...] Mourons jeunes tous deux. » Il semblerait que dans les deux cas, les personnages prennent acte de ce monde exténué et retrouvent de l'énergie dans l'acceptation de la mort.

Ainsi, dans ce « monde exténué », Balzac propose une vision de l'énergie qui n'est pas seulement celle de la longévité incarnée par l'antiquaire. Au contraire, celle-ci est la source de l'épuisement de cette société qui n'en finit pas de mourir. Le monde peint dans *La Peau de chagrin* est paradoxal : ceux qui s'accrochent à la vie sont plus exténués que ceux qui acceptent la mort. Balzac lui-même cherche à tirer de cette société une source de création, et malgré les échecs de Raphaël, l'art reste sans doute le seul moyen d'échapper à la déliquescence. L'omniprésence de la musique en témoigne : elle apparaît comme une puissance énergique circulant entre les personnages, de l'air sifflоté par Raphaël à l'opéra chanté par Fœdora, ou encore en étant figurée par le théâtre des Italiens qui réunit tous les protagonistes. C'est encore dans une loge d'opéra que Raphaël retrouve Pauline dont la respiration « se communiqua soudain à Raphaël comme une étincelle électrique ». Derrière l'art total qu'est l'opéra, il faut sans doute lire le projet d'écrire avec *La Peau de chagrin*, une œuvre mêlant rêverie orientaliste, fantastique et réalisme : une façon de revivifier le genre littéraire en s'inspirant d'un monde « exténué ».

Conclusion

Ainsi, Balzac peint une société à bien des égards « exténuée », ne parvenant pas à se renouveler et livrant une génération soit à la mort, soit à l'ennui. Le monde dans *La Peau de chagrin* propose cependant des solutions créatrices d'énergie en réponse à l'avilissement : il est possible de sortir de cette société ou de trouver dans sa dimension mortifère un regain d'énergie. En refusant de guider le choix du lecteur, il semblerait que Balzac apporte sa propre réponse : l'énergie se regagne par l'art, l'écriture et la lecture, lui qui écrivait dans *La Physiologie du mariage* : « Lire c'est peut-être créer à deux. ».

Colette, *Sido* suivi de *Les Vrilles de la vigne*

Regroupées en une même publication, les œuvres de Colette intitulées *Sido* et *Les Vrilles de la vigne* n'ont pourtant pas été conçues pour être éditées ensemble. *Sido*, publié pour la première fois en 1930, est un récit autobiographique narrant des souvenirs d'enfance de Colette. *Les Vrilles de la vigne*, dont la première publication date de 1908 et qui connut plusieurs variations au cours de ses rééditions successives, est un recueil de textes brefs et divers. Pourtant, des liens se tissent entre ces textes, tous deux aiguillés par le désir de capturer et faire renaître des instants voués sinon à l'indifférence et à l'oubli.

Portrait de Colette, vers 1896, par Ferdinand Humbert.

Saisir sur le vif : écrire le mouvement

Le goût de l'anecdote…

Sido comme *Les Vrilles de la vigne* se composent d'un ensemble de courtes scènes qui correspondent au **goût de l'écrivaine pour l'anecdote**. Dans *Les Vrilles de la vigne*, Colette se livre à des récits très hétérogènes : partie de pêche dans la baie de Somme (« Une partie de pêche »), récital d'une cantatrice dans un salon mondain (« La Dame qui chante »), confidences de Valentine, son « amie convenable » (de « Belles-de-jour » à « La Guérison »), répétition de pantomime (« Music-Halls »), etc.

Certes, la forme de cette œuvre se prêtait à cette **grande variété de sujets**, mais l'on retrouve cette façon de passer d'une anecdote à l'autre dans *Sido*, qui collecte les souvenirs d'enfance au fil d'une promenade mémorielle : sorties en solitaire à l'aube, dialogues de sa mère en rose des vents au milieu de son jardin avec ses voisins postés aux quatre points cardinaux, merle se gavant de cerises sous le regard admiratif de celle-ci, visites chez la fascinante Adrienne, « parties de campagne » organisées par son père, entretien avec une spiritiste, fugues de son frère Léo, bons tours joués par les deux frères, etc.

Les souvenirs dans *Sido* ne s'ordonnent pas selon une chronologie, mais répondent à une écriture thématique qui rayonne autour des différentes figures mises en avant dans les trois sections de l'œuvre – la mère, le père, la fratrie – donnant lieu à des micro-récits ciselés qui invitent le lecteur à se concentrer sur la myriade de détails qu'ils reproduisent.

… et de l'anecdotique

On retrouve en effet dans ces différents récits **une attention particulière portée au détail et** à l'éphémère qui se déploie dans une savoureuse richesse lexicale, une quête du mot juste et coloré, le plus à même de rendre compte de l'extraordinaire profusion de la vie. Le lecteur curieux bénéficiera par exemple d'un véritable cours de botanique, les noms de plantes les plus diverses parsemant les deux ouvrages, des communs « géraniums », « digitales », « lilas » ou « bégonias » aux plus méconnus « orpin », « ombelle », « croix-de-Malte »,

PARCOURS

La célébration du monde.

LES GENRES POÉTIQUES DE LA CÉLÉBRATION

- **Ode** : du grec « odè » signifiant « chant », l'ode est un poème ancien, hérité de l'Antiquité, accompagné de musique et remis au goût du jour en France à la Renaissance. L'ode se compose généralement de strophes identiques par le nombre et la mesure des vers : elle peut par exemple être construite de strophes de dix vers - appelées dizains - formées de vers de dix syllabes - appelés décasyllabes. L'ode sert à célébrer, dans une tonalité lyrique (« ode anacréontique ») ou héroïque (« ode pindarique »), une personne, un sentiment, une chose. Au XVIe siècle, le poète français Ronsard se fait connaître grâce à ses *Odes* (1550).

- **Hymne** : du grec « humnos » signifiant « chant », l'hymne, plus libre dans sa forme que l'ode, est un poème lyrique à la gloire d'une déesse ou d'un dieu, d'une personne, de la nature, d'un sentiment, d'un événement, d'une idée. Ce genre est surtout employé à la Renaissance ; Ronsard écrit également un recueil d'*Hymnes* (1555-1556) célébrant aussi bien des personnes que les saisons ou les éléments du monde comme le ciel et les astres.

DIRE LA BEAUTÉ DU MONDE : SAND, ALAIN FOURNIER, GIONO, CENDRARS

Au sein de la littérature française, plusieurs auteurs se sont attachés à décrire la beauté de leur région d'origine tels George Sand, Alain-Fournier ou Giono. D'autres, grands voyageurs comme Blaise Cendrars, chantent la beauté du monde qu'ils ont parcouru.

« bâtons de Saint-Jacques » ou « coqueret-alkékenge ». C'est presque en scientifique que Colette restitue dans ses écrits la variété de la flore qu'elle côtoie.

Mais **c'est en peintre qu'elle en décrit les moindres nuances et variations**, comme dans « Le Dernier Feu » : « Et les violettes elles-mêmes, écloses par magie dans l'herbe, cette nuit, les reconnais-tu ? Tu te penches, et comme moi tu t'étonnes ; — ne sont-elles pas, ce printemps-ci, plus bleues ? — Non, non, tu te trompes, l'an dernier je les ai vues moins obscures, d'un mauve azuré, ne te souviens-tu pas ? [...] Plus mauves... non, plus bleues... Cesse cette taquinerie ! Porte plutôt à tes narines le parfum invariable de ces violettes changeantes et regarde, en respirant le philtre qui abolit les années, regarde comme moi ressusciter et grandir devant toi les printemps de ton enfance !... ». L'anaphore de l'impératif « regarde » dans ce texte résume à la fois une qualité essentielle de Colette et son ambition de la transmettre à ses lecteurs.

De l'art de l'observation au don de pénétration

(Se) forger le regard : portraits-paysages

Tout en racontant dans ces deux œuvres la **formation de son propre regard** (le « regarde » adressé à Missy dans « Le Dernier Feu » fait écho au « regarde » adressé par sa mère à Colette dans la scène du merle et des cerises dans *Sido*, par exemple), Colette souhaite aussi forger le regard de ses lecteurs. Son talent pour la peinture des paysages se retrouve dans les portraits qu'elle brosse des êtres qui l'entourent comme celui de Léo, « sylphe de soixante-trois ans ».

Entre tous peut-être, les **portraits de femmes** qui constellent ces deux livres jouissent du talent de paysagiste de Colette : les femmes admirées, aimées sont dépeintes comme des femmes-paysages, irradiantes de l'univers versicolore et fragrant qu'elles portent en elles, avec elles. C'est Sido et le vent du sud, « empanaché de graines, de sable, de papillons morts, raciné au désert de Libye », entre les « hortensias, le frêne pleureur et le très vieux noyer ». C'est Missy dans « Nuit blanche », dont le lit partagé avec Colette est un « frais vallon » au « parfum compliqué ». Ces portraits de femmes-paysages expriment l'acuité du regard de Colette, qui décèle en chaque être le monde qu'il recèle.

Voir au-delà des apparences

Très tôt, Colette manifeste le désir de voir au-delà des apparences. L'anecdote de la chrysalide de paon-de-nuit dans *Sido* peut être perçue comme représentative de ce désir. Colette avait promis à sa mère qu'elle ne déterrerait pas ce qui avait été enfoui puis oublié dans un pot, bulbes de crocus ou chrysalide de paon-de-nuit car cela serait fatal à la seconde. Mais ni l'une ni l'autre ne s'illusionnent : « Elle savait que j'étais sa fille, moi qui ne pensais pas à notre ressemblance, et que déjà je cherchais, enfant, ce choc, ce battement accéléré du cœur, cet arrêt du souffle : la solitaire ivresse du chercheur de trésor. [...] La chimère de l'or et de la gemme n'est qu'un informe mirage : il importe seulement que je dénude et hisse au jour ce que l'œil humain n'a pas, avant le mien, touché... »

Il s'agit bien de « toucher » du regard ce qui n'a pas encore été découvert. De (sa)voir ce qu'il y a au tréfonds des choses, des êtres. Colette ne dissimule pas l'origine maternelle de ce legs, elle qui avait auparavant qualifié sa mère de « pythonisse » « ayant plongé au fond d'autrui » après la visite des Vivenet.

Un hymne à la liberté

L'affirmation d'une « sauvagerie »

Dès l'enfance, dans *Sido*, Colette se présente, comme elle le fait de ses frères et de sa sœur également, comme une enfant sauvage, se levant et se promenant seule à l'aube, suivant dans les bois « un grand circuit de chien qui chasse seul », se régalant de l'eau de « deux sources perdues ».

Cette **sauvagerie naturelle**, Colette la revendique dans *Les Vrilles de la vigne*, refusant de se conformer aux usages, aux bienséances mortifères comme elle le clame dans « Toby-Chien parle » : « Je veux faire ce que je veux. Je veux danser nue, si le maillot me gêne et humilie ma plastique. [...] Je veux faire ce que je veux. Je ne porterai pas des manches courtes en hiver, ni de cols hauts en été. Je ne mettrai pas mes chapeaux sens devant derrière et je n'irai plus prendre le thé chez Rimmel's, non... Redelsperger, non... Chose, enfin. Et je n'irai plus aux vernissages. » « Toby-Chien parle » raconte avec humour, à travers le dialogue de son chien et de sa chatte, le tournant pris par Colette.

Humour, ironie, provocation : le plaisir du jeu

De la même façon, c'est à la chatte Nonoche que Colette confie le soin de faire sa déclaration d'indépendance : Nonoche qui sèvre brutalement son fils trop grand, Nonoche prête à d'autres noces. Difficile de ne pas prêter à ce texte une **teinte ironique**, voire provocatrice lorsque l'on considère la dédicace à Willy, le premier époux de Colette, usurpateur, trompeur, et qu'elle finira par haïr.

Le cours à écouter

GEORGE SAND ET LE BERRY

George Sand (1804-1876), ou Aurore Dupin de son nom de naissance, a passé son enfance chez sa grand-mère maternelle dans le domaine de Nohant, où elle retournera vivre ses dernières années. Dans ses romans comme *La Mare au diable* (1846), *La Petite Fadette* (1849) ou *Les Maîtres sonneurs* (1853), elle offre de riches descriptions du Berry, de ses coutumes et de ses habitants.

ALAIN-FOURNIER ET LA SOLOGNE : *LE GRAND MEAULNES* (1913)

Alain-Fournier (1886-1914), mort brutalement à 27 ans durant la Première Guerre mondiale, a pourtant laissé à la postérité une œuvre majeure : *Le Grand Meaulnes*. Ce roman raconte l'histoire d'Augustin Meaulnes, par la voix de François Seurel, le fils du directeur d'école où Augustin est entré en pension. À travers leurs aventures, c'est toute la poésie évanescente de l'adolescence qu'immortalise Alain-Fournier, dans des paysages oniriques et fascinants s'inspirant de la Sologne et du Berry dont il était originaire.

GIONO, MANOSQUE ET LA PROVENCE

Le premier roman de Jean Giono (1895-1970), intitulé *Colline* (1929), rencontre immédiatement un grand succès et inaugure le début d'une trilogie baptisée *Trilogie de Pan*, où Giono donne vie aux paysages de Provence dont la présence s'impose densément aux personnages. Dans *Le Hussard sur le toit* (1951), qui appartient au Cycle du Hussard et commence à Manosque, ville natale de Giono, l'écrivain se livre encore une fois à une somptueuse peinture de la Provence qui lui était chère.

Commentaire

Maison de Colette dans l'Yonne.

Vous commenterez ce texte issu de Les Vrilles de la vigne.

Autrefois, le rossignol ne chantait pas la nuit. Il avait un gentil filet de voix et s'en servait avec adresse du matin au soir, le printemps venu. Il se levait avec les camarades, dans l'aube grise et bleue, et leur éveil effarouché secouait les hannetons endormis à l'envers des feuilles de lilas.

Il se couchait sur le coup de sept heures, sept heures et demie, n'importe où, souvent dans les vignes en fleurs qui sentent le réséda, et ne faisait qu'un somme jusqu'au lendemain.

Une nuit de printemps, le rossignol dormait debout sur un jeune sarment, le jabot en boule et la tête inclinée, comme avec un gracieux torticolis. Pendant son sommeil, les cornes de la vigne, ces vrilles cassantes et tenaces, dont l'acidité d'oseille fraîche irrite et désaltère, les vrilles de la vigne poussèrent si drues, cette nuit-là, que le rossignol s'éveilla ligoté, les pattes empêtrées de liens fourchus, les ailes impuissantes…

Il crut mourir, se débattit, ne s'évada qu'au prix de mille peines, et de tout le printemps se jura de ne plus dormir, tant que les vrilles de la vigne pousseraient.

Dès la nuit suivante, il chanta, pour se tenir éveillé :

Tant que la vigne pousse, pousse, pousse…
Je ne dormirai plus !
Tant que la vigne pousse, pousse, pousse…

Il varia son thème, l'enguirlanda de vocalises, s'éprit de sa voix, devint ce chanteur éperdu, enivré et haletant, qu'on écoute avec le désir insupportable de le voir chanter.

J'ai vu chanter un rossignol sous la lune, un rossignol libre et qui ne se savait pas épié. Il s'interrompt parfois, le col penché, comme pour écouter en lui le prolongement d'une note éteinte… Puis il reprend de toute sa force, gonflé, la gorge renversée, avec un air d'amoureux désespoir. Il chante pour chanter, il chante de si belles choses qu'il ne sait plus ce qu'elles veulent dire. Mais moi, j'entends encore à travers les notes d'or, les sons de flûte grave, les trilles tremblés et cristallins, les cris purs et vigoureux, j'entends encore le premier chant naïf et effrayé du rossignol pris aux vrilles de la vigne :

Tant que la vigne pousse, pousse…

Cassantes, tenaces, les vrilles d'une vigne amère m'avaient liée, tandis que dans mon printemps je dormais d'un somme heureux et sans défiance. Mais j'ai rompu, d'un sursaut effrayé, tous ces fils tors qui déjà tenaient à ma chair, et j'ai fui… Quand la torpeur d'une nouvelle nuit de miel a pesé sur mes paupières, j'ai craint les vrilles de la vigne et j'ai jeté tout haut une plainte qui m'a révélé ma voix !…

Toute seule éveillée dans la nuit, je regarde à présent monter devant moi l'astre voluptueux et morose… Pour me défendre de retomber dans l'heureux sommeil, dans le printemps menteur où fleurit la vigne crochue, j'écoute le son de ma voix… Parfois, je crie fiévreusement ce qu'on a coutume de taire, ce qui se chuchote très bas, puis ma voix languit jusqu'au murmure parce que je n'ose poursuivre…

Je voudrais dire, dire, dire tout ce que je sais, tout ce que je pense, tout ce que je devine, tout ce qui m'enchante et me blesse et m'étonne ; mais il y a toujours, vers l'aube de cette nuit sonore, une sage main fraîche qui se pose sur ma bouche… Et mon cri, qui s'exaltait, redescend au verbiage modéré, à la volubilité de l'enfant qui parle haut pour se rassurer et s'étourdir…

Je ne connais plus le somme heureux, mais je ne crains plus les vrilles de la vigne…

(Colette, *Les Vrilles de la vigne* © Librairie Arthème Fayard, 2004)

Introduction

Présentation de l'extrait :

Ce texte ouvre le recueil et lui donne son titre, *Les Vrilles de la vigne*. Ces deux caractéristiques, destinées à attirer l'attention du lecteur, lui confèrent d'emblée un statut particulier. En apparence simple histoire d'un rossignol ligoté par les vrilles d'une vigne, ce récit concentre des enjeux littéraires d'importance pour Colette, qui est alors à un tournant de sa carrière d'écrivaine.

Problématique et annonce du plan :

Peut-on qualifier ce récit de manifeste littéraire ? Déployant toutes ses qualités narratives, Colette semble se livrer à une réécriture à rebours du mythe du rossignol. Elle fait aussi de cette histoire un récit allégorique, racontant le réveil d'une écrivaine. Ce texte résonne enfin comme un art poétique, le chant se faisant la métaphore de l'écriture.

Le plan développé

I. Une réécriture à rebours

A. Le chant du rossignol : du jour à la nuit

Les Vrilles de la vigne se présente tout d'abord comme un récit étiologique[1] : « Autrefois,

1. Récit étiologique : récit qui cherche à expliquer les origines ou la signification d'un fait, d'un phénomène, d'un nom, etc.

le rossignol ne chantait pas la nuit » (l.1). L'adverbe de temps « autrefois » et l'emploi de l'imparfait d'habitude, ici en négation, laissent entendre que ce n'est plus le cas au moment de la narration. Le récit se poursuit, toujours à l'imparfait d'habitude, par la description des actions qui étaient auparavant coutumières au rossignol. Celui-ci chantait alors, comme l'alouette[2], dès les premières lueurs de « l'aube grise et bleue », puis tout le jour durant jusqu'au coucher du soleil. Les nombreux détails présents dans ces premières lignes servent à accréditer le récit. C'est un nouveau marqueur temporel, « Une nuit de printemps » (l.6), qui annonce le bouleversement amenant le rossignol à se faire chanteur nocturne. Le passé simple est employé pour raconter les étapes de cette transformation qui se clôt sur l'emploi du verbe « devenir » (l.17), marquant son achèvement, en même temps que celui de la partie étiologique de ce texte. Une autre métamorphose peut commencer.

B. Une métamorphose inversée

Après sa transformation en chanteur nocturne, le rossignol semble en effet subir une seconde métamorphose en se confondant avec la narratrice du récit qui agit comme lui. Cette métamorphose s'opère notamment grâce aux changements de déterminants et de pronoms. Ainsi, le rossignol, dans un premier temps désigné comme « le » rossignol (l.1, 6, 9) et représentant l'espèce des rossignols, devient dans un deuxième temps « un » rossignol (l.19). En même temps que s'effectue ce passage du déterminant « le » au déterminant « un », les pronoms personnels eux aussi changent : alors que le « il » (désignant le rossignol) dominait dans les premières lignes du récit, c'est le « je » (ou « j' » sous sa forme contractée) qui prend ensuite le dessus, dès la ligne 19, ligne charnière de ce texte. On assiste alors à une métamorphose inversée, le rossignol se changeant en femme, la narratrice, au contraire de ce qui se passe dans le mythe grec originel où une femme est changée en rossignol comme le raconte le poète latin Ovide dans *Les Métamorphoses*.

Débutant comme un récit étiologique racontant comment le rossignol est devenu un chanteur nocturne, ce texte acquiert une portée allégorique grâce à l'analogie[3] qui se dessine entre le rossignol et la narratrice, double de l'écrivaine qui tout à coup s'éveille.

II. Un récit allégorique : le réveil d'une écrivaine

A. Du rossignol à la narratrice : une initiation

Il s'opère entre le rossignol et la narratrice une initiation comme l'indiquent les jeux d'échos et de répétitions qui parcourent le texte. Ainsi, lorsque la narratrice vit la même expérience que le rossignol, les adjectifs « cassantes » et « tenaces » sont repris pour qualifier les « vrilles de la vigne » (l.8 et l.27) tandis que des synonymes font écho aux mots employés dans l'histoire du rossignol : « ligoté » (l.10) devient « liée » (l.27), les « liens fourchus » (l.9-10) deviennent des « fils tors » (l.29), les « cornes de la vigne » (l.7) deviennent « la vigne crochue » (l.34). On remarquera que, dans ce texte dévolu au chant, l'autrice joue aussi sur la proximité sonore entre ces synonymes. L'initiation reçue par la narratrice est également perceptible par le fait qu'elle peut traduire en mots les « notes d'or » (l.23) chantées par le rossignol et maîtrise donc le sens de son chant, donné aux lignes 14 à 16 et rappelé à la ligne 26 : « Tant que la vigne pousse, pousse… ».

B. Un chant émancipateur : une révélation

À la ligne 22, l'expression « Mais moi, j'entends encore » met en valeur le statut d'initiée de la narratrice, qui a même en quelque sorte volé son secret au rossignol, celui-ci ne sachant plus le sens de ce qu'il chante (l.22). Cette initiation provoque d'abord une rupture, comme le signalent les verbes « rompre » (l.28) et « jeter » (l.30), avant que celle-ci ne débouche sur une révélation : « une plainte qui m'a révélé ma voix !… » (l.30-31). Tout comme le rossignol qui devient un « chanteur éperdu » et paraît découvrir les potentialités de son chant, la narratrice découvre celles de sa voix. L'un et l'autre partagent alors ce secret de l'écoute de soi, le rossignol se taisant « comme pour écouter en lui le prolongement d'une note éteinte » (l.20), la narratrice se taisant elle aussi pour « écoute[r] le son de [s]a voix » (l.34).

L'analogie entre le rossignol et la narratrice permet d'exprimer le réveil de l'écrivaine qui pour la première fois entend sa voix et en comprend toutes les virtualités, ce qui l'amène à formuler une sorte d'art poétique, c'est-à-dire un ensemble de règles d'écriture.

III. Un art poétique

A. L'origine primordiale du chant

La répétition du verbe « chanter » aux lignes 21-22 à laquelle répond la répétition du verbe « dire » à la ligne 37 suggère que l'ivresse musicale du rossignol se communique à la narratrice : autant que le rossignol chante, la narratrice veut dire. Mais à la différence du rossignol, ivre de notes au point d'en oublier l'origine, la narratrice signale la nécessité de s'en souvenir grâce à la répétition de « j'entends encore » (l.23-24) et à l'antithèse entre les expressions mélioratives qui qualifient le chant virtuose du rossignol aux lignes 23-24 et l'expression « le chant naïf et effrayé » (l.24) qui met au contraire en avant l'aspect spontané et craintif de ce chant. Alors que le rossignol a oublié l'origine de son chant, la narratrice s'en souvient et la présente comme primordiale afin de produire des « notes d'or » (l.23) et non plus « un gentil filet de voix » (l.1). Elle explique ainsi que la beauté du chant provient de son origine terrifiante et qu'il faut s'en nourrir (l.33-34).

B. Du chant au cri : contre le silence

La narratrice souhaite désormais faire résonner toutes les façons de dire, comme l'exprime la richesse du lexique de la parole présent dans le texte, qui va de la « plainte » (l.30) au « cri » (l.39) en passant par le « murmure » (l.35), le « verbiage modéré » (l.39-40), la « volubilité » (l.40). La narratrice veut aussi « tout » dire comme elle le proclame par les gradations des lignes 34-35 et 37-38. Cette liberté de parole se fait lutte contre le silence : celui du « somme heureux » (l.28 et 41) et dangereux qui ressemble à la mort, celui des bienséances qui forcent à l'autocensure (« ce que l'on a coutume de taire », l.34-35). Cette lutte contre le silence, cette promotion du cri (l.24, l.34, l.39) évoquent encore le mythe de Philomèle dont la langue fut coupée par son beau-frère afin qu'elle ne puisse pas dire pas à sa sœur qu'il l'avait violée : selon la version grecque du mythe, Philomèle fut ensuite changée en rossignol. Le chant du rossignol qui fait ici renaître l'écrivaine apparaît donc comme un emblème de la voix féminine, à laquelle Colette souhaite donner son essor et son ampleur.

Conclusion

Ce texte qui ouvre le recueil auquel il donne son titre revêt une importance capitale : tout en ayant l'air d'un récit étiologique écrit à rebours, il possède une portée allégorique annonçant le réveil de l'écrivaine, qui revendique d'user à sa guise désormais de toutes les virtualités du langage.

2. Voir la célèbre scène 3 de l'acte V de *Roméo et Juliette* de Shakespeare.

3. Analogie : ressemblance.

Quiz : Le roman et le récit du Moyen Âge au XXIe siècle

Plusieurs réponses peuvent être correctes.

Définition(s) et évolution du genre romanesque du Moyen Âge à nos jours

1. Le mot « roman » :

☐ a. est de nos jours synonyme de prose.
☐ b. a toujours été utilisé pour désigner des ouvrages non versifiés.
☐ c. était autrefois utilisé pour désigner des ouvrages écrits en langue latine.
☐ d. pouvait au Moyen Âge faire référence à des récits oraux.

2. Lesquels de ces romans sont associés correctement au mouvement littéraire auquel ils correspondent ?

☐ a. *Le Père Goriot* : réalisme
☐ b. *De la Terre à la Lune* : naturalisme
☐ c. *Les Lettres persanes* : genre épistolaire
☐ d. *La Condition humaine* : science-fiction
☐ e. *L'Étranger* : genre épistolaire
☐ f. *Les Misérables* : naturalisme

3. Le roman pastoral :

☐ a. est le genre romanesque initié par Chrétien de Troyes, avec notamment *Le Chevalier à la charrette*.
☐ b. connaît un grand succès à partir de la Renaissance.
☐ c. met en scène des personnages en habits de bergers qui passent beaucoup de temps à parler d'amour.
☐ d. se déroule souvent dans un décor paisible inspiré de l'Antiquité grecque.
☐ e. se caractérise par la présence de personnages masculins virils et guerriers.

4. Qui est l'auteur de *L'Astrée* ?

☐ a. Cervantès
☐ b. Le Tasse
☐ c. Honoré d'Urfé

5. Le roman d'analyse :

☐ a. se développe en partie en réaction au roman pastoral, dont les personnages et les situations sont jugés peu crédibles dans leur perfection idyllique.
☐ b. est le genre romanesque dont *Clélie, histoire romaine*, de Madeleine de Scudéry, est l'archétype.
☐ c. s'attache à décrire avec précision les sentiments et la psychologie de ses personnages.

6. Lesquels de ces romans sont des romans par lettres ?

☐ a. *Clélie, histoire romaine*, de Madeleine de Scudéry
☐ b. *Julie ou la Nouvelle Héloïse*, de Jean-Jacques Rousseau
☐ c. *La Vie de Marianne*, de Marivaux
☐ d. *Le Roman comique*, de Paul Scarron
☐ e. *Les Liaisons dangereuses*, de Choderlos de Laclos

7. Lequel de ces romans n'est pas l'un des précurseurs du roman noir ?

☐ a. *Les Mystères de Paris* (Eugène Sue)
☐ b. *Une ténébreuse affaire* (Balzac)
☐ c. *Le Comte de Monte-Cristo* (Alexandre Dumas)

8. Quel auteur prétend poursuivre l'ambition du réalisme de manière plus scientifique encore ?

☐ a. Gustave Flaubert
☐ b. Émile Zola
☐ c. Guy de Maupassant

9. Qui a utilisé l'expression « Nouveau Roman » pour la première fois ?

☐ a. Alain Robbe-Grillet
☐ b. Jérôme Lindon
☐ c. Émile Henriot

10. Selon les écrits théoriques d'Alain Robbe-Grillet, de quoi a besoin le « Nouveau Roman » ?

☐ a. d'une intrigue
☐ b. de personnages précisément décrits
☐ c. d'une narration objective qui laisse au lecteur le soin de construire l'univers du roman
☐ d. de portraits psychologiques complets
☐ e. d'un narrateur omniscient

Le personnage de roman

11. Dans quel roman balzacien rencontre-t-on Lucien de Rubempré ?

☐ a. *Splendeurs et misères des courtisanes*
☐ b. *Eugénie Grandet*
☐ c. *Le Lys dans la vallée*

12. Qui est Vautrin ?

☐ a. l'époux d'Emma Bovary
☐ b. le personnage principal du roman *Le Rouge et le Noir*, dont on suit le parcours de son séjour au séminaire à sa vie parisienne
☐ c. un ancien forçat imaginé par Balzac

13. Dans quel roman croise-t-on des personnages nommés Rica et Usbek ?

☐ a. dans *Zadig* (Voltaire)
☐ b. dans *Les Lettres persanes* (Montesquieu)
☐ c. dans *Madame Bovary* (Gustave Flaubert)

14. Comment s'appelle la fille naturelle de Fantine et de Tholomyès, dans *Les Misérables* ?

☐ a. Cosette
☐ b. Gervaise
☐ c. Éponine

15. Qui est « Boule-de-Suif » ?

☐ a. un personnage de Jules Vallès, fils d'une mère paysanne et d'un père professeur, dont l'enfance est malheureuse et solitaire
☐ b. un personnage de Jules Renard, un jeune garçon mal aimé de sa mère
☐ c. un personnage de Maupassant, une jeune femme confrontée à la méchanceté de ses compagnons de voyage pendant l'occupation prussienne

16. Qui décrit le quotidien banal d'un couple ordinaire dans *Les Choses* ?

☐ a. Alphonse Daudet
☐ b. Nathalie Sarraute
☐ c. Georges Perec

17. Dans ce passage (l'*excipit*) du *Père Goriot*, comment la caractérisation du personnage est-elle effectuée ?

Eugène de Rastignac, étudiant désargenté, vient d'assister à l'enterrement du père Goriot, mort sans que ses filles ne soient venues le voir ou l'assister.

Rastignac, resté seul, fit quelques pas vers le haut du cimetière et vit Paris tortueusement couché le long des deux rives de la Seine, où commençaient à briller les lumières. Ses yeux s'attachèrent presque avidement entre la colonne de la place Vendôme et le dôme des Invalides, là où vivait ce vrai monde dans lequel il avait voulu pénétrer. Il lança sur cette ruche bourdonnante un regard qui semblait par avance en pomper le miel, et dit ces mots grandioses :
— À nous deux, maintenant !

Balzac, *Le Père Goriot*, 1834

☐ a. La caractérisation directe du personnage par son nom permet de comprendre qu'Eugène de Rastignac est un roturier. C'est la raison pour laquelle il n'a pu pénétrer le « vrai monde ».
☐ b. À part le nom du personnage, ce passage n'offre aucun élément de caractérisation directe.
☐ c. La seule technique de caractérisation indirecte à l'œuvre dans ce passage est la description.

18. Indiquez qui est l'auteur de la citation suivante : « Un type, dans le sens qu'on doit attacher à ce mot, est un personnage qui résume en lui-même les traits caractéristiques de tous ceux qui lui ressemblent plus ou moins, il est le modèle du genre. »

☐ a. Honoré de Balzac
☐ b. François-René de Chateaubriand
☐ c. Émile Zola

19. Étienne Lantier, l'un des héros du roman *Germinal* d'Émile Zola :

☐ a. mène la grève des mineurs jusqu'à la victoire.
☐ b. est embauché pour pousser les wagonnets dans une mine de charbon.
☐ c. est contremaître dans un atelier de chemins de fer, à Lille.
☐ d. est interprété par Renaud dans le film de Claude Berri adapté du roman.

20. Dans *La Peste* d'Albert Camus, Rieux :

☐ a. est médecin à Marseille.
☐ b. pousse les autorités municipales à mettre la ville en quarantaine, pour éviter la propagation de l'épidémie.
☐ c. aide Rambert, un journaliste parisien, à traverser les barrages pour rejoindre sa compagne restée à Paris.
☐ d. parvient à organiser les secours et à juguler l'épidémie en quelques jours.

21. Eugène de Rastignac :

☐ a. est un personnage de Balzac, qui apparaît notamment dans *Le Père Goriot* et *Illusions perdues*.
☐ b. est un jeune homme doux et réservé, sans ambition ni volonté.
☐ c. est l'amant de Delphine de Nucingen.
☐ d. devient banquier aux côtés du mari de son amante.
☐ e. reste pauvre toute sa vie.

Roman, récit et vision(s) du monde

22. Que peut-on dire de l'*excipit* d'*Une Vie*, de Guy de Maupassant ?

Jeanne, après une vie faite de désillusions (conjugales, maternelles…), reçoit une lettre de son fils. Cet enfant gâté, pour qui sa mère a tout fait mais qui a répondu à cet amour par un égoïsme toujours plus grand, lui annonce qu'il a eu un enfant, et que sa compagne est morte. Jeanne accepte de s'occuper de sa petite-fille.

Alors une émotion infinie l'envahit. Elle découvrit brusquement la figure de l'enfant qu'elle n'avait pas encore vue : la fille de son fils. Et comme la frêle créature, frappée par la lumière vive, ouvrait ses yeux bleus en remuant la bouche, Jeanne se mit à l'embrasser furieusement, la soulevant dans ses bras, la criblant de baisers.

Mais Rosalie, contente et bourrue, l'arrêta. « Voyons, voyons, madame Jeanne, finissez ; vous allez la faire crier. »

Puis elle ajouta, répondant sans doute à sa propre pensée : « La vie, voyez-vous, ça n'est jamais si bon ni si mauvais qu'on croit. »

☐ a. Cette fin de roman est extrêmement nuancée et laisse au lecteur la liberté de sa propre interprétation.

☐ b. Cette fin de roman est tranchée. Maupassant ne propose qu'une piste d'interprétation et elle est résolument optimiste, le personnage principal reprenant espoir grâce à cet enfant.

☐ c. Cette fin de roman laisse entrevoir un avenir radieux pour le personnage principal.

23. Comment peut-on définir le genre des Mémoires ?

☐ a. le récit fictif de la vie d'un personnage imaginaire

☐ b. le récit réel de la vie d'un homme de lettres, d'un artiste ou d'un inconnu

☐ c. le récit réel de la vie d'un personnage public

24. Que signifie la phrase de Guy de Maupassant : « Faire vrai consiste donc à donner l'illusion complète du vrai, suivant la logique ordinaire des faits, et non à les transcrire servilement dans le pêle-mêle de leur succession. » (Préface de *Pierre et Jean*, 1888) ?

☐ a. La réalité telle qu'elle apparaît dans les œuvres réalistes est nécessairement reconstruite.

☐ b. Les œuvres réalistes ont réussi à transcrire la réalité brute, exactement telle qu'elle est à l'extérieur du roman.

☐ c. L'ambition des réalistes est de montrer que la réalité est une pure illusion.

25. Voici un extrait de *La Guerre des Gaules*, œuvre dans laquelle Jules César retrace l'histoire de la conquête des Gaules. Il fait ici le récit du siège d'Alésia et de sa victoire sur le chef gaulois, Vercingétorix. Selon vous, pourquoi Jules César rédige-t-il son autobiographie à la troisième personne ? Quelle est son intention ?

César se hâte pour prendre part au combat. Reconnaissant son approche à la couleur de son vêtement [...] et apercevant les escadrons et les cohortes dont il s'était fait suivre [...], les ennemis engagent le combat. Une clameur s'élève des deux côtés, et une clameur aussitôt y répond de la palissade et de tous les retranchements. Les nôtres, renonçant au javelot, combattent avec l'épée. Soudain, les ennemis aperçoivent la cavalerie derrière eux. De nouvelles cohortes approchaient : ils prirent la fuite. Nos cavaliers leur coupent la retraite. Le carnage est grand. Sédullus, chef militaire des Lémovices et leur premier citoyen, est tué ; [...] on apporte à César soixante-quatorze enseignes ; bien peu, d'une armée si nombreuse, rentrent au camp sans blessure.

Jules César, *La Guerre des Gaules*, 58-52 av. J.-C.

☐ a. Il veut masquer son identité au lecteur et faire comme si *La Guerre des Gaules* avait été écrite par quelqu'un d'autre.

☐ b. Il veut présenter *La Guerre des Gaules* comme un ouvrage historique qui retrace les événements dans toute leur vérité de façon neutre et objective.

☐ c. Il veut montrer que *La Guerre des Gaules* est avant tout un récit de fiction dans lequel lui-même n'est qu'un personnage.

Corrigés

1. a, d. À l'origine, on appelle « roman » les récits écrits en « roman », c'est-à-dire en langue romane plutôt qu'en latin. Ces récits sont généralement versifiés et colportés par les troubadours et les trouvères, sous forme orale.

2. a, c, f. Le titre est un indice, qui oriente la lecture ; il peut mettre l'accent sur le personnage principal (le « protagoniste »), sur le thème, sur le genre, etc.

Le Père Goriot : ce titre est centré sur un personnage. Le « père » signale un personnage appartenant à une catégorie sociale pauvre ou médiocre, en tout cas un roturier ; il indique aussi, de façon plus subtile, le thème principal du roman : en effet, ce personnage n'existe que par ses filles, et ce sont elles qui le perdront. Roman réaliste donc, proposant une analyse à la fois sociale et psychologique.

De la Terre à la Lune : Jules Verne montre d'emblée, en prenant pour titre un trajet à l'époque inimaginable, que nous nous situons ici dans un roman de « science-fiction », d'anticipation.

Les Lettres persanes : le titre même évoque un roman épistolaire. Il s'agit en effet d'un roman épistolaire de Montesquieu, dans lequel des étrangers, venus découvrir l'Europe, racontent leurs étonnements à des compatriotes restés en Perse. Réflexions philosophiques ou morales, descriptions amusantes, critiques acerbes se succèdent.

La Condition humaine : ce titre philosophique montre bien l'ambition et l'engagement de ce roman d'André Malraux décrivant une période troublée de l'histoire chinoise.

L'Étranger : ce titre est avant tout paradoxal. En effet, il est centré sur un personnage — mais affirme en même temps que ce personnage est un inconnu. Pas de nom propre, pas de caractérisation : il s'agit donc d'un titre qui intrigue le lecteur.

Les Misérables : Hugo annonce par ce titre que ceux dont il va décrire le parcours sont des gens humbles, miséreux, mais aussi des gens méritant la pitié. Les personnages ne sont pas seulement vus pour leur individualité, mais aussi parce qu'ils représentent une catégorie sociale.

3. b, c, d. Le roman pastoral se développe à partir de la Renaissance, tandis que les divertissements de cour se font de moins en moins violents. Tous les personnages, masculins comme féminins, y sont sensibles et chastes.

4. c. C'est Honoré d'Urfé qui est l'auteur de *L'Astrée*. C'est une œuvre majeure du XVIIe siècle, un roman à tiroirs de près de 6 000 pages dont l'intrigue repose sur l'amour entre Astrée et Céladon.

5. a, c. Le roman d'analyse se développe en effet dans le contexte d'un mouvement de critique du roman pastoral. Mais *Clélie, histoire romaine* est plutôt un roman précieux. L'archétype du roman d'analyse est *La Princesse de Clèves* de Madame de La Fayette.

6. b, c, e. Attesté dès les premiers temps de la littérature, le roman épistolaire se développe essentiellement à partir du XVIIe siècle et reste extrêmement populaire jusqu'au XVIIIe siècle. Madeleine de Scudéry inclut des extraits de la correspondance de ses personnages, mais *Clélie, histoire romaine* n'est pas un roman par lettres à proprement parler. Quant au *Roman comique* de Paul Scarron, il mêle épisodes comiques et histoires d'amour enchevêtrées.

7. c. *Le Comte de Monte-Cristo* est plutôt considéré comme un roman d'aventure.

8. b. C'est Émile Zola qui est considéré comme le chef de file du naturalisme. Il explique s'être inspiré des principes énoncés par Claude Bernard dans son *Introduction à l'étude de la médecine expérimentale*.

9. c. C'est le journaliste Émile Henriot qui utilise pour la première fois le terme de « Nouveau Roman », pour critiquer un roman d'Alain Robbe-Grillet. Ce dernier, alors conseiller littéraire aux Éditions de Minuit, s'empare du terme et le reprend à son compte, notamment pour désigner le groupe d'auteurs qui partagent ses convictions littéraires.

10. c. Les auteurs du Nouveau Roman refusent la subjectivité et la psychologie. L'intrigue et les personnages ne leur paraissent pas indispensables.

11. a. Lucien de Rubempré est un personnage de *La Comédie humaine*. Il apparaît dans *Illusions perdues* et dans *Splendeurs et misères des courtisanes*. La particule de son nom évoque la noblesse du personnage, tandis que les sonorités nasales lui confèrent une certaine douceur.

12. c. L'époux d'Emma Bovary se prénomme Charles. Le personnage principal du roman *Le Rouge et le Noir* est Julien Sorel. Vautrin, personnage important de *La Comédie humaine,* est caractérisé par son nom seul, un nom marqué par des sonorités assez dures : le personnage imaginé par Balzac est non seulement un roturier mais aussi un ancien forçat.

13. b. Usbek et Rica sont deux voyageurs persans dont on suit la correspondance dans *Les Lettres persanes* de Montesquieu.

14. a. C'est Cosette, dont le diminutif évoque à lui seul la misère sociale d'une jeune enfant malheureusement confiée à une famille qui ne cesse de la maltraiter et de l'exploiter.

15. c. Boule-de-Suif est un personnage de Maupassant. La nouvelle commence dans la ville de Rouen, au cours de la guerre de 1870, alors que la ville est envahie par les Prussiens. Dix personnes, dont une jeune femme surnommée Boule-de-Suif, parviennent à prendre une diligence en direction du Havre...

16. c. Georges Perec raconte dans *Les Choses* la vie d'un jeune couple qui s'ennuie dans sa vie et qui voudrait plus de choses, sans pour autant se donner les moyens de ses ambitions. Les deux héros, Jérôme et Sylvie, portent des prénoms courants et très ordinaires, indice de la vacuité qu'ils emportent avec eux dans leurs pérégrinations.

17. b. Le personnage n'est pas roturier. Son nom montre qu'il appartient à la noblesse ; pourtant, il a apparemment échoué à entrer dans « le beau monde » de la société parisienne. Il apparaît comme un être sensible — puisque capable d'attachement pour un pauvre homme, mais aussi comme un solitaire (« resté seul »), et comme un ambitieux — à preuve, la phrase qu'il prononce à la fin de l'œuvre. Balzac utilise à la fois la caractérisation par l'action (situation, comportement), et le dialogue — dialogue d'autant plus frappant que l'interlocuteur de Rastignac est la ville tout entière... Enfin, on notera la position géographique choisie par Balzac : un cimetière, lieu de mort et où tous les hommes sont égaux ; mais un cimetière dominant Paris, un lieu élevé, exprimant tous les espoirs du héros.

18. a. Honoré de Balzac s'exprime ainsi dans la préface de son roman *Une ténébreuse affaire*. Certains personnages d'auteurs comme Émile Zola ou Honoré de Balzac sont si exemplaires d'un milieu donné qu'ils en deviennent des « types ».

19. b, d. Renvoyé de l'atelier de chemins de fer où il était ouvrier, Étienne Lantier part chercher du travail dans le bassin minier, où il est embauché pour pousser des wagonnets. Lorsque la direction de la mine décide d'une baisse de salaire arbitraire, Étienne Lantier pousse les ouvriers à se révolter et à faire grève. La direction ne cède pas et les soldats se mettent à tirer sur les manifestants.

20. b. Le docteur Rieux pousse les autorités municipales à fermer la ville.

21. a, c, d. Le personnage imaginé par Balzac est un jeune homme ambitieux, voire arriviste. Le baron de Nucingen avec lequel il travaille lui ouvre les portes du monde dans lequel il rêvait d'entrer.

22. a. Le personnage principal, malgré tout ce qu'elle a subi, retrouve avec cette enfant une forme de douceur et d'espoir. Cependant, la violence même avec laquelle Jeanne « crible » de baisers sa petite-fille peut préfigurer un recommencement de l'histoire. De plus, le romancier laisse les derniers mots à Rosalie, la servante : des mots qui sont un cliché, une sagesse populaire de la mesure — et tout se passe comme si l'auteur s'effaçait, affirmait renoncer à une « leçon » autre que celle des dictons.

23. c. Le mémorialiste est un personnage public qui a participé aux événements historiques de son temps en tant qu'acteur ou témoin et qui les relate afin de communiquer au lecteur son approche personnelle de l'Histoire.

24. a. Maupassant insiste sur l'expression « faire vrai », montrant ainsi que le romancier réaliste « fabrique » de toutes pièces un univers qui n'a que l'apparence du réel.

25. b. En parlant de lui-même à la troisième personne, il manifeste sa volonté de prendre de la distance avec les événements. Il semble ainsi s'engager à faire preuve de la plus grande objectivité et garantit au lecteur la vérité historique des faits qu'il relate.

LE THÉÂTRE DU XVIIe SIÈCLE AU XXIe SIÈCLE

Molière, *Le Malade imaginaire*

Le Malade imaginaire est la dernière pièce de Molière, créée le 10 février 1673 au théâtre du Palais-Royal : Molière, qui joue le rôle d'Argan, meurt juste après la quatrième représentation, le 17 février. On retrouve dans cette pièce tout ce qui caractérise son théâtre, depuis les emprunts formels à d'autres arts du spectacle comme la *commedia dell'arte* ou le ballet, jusqu'aux attaques en règle contre les mariages arrangés et les médecins. Comédie brillante par les fastes qu'elle déploie comme par la synthèse théâtrale qu'elle réalise, *Le Malade imaginaire* réaffirme plus que jamais les deux préceptes qui guidaient Molière : la volonté de plaire et la liberté de critiquer.

Portrait de Molière
par Pierre Mignard, vers 1658.

Un divertissement royal

Un spectacle total

Comédie-ballet mêlant théâtre, musique et danse, *Le Malade imaginaire* **offre un spectacle total à son public** : pour la création de la pièce, Molière s'entoure du chorégraphe Beauchamp avec lequel il a déjà travaillé plusieurs fois et du jeune compositeur Marc-Antoine Charpentier, qui signe alors sa seconde collaboration avec lui. Danse et musique s'entremêlent ainsi à la comédie : un prologue ouvre la pièce tandis que chacun des trois actes est suivi d'un intermède chanté et dansé.

Ces scènes de ballet empruntent toutes à **des univers littéraires connus du public** : le prologue met en scène le monde de la pastorale, le premier intermède s'inscrit dans le sillage de la *commedia dell'arte* et de la farce, le deuxième puise dans la mode de l'orientalisme qui s'installe peu à peu en France et le dernier exploite la tradition du carnaval. Molière use des divers moyens artistiques et styles littéraires à sa portée afin de faire de cette comédie un modèle de divertissement.

Le plaisir, la meilleure ordonnance qui soit

Il écrit en effet cette pièce à l'occasion du carnaval, c'est-à-dire pour une fête dont les mots d'ordre sont liesse et exubérance. En outre, cette comédie-ballet a explicitement pour intention de « délasser [le roi] de ses nobles travaux » : « Après les glorieuses fatigues et les exploits victorieux de notre auguste monarque, il est bien juste que tous ceux qui se mêlent d'écrire travaillent ou à ses louanges, ou à son divertissement » (« prologue »). Depuis 1672, Louis XIV est en guerre contre la Hollande. *Le Malade imaginaire* affiche de la sorte **une volonté délibérée d'amuser et de divertir**.

Dans **une mise en abyme joliment orchestrée**, le frère d'Argan, Béralde, fait valoir les bienfaits du divertissement : « Je vous amène ici un divertissement, que j'ai rencontré, qui dissipera votre chagrin, et vous rendra l'âme mieux disposée aux choses que nous avons à dire. [...] et cela vaudra bien une ordonnance de Monsieur Purgon » (II, 9). Le divertissement égale l'« ordonnance » : c'est affirmer que, loin d'être anodin, il peut guérir de bien des maux.

PARCOURS

Spectacle et comédie.

LA COMÉDIE-BALLET

Spectacle mêlant théâtre, musique et danse, la comédie-ballet naît en 1661 sous l'impulsion de Molière et du compositeur italien Lully qui travaillent avec le chorégraphe Beauchamp à la création des *Fâcheux*. Ensemble, ils vont ainsi créer une petite dizaine d'œuvres dont certaines connaissent un grand succès comme *Monsieur de Pourceaugnac* (1669) et *Le Bourgeois gentilhomme* (1670). Mais en 1672, Lully rachète le privilège de l'Académie royale de musique et obtient ainsi le monopole sur tous les spectacles musicaux, délivrant l'autorisation ou non à d'autres d'en créer. Molière en est donc réduit à demander au roi la permission de travailler avec seulement quelques musiciens (six chanteurs et douze violons) pour *Le Malade imaginaire* en 1673.

LA COMMEDIA DELL'ARTE

La *commedia dell'arte* apparaît en Italie au XVIe siècle et conquiert l'Europe et même la Russie. Il s'agit d'un théâtre d'improvisation : les comédiens s'attribuent un personnage et improvisent à partir d'un canevas (une trame) simple, en inventant de petites scènes ou des *lazzi* (intermèdes comiques mimés, accompagnés parfois d'un maigre dialogue, sans rapport avec l'intrigue). Les histoires varient ainsi au gré des représentations. La *commedia dell'arte* met en scène des personnages types parmi lesquels on trouve les *zanni* (valets) tels qu'Arlequin ou Scapin, le vieillard avare et libidineux nommé Pantalon, le soldat fanfaron nommé Capitan, etc. La *commedia dell'arte* constitue une véritable source d'inspiration pour Molière et le théâtre français.

Du rire à la risée : satires véhémentes

Contre les mariages d'intérêt

Mais comme toujours avec Molière, le rire est un rire « aux dépens de » : certes, il s'agit de s'amuser, mais aussi, par le rire, **d'amener les hommes à se corriger de leurs défauts en les épinglant sur la scène**. La critique des mariages d'intérêt, sujet central de bien des farces, est une constante des pièces de Molière. Elle redouble cependant d'intensité ici en se dédoublant : deux mariages servent de cible, celui projeté par Argan de sa fille Angélique avec le jeune médecin Thomas Diafoirus et celui d'Argan lui-même avec la vénale Béline. Toinette puis Béralde tentent de le convaincre de ne pas marier Angélique dans son intérêt, mais dans celui de sa fille.

La réplique finale de Béralde dans la scène 3 de l'acte III prend même le tour d'une brève **moralité** : « je vous dirai que [...] pour le choix d'un gendre, il ne faut pas suivre aveuglément la passion qui vous emporte, et qu'on doit, sur cette matière, s'accommoder un peu à l'inclination d'une fille, puisque c'est pour toute la vie, et que de là dépend tout le bonheur d'un mariage ». La critique des mariages d'intérêt atteint son acmé lorsque Argan, contrefaisant le mort, découvre que, loin de le pleurer, Béline se réjouit de son décès et ne songe qu'à s'emparer de son argent (III, 12).

Les mauvais médecins tournés en dérision

Mais le principal point de mire de cette comédie intitulée *Le Malade imaginaire* est bien sûr constitué par **les excès des médecins**. Molière en croque (à pleines dents !) tous les défauts, depuis **le pédantisme** bien (ou mal) appris du jeune Thomas Diafoirus (dont le discours fleuri tourne court dès lors que la mémoire lui fait défaut, II, 6) jusqu'à **l'ignorance** crasse et dangereuse du médecin joué par Toinette (qui, à tout symptôme énoncé répond « le poumon » et à toute ordonnance prescrite par ses pairs s'exclame « ignorant », III, 10) en passant par **l'autoritarisme** despotique de Monsieur Purgon. Celui-ci ne mâche pas ses mots en qualifiant la désobéissance d'Argan d'« attentat contre la médecine », de « crime de lèse-Faculté » et passe du ton d'un juge proférant une sentence à celui d'un sorcier lançant une malédiction (III, 5).

La satire des mauvais médecins culmine dans **la savoureuse parodie** offerte par le dernier intermède, dans lequel des comédiens jouent des médecins et imitent leur parlure savante par un mélange de mots latins, français et de termes français latinisés de façon fantaisiste.

Se jouer des limites ou la liberté de tout jouer

L'art de contourner la censure

Sans cesse, Molière a été confronté à de violentes oppositions lors de la création de ses comédies. Au fil du temps, il a développé **un art de contourner la censure** dont il semble offrir une démonstration dans cette pièce.

Afin de parvenir à parler à Angélique malgré la surveillance d'Argan, Cléante, déguisé en maître de musique, a l'idée de chanter avec elle « un petit opéra qu'on a fait depuis peu » (II, 5) et qui est en réalité une invention personnelle : des « vers libres, tels que la passion et la nécessité peuvent faire trouver à deux personnes qui disent les choses d'eux-mêmes, et parlent sur-le-champ » explique-t-il à Argan **dans un discours à double sens** qui expose à Angélique le fonctionnement de son ingénieux système de communication. Cléante imagine une pastorale dont il calque l'intrigue sur ce qui s'est passé entre Angélique et lui, comme leur rencontre qu'il raconte (II, 5) en reprenant les éléments divulgués par l'héroïne un peu plus tôt (I, 4).

Ce faisant, il parvient non seulement à déclarer son amour à Angélique, mais aussi à obtenir d'elle l'assurance du sien, lui faisant répéter à l'envi des « je vous aime » et allant jusqu'à décrire clairement leur situation avant d'éveiller les soupçons d'Argan. Difficile de ne pas voir dans cette scène **une mise en abyme de l'art d'esquiver la censure**.

Défense de la liberté d'expression

Molière va encore plus loin dans la scène 3 de l'acte III : par un autre effet de mise en abyme, Béralde conseille à Argan d'aller voir les comédies de Molière. C'est l'occasion pour Molière auteur de **répondre à ses détracteurs** en expliquant, par l'entremise de Béralde, l'objet exact de ses railleries : « Ce ne sont point les médecins qu'il joue, mais le ridicule de la médecine », puis en revendiquant le droit à la satire.

Par un extraordinaire pied de nez, en jouant Argan, c'est-à-dire un personnage représentant ses adversaires qui dénigre à n'en plus finir ses comédies, Molière comédien ridiculise ces mêmes adversaires en même temps qu'il désamorce leurs critiques. Il fait ainsi miroiter en les réconciliant les divers sens de (se) jouer (de) : *s'amuser, interpréter un rôle, se moquer,* comme il le rappelle dans un clin d'œil à la scène 13 de l'acte III, avant un dernier intermède de théâtre dans le théâtre.

Le cours à écouter

L'OPÉRETTE

Apparue en France au XIXe siècle, l'opérette est une pièce légère et courte (un ou deux actes), qui s'amuse à parodier des sujets sérieux en alternant parties parlées, parties chantées et danses burlesques.

LE MUSIC-HALL

Il s'agit d'un spectacle de variétés qui se développe en France vers 1848 et qui se compose de tours de chant, de numéros comiques et parfois d'attractions, attirant un public populaire, en quête d'un divertissement festif.

LA COMÉDIE MUSICALE

Héritée de la comédie-ballet, de l'opérette et de la revue de music-hall, la comédie musicale désigne une pièce et, plus tard, un film, mêlant prose, parlée et chantée, et danse. À la différence des précédents spectacles musicaux, la comédie musicale se détache de la musique classique et fait la part belle à d'autres styles de musique comme le jazz. Si certains historiens du genre font remonter ses débuts à *The Shop Girl* de George Edwardes en 1892 en Angleterre, la plupart d'entre eux s'accordent à donner à *The Black Crook* (1866), adaptation du mythe de Faust, les honneurs de la création du genre. L'avènement du cinéma parlant à la fin des années 1920 marque un tournant : à partir du *Chanteur de jazz* (1927) d'Alan Crosland, les comédies musicales connaissent un essor sans précédent et certaines d'entre elles deviennent des succès internationaux tels *Top Hat* (1935), *Chantons sous la pluie* (1952) et *West Side Story* (1961) pour n'en citer que quelques-unes.

Dissertation

La comédie n'est-elle qu'un divertissement ?

Vous répondrez à cette question en vous appuyant sur Le Malade imaginaire *de Molière ainsi que sur des lectures personnelles.*

Introduction

Analyse du sujet :

La comédie a souvent été considérée comme un spectacle léger : le but qu'elle affiche, faire rire le spectateur, l'a souvent reléguée au rang de simple distraction sans conséquence. Certes, la comédie fait rire à gorge déployée à partir de petits riens, de situations futiles, mais cela signifie-t-il pour autant qu'il ne faille pas la prendre au sérieux ?

Annonce du plan :

Nombre d'auteurs comiques ont revendiqué haut et fort le simple droit d'amuser par tous les moyens leur public. Néanmoins, le rire provoqué par la comédie est souvent un rire « aux dépens de » : un personnage, une situation suscitent la moquerie du spectateur, mettant ainsi en évidence un défaut, un ridicule. Cette capacité à faire rire que détient la comédie s'avère alors libératrice.

Le plan développé

I. La liberté d'amuser par tous les moyens

A. Des plaisanteries prosaïques

« Je voudrais bien savoir si la grande règle de toutes les règles n'est pas de plaire et si une pièce de théâtre qui a attrapé son but n'a pas suivi un bon chemin », dit Dorante dans la scène 6 de *La Critique de l'École des femmes* de Molière : assurément, le but de la comédie est l'amusement du public.

Pour ce faire, elle n'hésite pas à recourir au comique décrié, mais toujours efficace du « bas corporel ». *Le Malade imaginaire* lui consacre une place non négligeable en mentionnant les maux d'Argan et les ordonnances des médecins. Ce comique culmine lorsque Monsieur Purgon se met à maudire Argan à grand renfort de maladies digestives : de la « bradypepsie » à la « dyspepsie », de la « dyspepsie » à l'« apepsie », de l'« apepsie » à la « lienterie », etc. (III, 5).

B. Les fastes de la comédie : séduire et fasciner

Mais le divertissement que propose la comédie se traduit aussi par un art de séduire et fasciner le spectateur, comme c'est le cas avec la comédie-ballet qui ne ménage pas ses effets en mêlant théâtre, danse et musique.

Dans *Le Malade imaginaire*, le prologue et les trois intermèdes mettent en scène des univers très différents, de la pastorale au carnaval en passant par la *commedia dell'arte* et l'orientalisme. Outre l'animation produite par la musique et la danse, on imagine assez bien le faste des costumes, des maquillages, des lumières tel qu'a pu essayer de les reproduire Jean-Marie Villégier dans sa mise en scène au théâtre du Châtelet en mars 1990.

La comédie s'affirme comme un divertissement préoccupé seulement de plaire et d'amuser. Pourtant le rire qu'elle provoque n'est pas aussi bénin qu'il le semble.

II. Faire rire pour mieux dénoncer les travers du monde

A. Des pièces engagées

Sous couvert de faire (innocemment) rire le spectateur, bien des comédies pourraient être qualifiées de pièces engagées, car elles dénoncent, en les tournant en dérision, les injustices sociopolitiques de leur temps.

Les pièces de Molière en sont bien sûr un exemple : si dans *Le Malade imaginaire* il s'attaque au pouvoir excessif des médecins, dans *Tarfuffe*, l'une de ses pièces les plus polémiques, il s'en prend à l'influence abusive des faux dévots.

Un siècle plus tard, la comédie prend une teinte explicitement politique avec *Le Mariage de Figaro* de Beaumarchais. Dans son célèbre monologue, Figaro met à mal la société des trois ordres et des privilèges en invectivant le comte en son absence : « Parce que vous êtes un grand seigneur, vous vous croyez un grand génie ! ... noblesse, fortune, un rang, des places, tout cela rend si fier ! Qu'avez-vous fait pour tant de biens ? vous vous êtes donné la peine de naître, et rien de plus [...] » (V, 3).

B. Une école de sagesse

La comédie, en exagérant les manies d'un individu au point d'en faire un « type », se révèle aussi être une école de sagesse. S'ouvrant au plus fort de la crise monomaniaque d'un personnage qui tyrannise son entourage, elle mène peu à peu à sa défaite en ridiculisant au fur et à mesure toutes ses obsessions.

MOTS CLÉS

MISE EN ABYME

Fait pour un texte de se prendre lui-même pour objet ou de se représenter lui-même comme un élément de l'œuvre. Il y a « théâtre dans le théâtre » lorsque les personnages d'une pièce deviennent eux-mêmes spectateurs d'une pièce de théâtre à l'intérieur de celle à laquelle ils appartiennent.

PASTORALE

Récit qui raconte, dans un cadre champêtre, les amours de héros qui sont des bergers et des bergères. La pastorale s'inspire de la poésie grecque et latine de Théocrite et de Virgile et a nourri aussi bien le genre romanesque que le genre théâtral. Elle connaît un grand succès au théâtre à la Renaissance et continue à se développer au XVIIe siècle grâce à l'esthétique galante et précieuse, tout en s'étendant au genre de l'opéra.

CITATIONS

- « Les plus beaux traits d'une sérieuse morale sont moins puissants, le plus souvent, que ceux de la satire ; et rien ne reprend mieux la plupart des hommes que la peinture de leurs défauts. C'est une grande atteinte aux vices que de les exposer à la risée de tout le monde », Molière, préface de *Tartuffe*.

- « La musique n'ajoute pas peu d'ampleur à cette magnificence du rire ; surtout, elle le rend possible ; elle désarme la critique ; elle livre la raison aux folies des sens. En même temps, elle adoucit l'ironie, elle enlève à la parole railleuse ce qu'elle a toujours d'un peu sec », Romain Rolland, *Les Origines du théâtre lyrique moderne*.

Médecin tenant une seringue (gravure).

C'est le cas dans *L'École des femmes* de Molière, où Arnolphe incarne le stéréotype de l'homme qui craint d'être cocu au point d'élever une jeune fille dans le secret et l'ignorance de tout pour en faire une épouse docile.

Dans *Le Malade imaginaire*, la scène d'ouverture lors de laquelle Argan fait ses comptes et énumère à n'en plus finir tout ce qu'il a payé aux médecins, donne une juste idée de sa folie, dont les autres personnages tentent de le guérir en lui faisant prendre conscience de l'excès dans lequel il est tombé.

Le rire provoqué par la comédie est moins anodin qu'il ne le semble à première vue : le spectateur rit de personnages ou de situations qui lui apparaissent tout à coup risibles, car il en perçoit, par un effet de grossissement comique, tout le ridicule. C'est que le divertissement occasionné par la comédie permet, en lui faisant prendre de la distance, de libérer le spectateur.

III. Un rire libérateur : divertir ou l'art de détourner des pensées sombres

A. Le rire comme remède

Certes la comédie est un divertissement, mais un divertissement au sens fort du terme puisque celui-ci vient du latin *divertere* qui signifie « détourner ».

La comédie est ainsi ce qui permet de se détourner de ses ennuis, comme l'explique Françoise à Irénée dans *Le Schpountz* de Pagnol : « Quand on fait rire sur la scène ou sur l'écran, on ne s'abaisse pas, bien au contraire. Faire rire ceux qui rentrent des champs, avec leurs grandes mains tellement dures qu'ils ne peuvent plus les fermer ; [...] Ceux qui reviennent de l'usine, la tête basse, les ongles cassés, avec de l'huile noire dans les coupures de leurs doigts... » De fait, le divertissement apporté par la comédie est un remède qui vaut bien « une ordonnance » comme le déclare Béralde à Argan dans *Le Malade imaginaire* (II, 9).

B. Philosophie du rire : dépasser la crainte de la mort

Le divertissement comique permet aussi de dépasser certaines de ses peurs et, parmi elles, la plus répandue, celle de la mort.

C'est bien cette peur qui hante Argan : les multiples maladies qu'il s'invente n'en sont que l'expression. C'est une facétie imaginée par sa servante qui lui offre l'occasion d'apprivoiser sa crainte : Toinette, pour éprouver la véracité des sentiments de Béline puis d'Angélique à son égard, lui propose de faire semblant d'être mort.

Si Argan s'inquiète la première fois (« N'y a-t-il point quelque danger à contrefaire le mort ? », III, 11), il obtempère sans objection la seconde fois. Jouer au mort (et faire naître de belles frayeurs chez ses victimes en mettant fin à la plaisanterie !) lui permet de mettre la mort à distance et, ainsi, de surmonter sa phobie.

Conclusion

La comédie assume pleinement son caractère de divertissement en se donnant comme dessein premier de faire rire son public par tous les moyens et, comme mission, de parvenir à le détourner de ses idées noires : si le rire s'élève à partir de petits riens, par la dimension d'exutoire qu'il possède, il hisse celui qui le laisse s'échapper au-dessus des évènements et le réconcilie avec sa finitude.

ZOOM SUR...

Le baroque.

Ce courant littéraire apparaît à la fin de la Renaissance et s'éteint peu à peu avec les débuts du classicisme. Il est caractérisé par le recours à la mise en abyme, le goût pour les jeux sur la perspective et l'illusion d'optique et le choix de l'irrégularité, de l'asymétrie et du foisonnement. Ses thèmes de prédilection sont la hantise de la mort et la vanité de l'existence humaine.

Les Plaisirs de l'île enchantée.

Du 7 au 13 mai 1664 ont lieu de grandes fêtes au château de Versailles, commandées par Louis XIV, organisées par le duc de Saint-Aignan et conçues par le machiniste et décorateur Carlo Vigarani. Leur déroulement s'appuie sur un épisode du *Roland furieux* de l'Arioste, où la magicienne Alcine retient prisonniers dans son palais des chevaliers qui s'ingénient à inventer des amusements pour passer le temps. Durant les cinq journées que durent ces fêtes grandioses, toutes sortes de spectacles et divertissements se succèdent : défilés et courses équestres, illuminations et feux d'artifice, loteries, visites de la Ménagerie, ballets, comédies-ballets, comédies. Molière y donne quatre comédies : *La Princesse d'Élide*, *Les Fâcheux*, *L'Hypocrite* et *Le Mariage forcé*. *L'Hypocrite* est la première version de ce qui deviendra *Tartuffe* : en attaquant les faux dévots, Molière déclenche parmi la Cour un véritable scandale qui marque le début de l'affaire du *Tartuffe*.

Marivaux, *Les Fausses Confidences*

Créée à la Comédie-Italienne à Paris le 16 mars 1737, *Les Fausses Confidences* est la vingt-septième pièce de Marivaux, auteur reconnu alors âgé de 49 ans, et sa dernière comédie en trois actes. Lors de sa création, le succès n'est pas au rendez-vous : il faut attendre sa reprise au Théâtre-Français après la Révolution française pour qu'elle devienne l'une des œuvres de Marivaux les plus appréciées du public. Non sans raison : loin de se réduire à un simple badinage ou « marivaudage » comme cela a souvent été reproché au théâtre de Marivaux, cette comédie se fait le reflet de l'évolution de la société française, annonçant les bouleversements sociaux et politiques de la fin du siècle.

Portrait de Marivaux par Louis-Michel von Loo, 1753.

Une comédie grinçante

Persistance des formes traditionnelles du comique

On retrouve dans *Les Fausses Confidences* **les formes traditionnelles du comique** qui provoquent chez le spectateur un rire franc, comme le comique de mots (sur le verbe « donner », mal compris par Arlequin, I, 8) ou le comique de situation (Dorante se retrouve en un instant fiancé à Marton à cause de Monsieur Remy alors même qu'il projette de séduire Araminte, I, 4).

De même, Marivaux ayant toujours travaillé avec les comédiens du Théâtre-Italien, on trouve encore trace de l'influence de **la *commedia dell'arte*** dans cette pièce, notamment par le biais du personnage d'Arlequin, stéréotype du valet balourd et rustaud, uniquement intéressé par les victuailles et/ou la boisson et dont les bévues donnent lieu à de véritables saynètes comiques.

D'un valet à l'autre : du rire à l'inquiétude

C'est sous un tout autre jour que se présente le deuxième personnage de valet de cette comédie, Dubois. **Il s'oppose en tous points à Arlequin** et rappelle les personnages de serviteurs rusés que l'on trouve dans les comédies de Plaute. Car, à la différence d'Arlequin dont la balourdise ralentit l'action de la pièce, Dubois, lui, fait progresser l'intrigue. Plus encore, c'est lui qui, de bout en bout, en dirige le cours comme il le décrète dès le début de la pièce, en jurant à Dorante qu'il épousera Araminte : « vous réussirez, vous dis-je. Je m'en charge, je le veux, je l'ai mis là » (I, 2).

Là où Arlequin fait rire, **Dubois aurait tendance à troubler** : sa détermination, son habileté à feindre et à manipuler, si elles prêtent à sourire, ne font pas moins de lui un personnage inquiétant.

Le tableau d'une société en pleine mutation

La veuve émancipée

Avec cette comédie en apparence anodine, Marivaux saisit en réalité sur le vif les indices

PARCOURS

Théâtre et stratagème.

RHÉTORIQUE

Art du discours ou art d'argumenter, c'est-à-dire d'employer les mots pour convaincre et persuader son interlocuteur. Elle est un élément important des pièces qui reposent sur la réalisation d'un stratagème : sa réussite dépend en effet en grande partie de la capacité du personnage qui complote à influencer par la parole ses interlocuteurs.

APARTÉ

L'aparté désigne le discours qu'un personnage prononce sans être entendu des autres personnages (ce qui relève bien sûr d'une convention théâtrale). Entendu des spectateurs, l'aparté, qui dévoile les pensées de celui qui s'exprime, permet d'informer le public sur ses véritables motivations. Il révèle ainsi le double jeu de certains personnages, notamment ceux qui trament des machinations contre les autres.

DÉGUISEMENT (OU TRAVESTISSEMENT)

Changement d'identité (sexe et/ou condition sociale) d'un personnage par le biais d'un accessoire (costume et/ou port d'un masque). Le personnage peut vouloir dissimuler sa véritable identité (Rosalinde qui fuit la persécution de son oncle dans *Comme il vous plaira* de Shakespeare) ou usurper celle d'un autre personnage (Jupiter qui prend l'apparence d'Amphitryon dans la pièce de Molière). On retrouve ce procédé aussi bien dans la comédie que dans la tragédie. Le fait qu'un personnage ignore sa véritable identité est aussi considéré comme un déguisement (bien qu'inconscient) et donne lieu la plupart du temps au moment de la « reconnaissance », qui contribue à dénouer la situation.

d'une profonde et lente évolution de la société, comme autant de signes avant-coureurs de la Révolution française qui éclatera quelques dizaines d'années plus tard. Les rôles sociaux sont en effet en train de changer, comme le révèle l'héroïne de la pièce, Araminte, dont la situation reflète à la fois la difficulté du sort des femmes sous l'Ancien Régime et les premières manifestations de leur désir d'émancipation.

Le caractère d'Araminte s'affirme en effet au fil des scènes, en même temps que croît son amour pour Dorante. De son refus de le renvoyer (II, 11) à l'annonce de leur mariage (III, 13), c'est à une véritable fronde d'Araminte que l'on assiste, elle qui dénonce à haute voix les manœuvres dont elle fait l'objet : « il y a dans tout ceci des façons si désagréables, des moyens si offensants, que tout m'en choque » (III, 8).

Le valet affranchi

Outre Araminte, un autre personnage affermit peu à peu sa liberté d'action : Dubois. Valet de son état, il s'impose pourtant comme **le personnage maître de cette pièce**, dépassant de loin sa condition et surpassant, bien que le servant, son propre maître, Dorante.

La relation qui les lie ne manque pas **d'ambiguïté**. L'écart entre eux tend à se réduire puisque Dorante, personnage de plus haute condition, se fait engager au service d'Araminte, ce qui le place (bien qu'en tant qu'intendant il conserve un statut plus élevé que Dubois) au rang des serviteurs. La situation semble parfois bel et bien inversée entre Dubois et Dorante, Dubois n'hésitant pas à donner des ordres directs à son maître comme dans la scène 17 de l'acte II où il multiplie les recours aux formes impératives et oppose de sèches fins de non-recevoir à ses demandes.

Dans le piège des mots

La maîtrise du langage, un enjeu de pouvoir

Si Dubois paraît dominer de loin toutes les situations, c'est qu'à la différence de la plupart des personnages de cette pièce, il détient **une parfaite maîtrise du langage** comme une excellente connaissance de ses effets.

Arlequin prend les mots au pied de la lettre (I, 8). Marton parle trop et, pour son malheur, ne saisit que trop tard les doubles sens glissés par Dubois (I, 17 et III, 2) ou Dorante (II, 3). Quant à Madame Argante, elle se laisse aller à l'injure en traitant Dorante d'« impertinent » (III, 5), puis Monsieur Rémy, son oncle, de « bonhomme » (III, 6), lequel ne se prive pas de répliquer, en dépit de la différence de condition qui les sépare. Enfin, la parlure très policée, voire maniérée du Comte qui multiplie les litotes, s'avère désuète (III, 8) et le dessert auprès d'Araminte. Le rapport qu'entretiennent les personnages avec le langage est révélateur de **l'influence qu'ils exercent** au sein de leur microsociété.

Le doux poison des mots

En fin connaisseur de la puissance du langage, Dubois s'ingénie à distiller ses paroles à l'oreille d'Araminte afin d'éveiller en elle un tendre intérêt pour Dorante. Relatant les circonstances dans lesquelles Dorante se serait épris d'elle, il recourt **au topos de la rencontre à l'Opéra**. Il prend alors soin de rendre son récit vraisemblable en insistant sur un jour de la semaine (« c'était un vendredi, je m'en ressouviens ; oui un vendredi », I, 14) tout en passant sous silence la date exacte de cette rencontre : à la fois vraisemblable et romanesque, ce récit dont la véracité est invérifiable ne peut que flatter Araminte qui s'y laisse prendre.

De même, Dubois use de **tous les artifices possibles** pour exalter ses sentiments, comme la jalousie en lui inventant une rivale (I, 14) ou la connivence en lui faisant croire qu'elle détient le secret de la passion de Dorante à son insu (I, 14). Dubois évalue si bien le poids de sa parole qu'il n'hésite pas à en faire miroiter la valeur, par exemple dans la scène 10 de l'acte II où il se fait prier pour dire « un mot ».

Araminte, de plus en plus consciente **du pouvoir que les paroles de Dubois ont sur elle**, tente de s'en prémunir : « tais-toi donc, tais-toi » lui enjoint-elle (II, 12) avant de réitérer plus tard cette demande (II, 16 et III, 9). En dépit de ces dénégations, Araminte a déjà bu tout le poison de ses discours et s'est éprise de Dorante. En élève modèle, elle a cependant appris en observant son valet à manier le langage à son avantage, au point de « tendre un piège » (II, 12) à Dorante en lui dictant une fausse déclaration au Comte afin de le forcer à lui avouer son amour. Mais Dorante, bien qu'en apparence réduit au silence sur sa passion, se révèle lui-même très adroit avec les mots.

Le cours à écouter

DRAME ROMANTIQUE ET CONSPIRATION

Dans la plupart des pièces de théâtre, les héros sont confrontés à un complot qu'ils doivent déjouer, comme dans *Marie Stuart* de Schiller, où Marie Stuart tente d'échapper à sa mise à mort décrétée par sa cousine Élisabeth Iʳᵉ. Mais, avec la création du drame romantique au XIXᵉ siècle, apparaissent des héros qui fomentent eux-mêmes des conspirations. C'est le cas d'Hernani, dans la pièce de Victor Hugo, qui, par vengeance, projette de tuer le roi Don Carlos. La pièce de Musset *Lorenzaccio* repose, elle, tout entière sur le dessein de Lorenzo d'assassiner son cousin le duc Alexandre de Médicis, tyran de Florence, afin de restaurer la république. Ce choix d'un héros conspirateur permet à Musset de représenter les tourments intérieurs de ce personnage romantique, déchiré entre la hauteur de ses idéaux et la cynique trivialité de la réalité.

LUTTES ET JOUTES AMOUREUSES

Outre la politique, l'amour est le grand inspirateur de ruses et de stratagèmes ingénieux. Les pièces de Marivaux en sont bien sûr un parfait exemple, les personnages n'hésitant pas à changer d'identité pour s'assurer de l'amour de l'élue de leur cœur (*L'Épreuve*) ou pour découvrir incognito leur futur(e) promis(e) (*Le Jeu de l'amour et du hasard*). L'amour est l'enjeu d'une véritable bataille pour réunir les deux jeunes amoureux (*L'École des femmes* de Molière ou *Roméo et Juliette* de Shakespeare), lorsqu'il n'est pas l'objet d'une lutte entre les amoureux eux-mêmes qui ne parviennent pas à s'avouer leur amour mutuel (*On ne badine pas avec l'amour* de Musset).

Commentaire

Vous commenterez ce texte issu de la pièce Les Fausses Confidences *de Marivaux.*

ARAMINTE. — Mais dans la situation où vous êtes, quel intérêt aviez-vous d'entrer dans ma maison, et de la préférer à une autre ?
DORANTE. — Je trouve plus de douceur à être chez vous, Madame.
ARAMINTE. — Il y a quelque chose d'incompréhensible en tout ceci ! Voyez-vous souvent la personne que vous aimez ?
DORANTE, *toujours abattu.* — Pas souvent à mon gré, Madame ; et je la verrais à tout instant, que je ne croirais pas la voir assez.
ARAMINTE, *à part.* — Il a des expressions d'une tendresse ! *(Haut.)* Est-elle fille ? A-t-elle été mariée ?
DORANTE. — Madame, elle est veuve.
ARAMINTE. — Et ne devez-vous pas l'épouser ? Elle vous aime, sans doute ?
DORANTE. — Hélas ! Madame, elle ne sait pas seulement que je l'adore. Excusez l'emportement du terme dont je me sers. Je ne saurais presque parler d'elle qu'avec transport !
ARAMINTE. — Je ne vous interroge que par étonnement. Elle ignore que vous l'aimez, dites-vous, et vous lui sacrifiez votre fortune ? Voilà de l'incroyable. Comment, avec tant d'amour, avez-vous pu vous taire ? On essaie de se faire aimer, ce me semble : cela est naturel et pardonnable.
DORANTE. — Me préserve le ciel d'oser concevoir la plus légère espérance ! Être aimé, moi ! Non, Madame. Son état est bien au-dessus du mien. Mon respect me condamne au silence ; et je mourrai du moins sans avoir eu le malheur de lui déplaire.
ARAMINTE. — Je n'imagine point de femme qui mérite d'inspirer une passion si étonnante : je n'en imagine point. Elle est donc au-dessus de toute comparaison ?
DORANTE. — Dispensez-moi de la louer, Madame : je m'égarerais en la peignant. On ne connaît rien de si beau ni de si aimable qu'elle ! Et jamais elle ne me parle ou ne me regarde, que mon amour n'en augmente.
ARAMINTE, *baisse les yeux et continue.* — Mais votre conduite blesse la raison. Que prétendez-vous avec cet amour pour une personne qui ne saura jamais que vous l'aimez ? Cela est bien bizarre. Que prétendez-vous ?
DORANTE. — Le plaisir de la voir quelquefois, et d'être avec elle, est tout ce que je me propose.
ARAMINTE. — Avec elle ! Oubliez-vous que vous êtes ici ?
DORANTE. — Je veux dire avec son portrait, quand je ne la vois point.
ARAMINTE. — Son portrait ! Est-ce que vous l'avez fait faire ?
DORANTE. — Non, Madame ; mais j'ai, par amusement, appris à peindre, et je l'ai peinte moi-même. Je me serais privé de son portrait, si je n'avais pu l'avoir que par le secours d'un autre.
ARAMINTE, *à part.* — Il faut le pousser à bout. *(Haut.)* Montrez-moi ce portrait.
DORANTE. — Daignez m'en dispenser, Madame ; quoique mon amour soit sans espérance, je n'en dois pas moins un secret inviolable à l'objet aimé.
ARAMINTE. — Il m'en est tombé un par hasard entre les mains : on l'a trouvé ici. *(Montrant la boîte.)* Voyez si ce ne serait point celui dont il s'agit.
DORANTE. — Cela ne se peut pas.
ARAMINTE, *ouvrant la boîte.* — Il est vrai que la chose serait assez extraordinaire : examinez.
DORANTE. — Ah ! Madame, songez que j'aurais perdu mille fois la vie, avant d'avouer ce que le hasard vous découvre. Comment pourrai-je expier ?... *(Il se jette à ses genoux.)*

Marivaux,
Les Fausses Confidences, Acte II, scène 15

Introduction

Présentation de l'extrait

Avertie par Dubois de l'amour que Dorante lui porte, Araminte a tenté une première fois dans la scène 13 de l'acte II de l'amener à lui avouer ses sentiments en lui faisant écrire une fausse déclaration au Comte : sans succès. Dans cette scène, Araminte vient d'apprendre de la bouche même de Dorante qu'il n'aime ni Marton ni le riche parti qui s'était présenté à lui, mais une troisième femme. Elle décide alors d'essayer une seconde fois de le pousser à dévoiler le nom de celle qu'il aime, non sans prendre le risque de trahir ses propres sentiments.

Problématique et annonce du plan

En quoi peut-on dire que Marivaux fait de cette scène d'aveu une véritable partie de jeu entre les deux protagonistes ? Araminte semble dans un premier temps mener la partie, en prenant l'initiative de soumettre Dorante à un interrogatoire amoureux. Mais celui-ci, fidèle aux règles de la galanterie, ne se déclare qu'à demi-mot, ne tombant pas dans le piège qu'elle lui tend. En fin de compte, ce pourrait bien être Araminte qui se laisse attraper.

Le plan développé

I. Un interrogatoire amoureux

A. Évaluer la profondeur des sentiments de Dorante

L'interrogatoire auquel Araminte soumet Dorante lui permet tout d'abord d'évaluer la profondeur de ses sentiments.

La passion avec laquelle Dorante évoque la femme qu'il aime provoque chez Araminte un fort mouvement de surprise comme l'indiquent, dans son premier aparté, l'exclamation et l'expression emphatique (« d'une tendresse »).

La stupéfaction d'Araminte ne fait que croître au fur et à mesure que les mots employés par Dorante pour décrire son amour gagnent en puissance. Lorsqu'elle dit ne questionner son intendant que « par étonnement » sur « une passion si étonnante », la dérivation qui fait passer d'« étonnement » à « étonnante » trahit l'intensité de sa surprise, tout comme l'emploi répété d'adverbes (« **si** étonnante » ; « Elle est **donc** »).

B. Amener Dorante à se déclarer

Informée de la passion de Dorante à son égard et ayant déjà échoué une première fois à la lui faire avouer, Araminte dans cette scène joue le tout pour le tout : ses neuf premières répliques (sur un total de douze) contiennent toutes une à deux questions, ce qui fait un total de treize questions dans ce court extrait !

Leur brièveté (quelques mots qui s'enchaînent parfois deux par deux) dit l'impatience d'Araminte comme la pression qu'elle exerce sur Dorante, à qui elle laisse à peine le temps de répondre.

Cet interrogatoire franchit un palier supérieur avec la répétition de « Que prétendez-vous » dans la même réplique, suivie par un échange de stichomythies (répliques brèves) entre Araminte et Dorante. C'est ensuite par l'abandon de l'interrogation au profit de l'impératif qu'un dernier palier est passé.

Quoique l'emploi de l'interrogation et de l'impératif place Araminte en position dominante dans ce dialogue, Dorante cependant ne faiblit pas et ne lui livre qu'un aveu à demi-mot.

II. Un aveu à demi-mot

A. Une déclaration galante

Refusant toute déclaration d'amour directe, Dorante n'en fait pas moins une déclaration galante à Araminte. En effet, Dorante ne se résout jamais à outrepasser le respect qu'il doit à Araminte selon les règles de la galanterie : étant d'une position sociale inférieure à la sienne, il ne peut lui parler de son amour sans risque de l'offenser.

Choisissant alors de ne jamais lui adresser directement sa déclaration, mais mentionnant toujours l'objet de son amour à la troisième personne du singulier, Dorante n'en recourt pas moins à tout le vocabulaire de la passion amoureuse. Il emploie ainsi le verbe « adorer » dans son sens fort ou encore le terme « transport » qui désigne une très vive émotion.

Il assure ne pouvoir décrire la femme aimée, car elle est au-dessus de tout (« On ne connaît rien de si beau ni de si aimable qu'elle ! ») et se dit par deux fois prêt à mourir plutôt que de trahir son secret.

B. Une ambiguïté savamment cultivée

Dorante n'en cultive pas moins l'ambiguïté, parsemant ses réponses évasives d'indications pratiques très précises.

Dans l'ordre, il annonce ainsi à Araminte que la femme qu'il aime est « veuve », puis qu'elle est d'« un état bien au-dessus du [s]ien » : autant d'éléments qui ne peuvent que confirmer Araminte dans l'idée qu'il lui parle d'elle.

Dorante va même plus loin en lui laissant entendre par deux fois qu'il se trouve chaque jour en présence de cette femme. Lorsque Araminte lui demande quel intérêt il a à travailler chez elle, il joue dans sa réponse sur le terme « douceur », qui appartient également au vocabulaire galant et amoureux.

Si Dorante paraît en mauvaise posture dans ce dialogue où Araminte tente de le mettre au pied du mur, ce n'est qu'à première vue, car, en réalité, tout se déroule selon son souhait.

III. Telle est prise qui croyait prendre…

A. Un coup d'avance

Araminte ne peut gagner la partie amoureuse qui se joue dans cette scène, car Dorante a pipé les dés : contrairement à ce qu'elle croit, il sait qu'elle a connaissance de son amour puisque Dubois, à sa demande, le lui a révélé.

C'est pour cette raison que Dorante peut se permettre des paroles ambiguës : parce qu'il sait qu'Araminte en saisira le double sens. Il maîtrise donc entièrement la situation dans cette scène, comme le confirme l'ironie comique qui perce dans cette réplique : « Hélas ! Madame, elle ne sait pas seulement que je l'adore. »

Autre indice de sa maîtrise de la situation, l'emploi anticipé et figuré du verbe « peindre » (« je m'égarerais en la peignant ») par lequel il amène peu à peu la conversation sur le portrait pictural qu'il a réalisé d'Araminte et qu'il a sciemment fait intercepter par Arlequin et Marton afin que son amour soit connu de tous. Ainsi Dorante, qui semblait respecter toutes les conventions sociales, les transgresse.

B. Araminte s'expose

Aussi Araminte est-elle en réalité dans cette scène celle qui s'expose et découvre malgré elle ses sentiments.

Son impatience, qui se manifeste par l'accumulation de questions et d'exclamations, est le signe de son intérêt pour Dorante. Ses dénégations (« Je ne vous interroge que par étonnement »), les précautions oratoires qu'elle prend (« par hasard » ; « si ce ne serait point ») et les ouvertures qu'elle ménage en direction de Dorante (« On essaie de se faire aimer, ce me semble : cela est naturel et pardonnable ») sont autant d'indices de sa tendresse pour lui.

Enfin, la multiplication des impératifs à la fin de l'extrait, en signalant sa détermination à faire avouer à Dorante son amour, achève de trahir celui qu'elle éprouve pour lui.

Conclusion

Marivaux, fidèle à sa conception de l'amour comme jeu entre les deux protagonistes, fait de cette scène une partie serrée entre Araminte et Dorante. Mais les dés ont été pipés dès le début par Dorante, et l'aveu progressif qu'il fait de son amour à Araminte n'est en réalité que l'une des fausses confidences qui émaillent cette pièce, rappelant que, au théâtre, il ne saurait y avoir de véritables confidences.

Jean-Luc Lagarce, *Juste la fin du monde*

Juste la fin du monde est l'une des dernières pièces de théâtre de Jean-Luc Lagarce, écrite peu de temps après qu'il a appris sa séropositivité. Les notes de création conservées dans son *Journal* révèlent que cette pièce s'intitulait à l'origine *Quelques éclaircies*. Si la trame reste la même (un homme décide de rendre visite à sa famille pour lui annoncer sa mort prochaine), l'évolution du titre manifeste le changement de tonalité de l'œuvre : l'optimisme esquissé par les éclaircies laisse place à un sentiment de fin du monde, perçu tantôt comme tragique, tantôt comme dérisoire.

Jean-Luc Lagarce

Du drame familial à la comédie de la famille

Une reconnaissance manquée

Le retour du héros dans la maison familiale après plusieurs années d'absence s'accompagne d'un désir : celui **d'être reconnu par les siens**. Il peut être compris comme une volonté de donner à ses proches une seconde chance de le connaître (*re-connaître* prend alors le sens de *connaître une seconde fois*) et de leur permettre de découvrir ses qualités (*reconnaître* prend alors le sens d'*obtenir la considération des autres*).

Sur le plan dramaturgique, **la « reconnaissance » est aussi un procédé théâtral**, employé habituellement à la fin d'une pièce pour en permettre le dénouement. Or, dans cette pièce, tout se joue dès le début : Louis doit se faire reconnaître par ses proches et il a un secret à leur avouer. Mais il ne parvient à faire ni l'un ni l'autre. C'est son frère, Antoine, qui entérine cette reconnaissance manquée : « tu ne sais pas qui je suis, / tu ne l'as jamais su, / ce n'est pas ta faute et ce n'est pas de la mienne / non plus, moi non plus, je ne te connais pas [...] / on ne se connaît pas » (partie 1, sc. 11). Si toute reconnaissance est impossible, c'est que les personnages avouent ne s'être jamais connus. Ils se révèlent prisonniers des rôles qu'ils se sont attribués les uns aux autres.

Une vaine tentative de dé-jouer

Le retour de Louis peut de ce fait apparaître comme **une tentative de dé-jouer** : déjouer l'intrigue qu'il prévoit, dé-jouer la distribution des rôles. Lorsqu'il a entrepris son voyage, il savait déjà quelle tournure allaient prendre les événements : « c'est exactement ainsi, / lorsque j'y réfléchis, / que j'avais imaginé les choses, / vers la fin de la journée, / sans avoir rien dit de ce qui me tenait à cœur / – c'est juste une idée mais elle n'est pas jouable » (partie 2,

PARCOURS

Crise personnelle, crise familiale.

TRAGÉDIE ET FAMILLE

Dans la tragédie, le héros ou l'héroïne tente vainement d'échapper à une malédiction familiale. Ainsi, l'histoire des grandes familles tragiques de la mythologie gréco-romaine que sont les Atrides (Agamemnon, Ménélas, Clytemnestre, Iphigénie, Oreste et Électre) et les Labdacides (Œdipe, Jocaste, Étéocle et Polynice, Antigone, Ismène) ont inspiré les trois grands auteurs tragiques grecs, Eschyle, Sophocle et Euripide. Eschyle s'intéresse aux Labdacides dans *Les Sept contre Thèbes* et aux Atrides dans l'*Orestie*. Sophocle consacre trois pièces aux Labdacides, *Antigone*, *Œdipe roi*, *Œdipe à Colone* et une aux Atrides, *Électre*. Euripide quant à lui s'intéresse aux Atrides avec *Électre*, *Oreste*, *Iphigénie en Tauride* et *Iphigénie à Aulis*. La tragédie explique le destin funeste du héros ou de l'héroïne tragique par leur ascendance : ils sont condamnés à expier malgré eux des crimes commis par leurs ancêtres, comme Phèdre encore, protagoniste des pièces de Sénèque et de Racine.

LUTTES FRATRICIDES

Sujet à la fois mythologique (Romulus et Rémus) et biblique (Caïn et Abel), la lutte entre deux frères a souvent été représentée sur scène. Le combat entre Étéocle et Polynice, les fils d'Œdipe, a par exemple inspiré Eschyle (*Les Sept contre Thèbes*) et Racine (*La Thébaïde*). C'est encore ce thème qui intéresse Racine dans sa tragédie *Britannicus* qui met en scène l'assassinat de Britannicus par son frère Néron.

sc. 1). Prévoyant tout ce qui va advenir, Louis voudrait en contrarier le cours et imposer une nouvelle trame à l'histoire familiale. Mais il réalise vite que ce projet n'est pas « jouable » : il est condamné, comme les autres, à endosser son costume habituel.

Car chacun joue en effet **sa comédie familière et familiale**. Louis est le frère aîné « désirable et lointain, distant » (intermède, sc. 5), Antoine, le frère au « mauvais caractère, borné » (partie 1, sc. 4), Suzanne, la petite sœur qui parle trop, la mère, celle qui ressasse et Catherine, la belle-sœur « simple, claire, précise » (partie 1, sc. 7). Chaque personnage énonce un jugement sur les autres dont aucun ne peut se libérer, comme le déclare Antoine à Louis : « car tu le voudrais, tu ne saurais plus t'en défaire, tu es pris à ce rôle » (partie 2, sc. 3). À tel point que Suzanne, la petite sœur, indique à Louis le moment de la conversation où il faudrait qu'il lui dise « Ta gueule, Suzanne » et que celui-ci, pour respecter le jeu de rôles, s'exécute (partie 1, sc. 7).

Une pièce sans action

Une structure statique

L'une des particularités de cette pièce est l'absence d'action qu'elle présente : il ne se passe rien, **les seuls actes observables sont des actes de langage**. La structure de la pièce repose sur des scènes comme juxtaposées, une suite de paroles isolées : soit le dialogue ne prend pas entre les personnages dans les scènes de groupe, soit la parole est confisquée par un seul personnage durant une scène entière, donnant lieu à une succession de **monologues**. La parole solitaire de Louis vient régulièrement ponctuer la pièce : au début (prologue), à la fin (épilogue) et au début de la seconde partie (sc. 1).

Au centre de la pièce survient l'intermède, comme dans un hors-temps, un hors-lieu, à mi-chemin entre le rêve et le fantasme, contribuant à fragmenter un peu plus la temporalité, à disloquer le réel. Pas de péripéties, pas de coups de théâtre, il n'est question que de langage : de la volonté de dire, de l'incapacité de dire.

Paroles en l'air

Tout comme aucune action ne s'engage, aucune parole ne se réalise : **le langage ne fait que sanctionner l'impossibilité de l'action**. Les personnages ne font que dire ce qu'ils feraient *si*, énoncer ce qu'ils diraient *si* : « Je souhaite quant à moi, / ce que je souhaitais, / je serais heureux de pouvoir… » (partie 1, sc. 6). Les nombreuses **épanorthoses**, le plus souvent exprimées par des changements de temps et de modes des verbes, indiquent le caractère velléitaire des paroles prononcées.

De la velléité au **mensonge**, il n'y a d'ailleurs qu'un pas et les personnages se complaisent en fausses promesses. La mère demande ainsi à Louis de mentir : « même si ce n'est pas vrai, un mensonge qu'est-ce que ça fait ? Juste une promesse qu'on fait en sachant par avance qu'on ne la tiendra pas » (partie 1, sc. 8).

Dire la lente paralysie de la vie

Dialogues de sourds-muets

Juste la fin du monde met en scène **l'échec du dialogue** : chacun se heurte à la difficulté de dire à l'autre ce qu'il voudrait exprimer. Louis le premier, dans la scène 5 de la première partie, avoue qu'il « ne trouve pas les mots » avant de conclure que sa famille l'aime comme un mort, « sans pouvoir ni savoir jamais rien [lui] dire ». Il est pris entre prières de parler et prières de se taire. Suzanne et la mère veulent qu'il se dévoile, qu'il raconte. À l'inverse, Catherine et Antoine lui intiment l'ordre de ne rien dire. À la difficulté pour Louis de parler répond **le refus d'Antoine d'écouter** : « tu voudras me parler / et il faudra que j'écoute / et je n'ai pas envie d'écouter » (partie 1, sc. 11).

Dès lors que l'un des personnages prend la parole, ou il s'excuse de le faire ou il s'emploie à fournir une interprétation des mots qu'il prononce, comme la mère qui ne cesse de commenter son propre discours : « ce que j'essaie de dire » (partie 1, sc. 4). Miné de toutes parts, le dialogue ne peut s'établir.

Observer l'inéluctable

Si les personnages ne parviennent pas à communiquer, c'est aussi que toutes leurs amorces de conversations **sont arrimées au passé**. Un passé que chacun recrée à sa façon, sur lequel chacun a son mot (définitif) à dire, comme l'explique la mère dans la scène 8 de la première partie. Pour chacun des personnages, il ne s'agit que d'exposer son point de vue, sa vérité, comme le permet au théâtre la focalisation zéro.

Pourtant cette pièce, et cela fait sa singularité, semble adopter une focalisation interne en privilégiant le point de vue de Louis qui, dépassant les limites du personnage de théâtre, se place en narrateur et en témoin d'une histoire qu'il raconte autant qu'il la (re)joue, brouillant les frontières entre les genres littéraires.

Le cours à écouter

COMÉDIE ET FAMILLE

La comédie est elle aussi fondée sur des histoires de famille mais, par définition, plus légères. Le mariage en est la grande affaire et il s'agit pour le héros ou l'héroïne d'échapper à un mariage d'affaires conclu par son père ou sa mère afin d'épouser l'élu(e) de son cœur et fonder sa propre famille. La comédie se plaît alors à croquer les membres de la famille en « types » (souvent hérités de la *commedia dell'arte*) : la grand-mère parangon de morale chrétienne, le père avare ou hypocondriaque, la belle-mère vénale, la jeune fille innocente, le fils naïf, etc. On retrouve ces personnages dans différentes pièces de Molière comme *L'École des femmes*, *Tartuffe*, *Le Médecin malgré lui*, *Le Malade imaginaire*, etc. Dans la comédie comme dans la tragédie, le héros ou l'héroïne tentent d'échapper à l'emprise familiale.

TROIS SŒURS, CINQ SŒURS

Dans le théâtre du XXe siècle, le personnage de la sœur représente souvent le type de la femme qui n'a pas réussi à vivre sa vie, déchirée entre aspirations personnelles et fidélité à l'ordre familial (dont elle finit par rester prisonnière). Plusieurs auteurs se sont plu à mettre en scène des fratries uniquement composées de sœurs qui attendent indéfiniment dans leur maison que quelque chose arrive, comme Tchekhov avec *Les Trois Sœurs*, García Lorca avec *La Maison de Bernarda Alba* et Lagarce avec *J'étais dans ma maison et j'attendais que la pluie vienne*.

Dissertation

Louis est-il un héros tragique ?

Vous répondrez à cette question en vous appuyant sur Juste la fin du monde *de Jean-Luc Lagarce ainsi que sur des lectures personnelles.*

Introduction

Analyse du sujet :

Selon le critique Jacques Morel, « le héros tragique entend s'affirmer dans le présent d'une action, fût-elle désespérée. Il n'existe que dans la mesure où il refuse d'être condamné seulement parce qu'il est homme, et veut mériter sa mort ou sa grâce par un acte libre » (*La Tragédie*). Parce qu'il affirme dans le prologue vouloir « paraître pouvoir là encore décider » et se donner « l'illusion d'être responsable de [lui]-même et d'être [...] [s]on propre maître » alors qu'il se sait condamné, Louis peut apparaître comme un héros tragique : à la veille de sa mort, il s'obstine à essayer de renouer les liens avec sa famille. Mais ce qui advient dans cette pièce n'a cependant rien d'une tragédie : personnages, actions, lieu, situations ne sont pas ceux de ce genre dramatique. Louis peut-il encore de ce fait être considéré comme un héros tragique ?

Annonce du plan :

Du héros tragique, Louis possède à la fois le destin funeste et l'absence d'espoir. L'histoire dans laquelle il évolue n'est pourtant que celle d'une famille comme les autres. Néanmoins, par l'émotion qu'il provoque, par l'angoisse et le désespoir qui l'étreignent, Louis porte indéniablement en lui une part de tragique.

Le plan développé

I. Une lutte sans espoir

A. Un héros condamné

Comme les héros tragiques, Louis est par avance condamné. Il sait qu'il n'y aura pas d'autre issue pour lui que la mort.

Il ne cherche pas à s'y dérober, à se leurrer mais au contraire à reprendre une certaine maîtrise du cours de sa vie en projetant d'annoncer la nouvelle à ses proches : « dire, / seulement dire, / ma mort prochaine et irrémédiable, / l'annoncer moi-même, en être l'unique messager » (prologue).

Se faire le messager de sa disparition à venir c'est, par le langage, regarder la mort en face et la dépouiller de son pouvoir de terreur. Mais ce n'est en aucun cas la contrer et l'épilogue s'ouvre sur ces mots de Louis : « Je meurs quelques mois plus tard, / une année tout au plus ».

B. Une histoire déjà écrite

Tout comme il se sait condamné, Louis n'ignore pas qu'il se lance, en revenant dans la maison familiale, dans une cause perdue, car tout est déjà joué d'avance : « c'est exactement ainsi, / lorsque j'y réfléchis, / que j'avais imaginé les choses, / vers la fin de la journée, / sans avoir rien dit de ce qui me tenait à cœur / [...] je repris la route » (partie 2, sc. 1).

Il ne peut alors qu'observer les choses se dérouler de la façon dont il l'avait prévue, vérifier ses hypothèses, se laisser entraîner à inventer ce qui aurait pu être : « On les devine par avance, / on s'amuse, je m'amusais, / on les organise et on fait et on refait l'ordre de leurs vies » (partie 1, sc. 10).

Comme le héros tragique, Louis ne peut ni échapper à une fin funeste ni changer le cours des choses. Mais à la différence de lui, il n'est confronté qu'à de simples événements familiaux.

II. Une simple histoire de famille

A. La banalité du quotidien

Juste la fin du monde ne met en scène que la banalité du quotidien familial. Les personnages racontent des anecdotes qui ressemblent à celles de nombreuses autres familles.

La mère rappelle ainsi à ses enfants les habituelles promenades dominicales avec leur père : « Pas un dimanche où on ne sortait pas, comme un rite, / je disais cela, un rite, / une habitude » (partie 1, sc. 4).

Elle se complaît à donner des détails d'une trivialité bien éloignée de la tragédie, comme lorsqu'elle décrit la façon qu'avait le père de laver sa voiture : « Le matin du dimanche, il la lavait, il l'astiquait, un maniaque, / cela

MOTS CLÉS

DRAME

En grec, *drama* signifie à la fois « action » et « conflit ». Le mot « drame » désigne donc toute forme d'action théâtrale, celle-ci reposant sur un conflit originel. Ce n'est qu'à partir du XVIIIe siècle, avec la création du drame bourgeois, que ce terme se met à désigner un nouveau genre théâtral, autre que la tragédie et la comédie. À la suite du drame bourgeois, diverses sortes de drames voient le jour : drame romantique, drame symboliste et drame moderne. Ce dernier met en scène l'impossibilité de l'action humaine face à l'adversité sous toutes ses formes (déterminisme social, hantise de la mort, usure du temps, etc.).

MONOLOGUE

Le monologue désigne le moment où le personnage, seul en scène, se parle à lui-même. En vérité, le monologue de théâtre est toujours en partie un dialogue : à l'intérieur de son discours solitaire, le personnage peut s'adresser à un autre personnage absent (être aimé, ennemi, Dieu, etc.) ou discuter avec lui-même, comme si deux parties différentes de lui entretenaient un dialogue (conflit interne). En outre, il ne faut pas oublier que le monologue a toujours au moins un récepteur (ou auditeur), car il est écouté par les spectateurs.

SOLILOQUE

À la différence du monologue, le soliloque désigne le discours du personnage qui ne produit aucun effet de communication. Lorsqu'il soliloque, le personnage est souvent dans un état second (rêve, ivresse, folie, angoisse, etc.). Le soliloque serait « le monologue moderne [qui] enferme le personnage dans la subjectivité d'un vécu sans transcendance ni communication » (Gérard Genette, *Figures III*).

lui prenait deux heures » (partie 1, sc. 4). Par cette description des petites choses de la vie, corollaire de l'absence de toute transcendance dans cette pièce, *Juste la fin du monde* se trouve très éloignée de la tragédie.

B. Les sempiternelles disputes familiales

De même, les seules actions qui ponctuent la pièce sont des disputes familiales, celles qui durent et se renouvellent entre les membres de la famille depuis des années et d'autres, qui surgissent tout à coup.

Le retour de Louis provoque en effet plusieurs brouilles entre Antoine et Suzanne qui rythment la pièce, Antoine accusant sa sœur de se retourner contre lui depuis que Louis est arrivé : « Toute la journée tu t'es mise avec lui, / tu ne le connais pas » (partie 2, sc. 2).

Antoine s'en prend aussi à Louis, n'hésitant pas à le singer dans la scène 9 de la première partie, ce qui l'amène à répliquer : « Tu te payais ma tête, tu essayais ». Autant de chamailleries ordinaires et insignifiantes en comparaison des grandes altercations de la tragédie.

Alors que par le prosaïsme de l'histoire qu'elle représente, cette pièce s'oppose en tous points à une tragédie, Louis s'affirme comme un personnage tragique par la détresse qui l'habite et l'émotion qu'il suscite chez le spectateur.

III. Un désarroi tragique

A. L'incommunicabilité entre les êtres

Confronté à l'impossibilité de nouer un dialogue avec ses proches, Louis exprime une angoisse poignante dont l'intermède donne toute la mesure.

Le découragement qu'il éprouve se traduit par l'image d'une maison aux dimensions démesurées : « dans mon rêve encore, toutes les pièces de la maison étaient loin les unes des autres, / et jamais je ne pouvais les atteindre ». Cette maison aux pièces inatteignables traduit l'impression éprouvée par Louis de ne jamais pouvoir se rapprocher des siens.

Ces dialogues impossibles exacerbent son sentiment de solitude : « C'est comme la nuit en pleine journée, on ne voit rien, j'entends juste les bruits, j'écoute, je suis perdu et je ne retrouve personne ». L'égarement de Louis, la sensation d'être éloigné de tous et de tout sont portés au même paroxysme que la solitude du héros tragique.

B. L'horizon de la mort

C'est aussi le désespoir qui perce chez Louis lorsqu'il évoque sa propre mort – inexorable et de plus en plus proche – qui fait de lui un personnage saisissant.

Désespoir parfois mâtiné de révolte et d'ironie comme dans la scène 10 de la première partie, mais qui dissimulent mal le désir lancinant de s'en sortir, malgré tout : « Tous les agonisants ont ces prétentions […] / donner de grands coups d'aile imbéciles, / errer, perdu déjà et / croire disparaître, / courir devant la Mort, prétendre la semer ».

C'est ce réflexe de peur et de désespoir d'un homme face à la mort (qui n'attend rien d'un quelconque dieu ni quelconque au-delà), auquel s'oppose la volonté de continuer à vivre, la force de narguer encore la camarde qui, bouleversant le spectateur, le hisse au rang de personnage tragique : « La Mort prochaine et moi, / […] nous nous promenons, / nous marchons la nuit dans les rues désertes légèrement embrumées et nous nous plaisons beaucoup. / Nous sommes élégants et désinvoltes. »

Conclusion

Si, comme le héros tragique, Louis décide d'agir encore, alors même qu'il se sait condamné et qu'il n'ignore pas que tout est déjà écrit, il n'est certes pas le héros d'une tragédie, n'ayant à affronter à son retour dans la maison familiale que les mêmes éternelles disputes, les mêmes éternelles histoires, mille fois déjà ressassées. Mais lorsque Louis, aux prises avec la solitude et la mort à l'œuvre, laisse entendre la terreur qui l'étreint, il acquiert une véritable stature tragique : son visage vulnérable et abandonné devient celui de l'humanité tout entière et cet ultime cri – de joie, de vie – qu'il n'aura pas poussé ne peut que rappeler aux êtres humains le silence inéluctable qui les guette.

ÉPANORTHOSE

Figure par laquelle le locuteur corrige immédiatement ce qu'il vient de dire, donnant l'impression qu'il formule sa pensée en même temps qu'il l'exprime. Ex. : « C'est un roc ! c'est un pic !... c'est un cap ! Que dis-je, c'est un cap ? C'est une péninsule ! », *Cyrano de Bergerac* (1897), Edmond Rostand.

RECONNAISSANCE (*ANAGNORISIS* EN GREC)

Découverte à la fin d'une pièce de théâtre de faits secrets ou ignorés et/ou de l'identité véritable d'un personnage. En révélant des vérités jusque-là inconnues, la reconnaissance permet le dénouement (le plus souvent heureux) de la pièce.

CITATIONS

- « Que feront-ils de moi lorsque je ne serai plus là ? On voudrait commander, régir, profiter médiocrement de leur désarroi et les mener encore un peu. On voudrait les entendre, je ne les entends pas, leur faire dire des bêtises définitives et savoir enfin ce qu'ils pensent. » (Lagarce, *Juste la fin du monde*)

- « À moins que cette pièce ne soit à ce point habitée par la violence destructrice des événements et des rapports de domination qu'elle s'emploie à la détourner, héritière en ceci de la tragédie classique, où les catastrophes sont renvoyées au hors-scène non de ne pas exister mais d'exister trop fortement pour être soutenables, et où les mots s'offrent comme la possibilité ultime et irremplaçable de mourir en beauté. » (Catherine Brun, « Jean-Luc Lagarce et la poétique du détour : l'exemple de *Juste la fin du monde* »)

Quiz : **Le théâtre du XVIIe siècle au XXIe siècle**

Plusieurs réponses peuvent être correctes.

Les évolutions du genre théâtral

1. Quelles sont les principales caractéristiques de la comédie au XVIIe siècle ?

☐ a. Les personnages sont des nobles.
☐ b. La comédie aborde différents aspects de la vie familiale et sociale, restant généralement dans la sphère privée.
☐ c. La pièce se découpe obligatoirement en cinq actes écrits en vers.
☐ d. Le registre est comique et la fin, généralement heureuse.
☐ e. L'unité de temps, de lieu et d'action ne s'applique pas.

2. À quel genre appartient *Andromaque* de Racine ?

☐ a. C'est une comédie.
☐ b. C'est un mystère.
☐ c. C'est une tragédie.

3. Parmi les propositions suivantes, lesquelles sont des règles du théâtre classique ?

☐ a. la règle de la bienséance
☐ b. la règle du plateau
☐ c. la règle de la vraisemblance

4. Dans quelle pièce le dramaturge Jean Racine met-il en scène la passion incestueuse et malheureuse d'une femme pour son beau-fils ?

☐ a. *Phèdre*
☐ b. *Rhinocéros*
☐ c. *Britannicus*

5. Au XVIIe siècle, quelles sont les contraintes du genre tragique ?

☐ a. Il doit contenir au maximum trois actes.
☐ b. Il doit obéir à la règle des trois unités.
☐ c. Les personnages sont obligatoirement illustres ou au statut social élevé.
☐ d. Il doit être écrit en prose.
☐ e. L'action doit se situer dans le passé.
☐ f. Il doit s'affranchir des règles de la bienséance.
☐ g. Il doit faire intervenir des divinités sur scène.
☐ h. Le dénouement doit être malheureux.

6. Quel est le schéma actantiel des *Fourberies de Scapin* de Molière ? Complétez les pointillés à l'aide des termes : sujet, objet, adjuvant, opposant.

Le jeune Octave (...............) a épousé en secret une jeune fille pauvre et de naissance inconnue (...............). Mais son père Argante (...............) a d'autres projets pour lui : il veut le marier à la fille de son ami Géronte. Heureusement, le rusé Scapin (...............) a plus d'un tour dans son sac pour faire échouer les projets d'Argante et faire triompher les intérêts d'Octave.

7. Lequel de ces personnages est un valet imaginé par Beaumarchais ?

☐ a. Figaro
☐ b. Bartholo
☐ c. Sganarelle

8. Le théâtre romantique :

☐ a. renoue avec les règles du théâtre classique : unité de lieu, de temps et d'action, règle de bienséance.
☐ b. n'existe que pour être joué sur scène.
☐ c. provoque des polémiques parmi lesquelles celle de « la bataille d'Hernani », qui est restée célèbre.

9. Voici la didascalie initiale de *Ruy Blas*, drame romantique de Victor Hugo. Que peut-on en dire ?

Le salon de Danaé dans le palais du roi, à Madrid. Ameublement magnifique dans le goût demi-flamand du temps de Philippe IV. À gauche, une grande fenêtre à châssis dorés et à petits carreaux. Des deux côtés, sur un pan coupé, une porte basse donnant dans quelque appartement intérieur. Au fond, une grande cloison vitrée à châssis dorés s'ouvrant par une large porte également vitrée sur une longue galerie. Cette galerie, qui traverse tout le théâtre, est masquée par d'immenses rideaux qui tombent du haut en bas de la cloison vitrée. Une table, un fauteuil, et ce qu'il faut pour écrire.

Victor Hugo, *Ruy Blas*, 1838

☐ a. Cette didascalie est assez imprécise.
☐ b. On ne connaît pas la classe sociale des personnages.
☐ c. Cette didascalie a une fonction symbolique, notamment grâce aux fenêtres et aux rideaux qui permettent de jouer sur la dimension du visible et de l'apparent, mais aussi du caché, de l'intime ou de l'inaccessible.

☐ d. Cette didascalie réclame du metteur en scène qu'il figure richesse et apparat sur scène. Mais on peut se demander s'il lui faut pour cela garder le mobilier « demi-flamand » qui risque de ne pas évoquer grand-chose dans l'esprit d'un spectateur moderne.

10. Parmi ces pièces de théâtre du xxe siècle, lesquelles proposent un renouveau de la tragédie ?

☐ a. *Knock* (1923) de Jules Romains (1885-1972)
☐ b. *Topaze* (1926) de Marcel Pagnol (1895-1974)
☐ c. *La Machine infernale* (1934) de Jean Cocteau (1889-1963)
☐ d. *La guerre de Troie n'aura pas lieu* (1935) de Jean Giraudoux (1882-1944)
☐ e. *Électre* (1937) de Jean Giraudoux (1882-1944)
☐ f. *Les Mouches* (1943) de Jean-Paul Sartre (1905-1980)
☐ g. *Antigone* (1944) de Jean Anouilh (1910-1987)

11. Le théâtre de l'absurde est illustré par les pièces de :

☐ a. Paul Claudel.
☐ b. Eugène Ionesco.
☐ c. Jules Romains.

12. Parmi ces pièces, lesquelles sont de Samuel Beckett ?

☐ a. *En attendant Godot* (1953)
☐ b. *Fin de partie* (1957)
☐ c. *Tous contre tous* (1953)
☐ d. *La Dernière Bande* (1958)
☐ e. *Oh les beaux jours* (1961)

Les procédés théâtraux

13. Au théâtre, qu'est-ce qui constitue un second niveau d'énonciation ?

☐ a. les monologues
☐ b. le dialogue entre les différents personnages de la pièce
☐ c. le dialogue avec le public

14. Comment appelle-t-on cette réplique du *Cid* ?

DON DIÈGUE
Ô rage ! ô désespoir ! ô vieillesse ennemie !
N'ai-je donc tant vécu que pour cette infamie ?
Et ne suis-je blanchi dans les travaux guerriers
Que pour voir en un jour flétrir tant de lauriers ?
Mon bras qu'avec respect toute l'Espagne admire,
Mon bras, qui tant de fois a sauvé cet empire,
Tant de fois affermi le trône de son roi,
Trahit donc ma querelle, et ne fait rien pour moi ?
Ô cruel souvenir de ma gloire passée !
Œuvre de tant de jours en un jour effacée !
Nouvelle dignité fatale à mon bonheur !
Précipice élevé d'où tombe mon honneur !
Faut-il de votre éclat voir triompher le comte,
Et mourir sans vengeance, ou vivre dans la honte ?
Comte, sois de mon prince à présent gouverneur ;
Ce haut rang n'admet point un homme sans honneur ;
Et ton jaloux orgueil par cet affront insigne
Malgré le choix du roi, m'en a su rendre indigne.

Corneille, *Le Cid*, acte I, scène 4, 1636

☐ a. un quiproquo
☐ b. un monologue
☐ c. une tirade

15. Dans le langage théâtral, comment appelle-t-on ce type de dialogue ?

CÉLIMÈNE
Où courez-vous ?
ALCESTE
Je sors.
CÉLIMÈNE
Demeurez.
ALCESTE
Pourquoi faire ?
CÉLIMÈNE
Demeurez.
ALCESTE
Je ne puis.
CÉLIMÈNE
Je le veux.
ALCESTE
Point d'affaire.
Ces conversations ne font que m'ennuyer,
Et c'est trop que vouloir me les faire essuyer.

Molière, *Le Misanthrope*, acte II, scène 3, 1666

☐ a. une stichomythie
☐ b. un aparté
☐ c. une didascalie

16. Dans *L'Avare*, l'odieux Harpagon soupçonne son valet La Flèche de lui avoir dérobé de l'argent. Sur quel(s) ressort(s) comique(s) cet extrait repose-t-il ?

HARPAGON
Attends. Ne m'emportes-tu rien ?
LA FLÈCHE
Que vous emporterais-je ?
HARPAGON
Viens ça, que je voie. Montre-moi tes mains.
LA FLÈCHE
Les voilà.
HARPAGON
Les autres.
LA FLÈCHE
Les autres ?

HARPAGON
Oui.
LA FLÈCHE
Les voilà.
HARPAGON *(désignant les chausses.)*
N'as-tu rien mis ici dedans ?
LA FLÈCHE
Voyez vous-même.
HARPAGON *(tâtant le bas de ses chausses.)*
Ces grands hauts-de-chausses sont propres à devenir les receleurs des choses qu'on dérobe ; et je voudrais qu'on en eût fait pendre quelqu'un.

Molière, *L'Avare*, acte I, SCÈNE 3, 1668

- ☐ a. le comique de mots
- ☐ b. le comique de gestes
- ☐ c. le comique de situation
- ☐ d. le comique de caractère

17. Comment pourrait-on interpréter le monologue suivant, en s'aidant des indices grammaticaux ?

HARPAGON *(il crie au voleur dès le jardin, et vient sans chapeau.)*
Au voleur ! au voleur ! à l'assassin ! au meurtrier ! Justice, juste Ciel ! Je suis perdu, je suis assassiné ! On m'a coupé la gorge, on m'a dérobé mon argent. Qui peut-ce être ? Qu'est-il devenu ? Où est-il ? Où se cache-t-il ? Que ferai-je pour le trouver ? Où courir ? Où ne pas courir ? N'est-il point-là ? N'est-il point ici ? Qui est-ce ? Arrête. Rends-moi mon argent, coquin. *(Il se prend lui-même le bras.)* Ah ! c'est moi. Mon esprit est troublé, et j'ignore où je suis, qui je suis, et ce que je fais. [...] N'y a-t-il personne qui veuille me ressusciter, en me rendant mon cher argent, ou en m'apprenant qui l'a pris ? Euh ? que dites-vous ? Ce n'est personne. [...] Que de gens assemblés ! Je ne jette mes regards sur personne qui ne me donne des soupçons, et tout me semble mon voleur. Eh ! de quoi est-ce qu'on parle là ? De celui qui m'a dérobé ? Quel bruit fait-on là-haut ? Est-ce mon voleur qui y est ? De grâce, si l'on sait des nouvelles de mon voleur, je supplie que l'on m'en dise. N'est-il point caché là parmi vous ? Ils me regardent tous, et se mettent à rire. Vous verrez qu'ils ont part sans doute au vol que l'on m'a fait.

Molière, *L'Avare*, acte IV, SCÈNE 7, 1668

- ☐ a. Ce monologue joue sur la double énonciation.
- ☐ b. Ce monologue souligne le ridicule du personnage.
- ☐ c. Ce monologue appartient au genre tragique.

18. Quel procédé stylistique utilise ici Bazile pour développer son idée ?

BAZILE
La calomnie, monsieur ! Vous ne savez guère ce que vous dédaignez ; j'ai vu les plus honnêtes gens près d'en être accablés. Croyez qu'il n'y a pas de plate méchanceté, pas d'horreurs, pas de conte absurde, qu'on ne fasse adopter aux oisifs d'une grande ville en s'y prenant bien : et nous avons ici des gens d'une adresse !... D'abord un bruit léger, rasant le sol comme hirondelle avant l'orage, pianissimo murmure et file, et sème en courant le trait empoisonné. Telle bouche le recueille, et piano, piano, vous le glisse en l'oreille adroitement. Le mal est fait ; il germe, il rampe, il chemine, et rinforzando de bouche en bouche il va le diable ; puis tout à coup, ne sais comment, vous voyez Calomnie se dresser, siffler, s'enfler, grandir à vue d'œil. Elle s'élance, étend son vol, tourbillonne, enveloppe, arrache, entraîne, éclate et tonne, et devient, grâce au Ciel, un cri général, un crescendo public, un chorus universel de haine et de proscription. Qui diable y résisterait ?

Beaumarchais, *Le Barbier de Séville*, acte II, SCÈNE 8, 1775

- ☐ a. la périphrase
- ☐ b. la métaphore filée
- ☐ c. l'oxymore

19. Parmi ces éléments, lesquels sont laissés au choix du metteur en scène ?

- ☐ a. le ton des personnages
- ☐ b. la musique
- ☐ c. la lumière
- ☐ d. les déplacements des personnages
- ☐ e. les répliques des personnages

Corrigés

1. b, d. La comédie, qui met en scène des bourgeois et non des nobles, a une forme plus libre que la tragédie et n'est pas forcément en vers. En revanche, l'unité de lieu, de temps et d'action s'applique.

2. c. *Andromaque* de Racine est une tragédie classique.

3. a, c. Les règles du théâtre classique sont celles de la vraisemblance, de la bienséance, et des trois unités (de temps, de lieu et d'action).

4. a. Dans cette pièce représentée pour la première fois en 1677, Racine reprend un récit antique.

5. b, c, e, h. À la suite de la querelle provoquée par *Le Cid* de Corneille, la tragédie française fut codifiée. Outre la règle des trois unités définie par Boileau, elle devait être écrite en alexandrins, vers noble par excellence, être nécessairement structurée en cinq actes et faire intervenir des personnages au statut élevé, issus de l'histoire gréco-latine ou chrétienne. La bienséance interdisait les actions basses sur scène (nourriture, mort), et la vraisemblance empêchait de faire venir sur scène des divinités.

6. Sujet - objet - opposant - adjuvant. Attention, selon le point du vue duquel on se place, ce schéma change. Ainsi, on peut également considérer qu'Argante est un sujet qui a pour objet de marier son fils à la fille de son ami Géronte (son adjuvant) et qui se voit contrarié par Scapin et Octave, ses opposants.

7. a. Figaro est le valet qui traverse l'œuvre de Beaumarchais. Bartholo est un personnage du *Barbier de Séville*, le tuteur de Rosine. Sganarelle est un personnage récurrent dans l'œuvre de Molière, notamment le valet de Dom Juan.

8. c. Le théâtre romantique refuse les « cages » et veut s'affranchir des règles du théâtre classique. Le théâtre de Musset, par ailleurs, est autant fait pour être vu et imaginé que pour être joué.

9. c, d. La didascalie frappe d'abord par sa précision. L'auteur cherche à donner au metteur en scène tous les éléments qui lui semblent nécessaires, et la marge de manœuvre de ce dernier paraît mince. On a ici, en effet, une indication de la classe sociale des personnages du drame (la noblesse), et de nombreuses notations concernant l'espace (que ce soit la mention de la ville ou le décor proprement dit), utiles ensuite pour l'action.
Mais la didascalie a également une fonction symbolique ; les fenêtres, les vitres (cloison ou porte vitrée), les rideaux, tous ces éléments mettent l'accent sur le transparent et le caché. Grâce à ce décor, des motifs s'installent d'emblée : nous sommes dans un univers où tout est visible (les rois et reines sont en effet toujours en « représentation »), mais où tout est, en même temps, inaccessible — ce que symbolisent la vitre et le rideau. Les personnages de ce drame (la reine, et Ruy Blas, un roturier) sont en effet vus et identifiés de tous — et pourtant, ils sont méconnus, leur personnalité intime reste un mystère.
Enfin, si le metteur en scène a donc, grâce à cette didascalie, une direction à suivre, certaines interrogations subsistent pour lui : faut-il, aujourd'hui, respecter le mobilier « demi-flamand » qui laissera froids des spectateurs du XXe siècle ou bien faut-il insister sur la richesse et l'apparat par un autre décor, plus contemporain ? Victor Hugo a choisi Madrid afin d'évoquer, dans sa pièce, le problème du pouvoir (problème politique, mais aussi problème du conflit entre la vie privée et la vie publique) sans être inquiété par la censure ; mais il savait que son public pourrait « traduire » la pièce et faire la comparaison avec le pouvoir du XIXe siècle français.

10. c, d, e, f, g. Dans la première moitié du XXe siècle, le théâtre s'inspire des grands mythes antiques et les actualise. Cette vogue offre au public de nouvelles tragédies. *Knock* est une satire de la médecine, *Topaze* une dénonciation du pouvoir corrupteur de l'argent.

11. b. Eugène Ionesco (1909-1994) est l'auteur de *La Cantatrice chauve* (1950), *La Leçon* (1951), *Les Chaises* (1952), par exemple. En refusant toute intrigue, toute réalité, en employant un langage déstructuré, vide, voire incohérent, le théâtre de l'absurde cherche à montrer l'absurdité de la vie et de la condition humaine.

12. a, b, d, e. *Tous contre tous* est une pièce d'Arthur Adamov. Lui, Ionesco et Beckett furent les chefs de file du théâtre de l'absurde.

13. c. Le texte de théâtre se distingue par une double énonciation : au premier niveau, les personnages conversent entre eux. Au deuxième niveau, les personnages et l'auteur s'adressent directement au spectateur.

14. b. Le célèbre monologue de Don Diègue prend place à la scène 4 de l'acte I. Le vieil homme vient d'être giflé par le Comte et, trop faible pour tirer son épée, n'a pu laver lui-même cet affront. Il déplore donc sa vieillesse et porte un regard plein d'amertume sur son glorieux passé.
On voit clairement ici que le monologue est un moment d'introspection et d'épanchement. Dans la tragédie, il intervient toujours à un moment critique où le personnage a besoin de réfléchir, de prendre une décision. En ce sens, il est un moteur essentiel de l'action dramatique.

15. a. Ce type de dialogue révèle généralement un échange d'une grande intensité.

16. a, b, d. Molière fait ici jouer plusieurs ressorts comiques : la réplique « les autres ? » relève du comique de mots ; le jeu de scène auquel se livrent les deux personnages (La Flèche montre ses mains, puis fait mine d'en montrer une autre paire, Harpagon le fouille, etc.) est un comique de gestes ; Harpagon fait preuve d'une extrême méfiance, dictée par son avarice (comique de caractère).

17. a, b. Une des particularités du texte théâtral est qu'il repose sur une situation de communication originale. Cette situation particulière porte le nom de double énonciation : le personnage et l'auteur sont énonciateurs en même temps ; de même, lorsqu'un personnage s'adresse à un autre personnage (ou à lui-même dans le cas d'un monologue), ses paroles sont aussi destinées au public. Dans ce monologue, le public est soudainement pris à parti comme s'il était un personnage de l'intrigue : Harpagon n'est plus seul en scène, nous l'accompagnons, comme une foule de moqueurs l'entourant.

18. b. Dans cette tirade fort célèbre, Bazile, le professeur de chant, utilise la métaphore filée (rapprochement de mots dans une relation de ressemblance qui se poursuit au fil du texte) de la musique. Les termes musicaux employés guident l'acteur dans sa diction et sa respiration. Les mouvements de cette tirade ont fortement inspiré Gioacchino Rossini (1792-1868) qui composa « l'air de la calomnie », un des moments les plus remarquables de son opéra-comique *Il Barbiere di Siviglia* (1816).

19. a, b, c, d. Même lorsque les didascalies sont précises, c'est au metteur en scène de décider de la manière dont les acteurs se déplacent et prononcent leur texte. C'est souvent lui, également, qui dirige les choix en matière de lumière et de musique.

LA POÉSIE DU XIXe SIÈCLE AU XXIe SIÈCLE

Rimbaud, *Cahier de Douai*

Le *Cahier de Douai* est un ensemble de 22 poèmes rédigés entre mars et octobre 1870 par Arthur Rimbaud : un adolescent qui n'avait même pas seize ans[1]. Ces premiers poèmes témoignent déjà du talent et de la fougue de ce jeune poète traversant, comme un météore, le monde des lettres : en seulement cinq ans d'écriture, Rimbaud a considérablement marqué la poésie française. Il cessera d'écrire après 1875, envoyant son dernier poème connu, « Rêve », à son ami Ernest Delahaye.

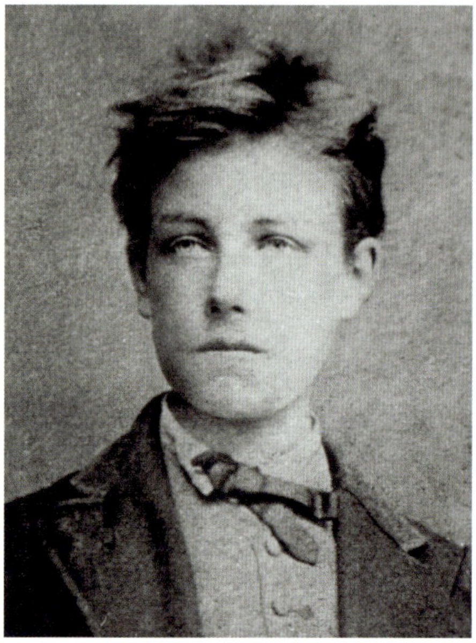

Arthur Rimbaud.

Sous la plume d'un écolier buissonnier

Feuilles volantes

Le titre de ce recueil ne fait toujours pas l'unanimité et on peut les trouver publiés aussi bien sous le titre de *Cahier de Douai*, au singulier, que celui de *Cahiers de Douai*, au pluriel. À cela, une raison simple : ces poèmes ont été rédigés par Rimbaud sur deux types de feuilles différents. Les quinze premiers poèmes ont été écrits sur du papier écolier et les sept derniers sur du papier à lettres, de format plus petit. On peut alors y voir un seul « cahier » composé de ces deux ensembles de feuilles distinctes ou deux « cahiers » si l'on prend en compte la différence de papier. La localisation, « de Douai », a, elle, été choisie en référence à la ville où Rimbaud s'est rendu pour recopier ses textes, chez son ancien professeur Georges Izambard, et les remettre à leur ami, le poète Paul Demeny, dans l'espoir sans doute de les faire publier. En 1871, dans une lettre datée du 10 juin, Rimbaud demande pourtant à Demeny de les détruire. Ce dernier n'en fera rien. Mais c'est grâce à l'intérêt que l'écrivain Rodolphe Darzens portera à Rimbaud, des années plus tard, que ces 22 poèmes seront pour la première fois publiés ensemble[2] (avec d'autres poèmes écrits ultérieurement), en 1891, peu de temps avant que l'on apprenne sa mort.

Une écriture au jour le jour

Outre la différence de papier, la raison pour laquelle la critique littéraire se divise sur le fait de considérer ces poèmes comme un « recueil » est l'absence patente de construction d'ensemble. On ne trouve pas, en effet, d'unité thématique, bien que certaines veines soient repérables comme la satire politique, religieuse ou sociale et l'expression des sentiments amoureux. Il n'y a pas non plus d'unité formelle : les quinze poèmes du premier feuillet sont de forme très variable ; les sept poèmes du deuxième feuillet sont, eux, tous des sonnets. Il faut donc percevoir ces poèmes comme écrits au jour le jour et inspirés à Rimbaud par la découverte qu'il fait du monde à cette époque. Si les poèmes ne sont pas classés par ordre chronologique et si certaines des dates qui les accompagnent sont les dates auxquelles Rimbaud les a recopiés et non écrits, il n'en reste pas moins qu'ils sont fortement liés aux événements historiques comme aux événements personnels de la vie de Rimbaud. Le poème « Morts de Quatre-vingt-douze… » porte ainsi la

1. Étant né le 20 octobre 1854.
2. Toujours grâce à Rodolphe Darzens, plusieurs de ces poèmes furent publiés dans le tome IV de *L'Anthologie des poètes français* par Alphonse Lemerre en 1888, sans que Rimbaud en ait été informé, ayant quitté la France depuis des années.

PARCOURS

LE POÈME EN PROSE

Si certains critiques littéraires attribuent l'invention du poème en prose à Lucile de Chateaubriand (1764-1804), c'est grâce au recueil *Gaspard de la nuit* (1842) d'Aloysius Bertrand que celui-ci se popularise. Délaissant la métrique et la prosodie, le poème en prose fait, comme son nom l'indique, de la prose un usage poétique en travaillant sur les sonorités, les rythmes et les images. Dans *Gaspard de la nuit*, sous-titré « Fantaisies à la manière de Rembrandt et de Callot », Aloysius Bertrand offre une série de petits tableaux d'inspiration moyenâgeuse et de tonalité romantique et gothique. À son tour, Baudelaire s'essaie à cette nouvelle forme poétique dans *Le Spleen de Paris* (1869), sous-titré « Petits poèmes en prose ». Dès son recueil *Une saison en enfer*, publié à compte d'auteur en 1873, Rimbaud, lui aussi, compose des poèmes en prose.

LE VERS IMPAIR

Alors que les vers pairs étaient la norme, les vers impairs vont peu à peu s'imposer au XIXe siècle, notamment grâce à la poétesse Marceline Desbordes-Valmore (1786-1859), qui se fait connaître avec son premier recueil *Élégies et Romances* en 1819, rapidement suivi par d'autres recueils comme *Les Pleurs* en 1833, *Pauvres fleurs* en 1839 ou encore *Bouquets et Prières* en 1843. Sa

mention « Fait à *Mazas*, le 3 septembre 1870 » : Mazas est la prison où Rimbaud, ayant fugué, fut incarcéré quelques jours entre fin août et début septembre pour avoir voyagé sans billet de train[3]. Le lecteur le suit ainsi à travers ses pérégrinations, de fugues en retours, de retours en fugues comme dans « À la musique », « Au Cabaret-Vert », « Ma bohème ».

La fureur de la poésie

Appétit de vivre et truculence poétique

Car Rimbaud ne tient pas en place et ses poèmes reflètent son appétit de vivre. Tout fait poésie chez lui, il ne s'interdit aucun sujet, et surtout pas ceux jugés non poétiques, s'inscrivant en cela dans le sillage tracé par Baudelaire. Ainsi, point de beau dans la « Vénus anadyomène », mais au contraire le portrait grotesque et terrible d'un corps de femme abîmé par la vie et luttant vainement contre l'usure du temps, se « pommad[ant] », se « ravaud[ant] » et parée seulement d'un « ulcère à l'anus », chute sur laquelle se conclut le poème. Rimbaud ne sépare pas vie et poésie, bien au contraire, il fait entrer la vie et son cortège de prosaïsmes dans la poésie. Il nous ouvre les portes du cabaret dans « Au Cabaret-Vert » et « La Maline », sans rien retrancher de la réalité des choses : ni la « gousse d'ail » qui « parfume le jambon rose et blanc », ni la faute d'accord de la servante qui a « pris *une* froid sur la joue ». De même, le grand voyage amoureux imaginé dans « Les Reparties de Nina » ne manque pas de truculence entre l'odeur des « fumiers chauds » de l'étable, la « vache qui fientera », les « effroyables lippes » qui fument ou les « fesses luisantes et grasses / d'un gros enfant ».

L'appel vibrant de la liberté

Chez Rimbaud, l'appétit de vivre va de pair avec une passion brûlante pour la liberté, politique comme individuelle. Sur le plan socio-politique, le plaidoyer pour la liberté se fait tantôt à travers des poèmes satiriques qui dénoncent toutes les formes d'asservissement comme « Rages de Césars », « Le Forgeron », « À la musique » ou « L'Éclatante Victoire de Sarrebrück », tantôt à travers des poèmes qui font l'éloge de la liberté comme « Morts de Quatre-vingt-douze… » ou le macabre et burlesque « Bal des pendus ». La dénonciation de l'inféodation religieuse et de l'hypocrisie cléricale éclate quant à elle dans « Le Mal » et « Le Châtiment de Tartufe ». Mais l'amour de Rimbaud pour la liberté se dit aussi de façon plus intime et personnelle dans des poèmes comme « Sensation » ou « Ma bohème », qui chantent la rêverie, le vagabondage du cœur, de l'esprit et des pieds.

Une quête d'Absolu

Ailleurs : déceptions

Doté d'une âme aussi ardente, le jeune Rimbaud ne dissimule pas sa déception face à la médiocrité du réel. Le poème qui ouvre le recueil, « Les Reparties de Nina », conçu comme un dialogue, l'annonce immédiatement. Les 27 strophes pendant lesquelles « Lui » déroule devant « Elle » un rêve immense de fugue amoureuse, pleine de romanesque, de pastoral, d'agaceries, de tendresse et d'humour est brisé net par la réplique de Nina : « *Elle – Et mon bureau ?* » Trois mots qui suffisent à creuser un fossé infranchissable entre lui et elle, entre le rêve et la réalité, à couper court à l'élan du poète et de l'amoureux. Le pluriel du titre, « Les Reparties », donne alors à comprendre la réitération de cette même et unique réplique « *Et mon bureau ?* » à tout ce que peut rêver et dire le poète. Le même gouffre se dessine trait après trait, ménageant là aussi une chute brutale dans « Le Dormeur du val » : jusqu'au dernier vers, lui-même rompu en deux par la syntaxe, c'est un tableau bucolique que peint Rimbaud par petites touches chargées de lumière et de couleurs. Comment mieux exprimer l'absurdité de la guerre que par ce contraste entre la beauté vivace de la nature et l'horreur de ce sommeil éternel, fauchant une jeunesse à peine éclose ?

Autrefois : nostalgies

Comme il rêve d'ailleurs plus verts et plus tendres, Rimbaud rêve d'autrefois plus authentiques et rayonnants. Le poème « Soleil et Chair » en est l'illustration la plus éclatante, où, pleurant leur disparition, Rimbaud célèbre le culte du soleil (à l'origine de nombreuses religions païennes) et des dieux gréco-romains : « Je regrette les temps où la sève du monde, / L'eau du fleuve, le sang rose des arbres verts / Dans les veines de Pan mettaient un univers ! » Déplorant la pétrification de l'être humain qui affirme « Je sais les choses » et « va, les yeux fermés et les oreilles closes », Rimbaud professe sa foi en Vénus et espère, prophétisant une résurrection de l'humanité, donnée par la déesse de l'Amour elle-même. Mais il semble que ces « temps qui sont venus » ne reviendront guère et que la « blanche Ophélia » glisse discrètement dans ce recueil comme la triste figure tutélaire d'un absolu inatteignable, broyée, noyée pour avoir rêvé l'impossible : « Ciel ! Amour ! Liberté ! Quel rêve, ô pauvre Folle ! »

Le cours à écouter

3. Izambard déclare dans *Rimbaud tel que je l'ai connu* que ce sonnet aurait été écrit le 17 juillet et non lors de l'incarcération de Rimbaud ; il s'agirait donc de la date de mise au propre du poème, associant volontairement hommage aux révolutionnaires de 1792 et expérience de la prison.

poésie est caractérisée par une spontanéité et une liberté de versification qui lui valent l'admiration de ses pairs. Verlaine, qui la découvre grâce à Rimbaud qui la tient en haute estime, est interpellé par son utilisation des vers impairs, notamment de celui de onze syllabes. Dans son recueil *Poèmes saturniens* publié en 1866, il fait lui-même un usage remarqué des vers impairs.

LE VERS LIBRE

Rimbaud est souvent considéré comme ayant été le premier à utiliser le vers libre dans son poème « Marine », c'est-à-dire à utiliser un vers qui n'obéit pas aux règles de métrique et de prosodie habituelles : la longueur des vers se succède librement, la strophe s'efface et la rime disparaît, au profit d'échos sonores. Le poète Jules Laforgue, découvrant *Les Illuminations* de Rimbaud à leur publication en mai et juin 1886, et ayant été par ailleurs influencé par son ami le poète symboliste Gustave Kahn (qui publiera en 1887 un recueil de poèmes en vers libres, *Les Palais nomades*), théorise ce vers libre auquel il s'était lui-même essayé. Des années plus tard, avec la *Prose du Transsibérien et de la petite Jehanne de France* (1913), Blaise Cendrars illustre la richesse des virtualités du vers libre.

Commentaire

Extrait : « Ophélie »

I

Sur l'onde calme et noire où dorment les étoiles,
La blanche Ophélia flotte comme un grand lys,
Flotte très lentement, couchée en ses longs voiles…
— On entend dans les bois lointains des hallalis.

Voici plus de mille ans que la triste Ophélie
Passe, fantôme blanc, sur le long fleuve noir ;
Voici plus de mille ans que sa douce folie
Murmure sa romance à la brise du soir.

Le vent baise ses seins et déploie en corolle
Ses longs voiles bercés mollement par les eaux ;
Les saules frissonnants pleurent sur son épaule,
Sur son grand front rêveur s'inclinent les roseaux.

Les nénuphars froissés soupirent autour d'elle ;
Elle éveille parfois, dans un aune qui dort,
Quelque nid, d'où s'échappe un petit frisson d'aile :
— Un chant mystérieux tombe des astres d'or.

II

Ô pâle Ophélia ! belle comme la neige !
Oui tu mourus, enfant, par un fleuve emporté !
— C'est que les vents tombant des grands monts de Norwège
T'avaient parlé tout bas de l'âpre liberté ;

C'est qu'un souffle, tordant ta grande chevelure,
À ton esprit rêveur portait d'étranges bruits ;
Que ton cœur écoutait le chant de la Nature
Dans les plaintes de l'arbre et les soupirs des nuits ;

C'est que la voix des mers folles, immense râle,
Brisait ton sein d'enfant, trop humain et trop doux ;
C'est qu'un matin d'avril, un beau cavalier pâle,
Un pauvre fou, s'assit muet à tes genoux !

Ciel ! Amour ! Liberté ! Quel rêve, ô pauvre Folle !
Tu te fondais à lui comme une neige au feu :
Tes grandes visions étranglaient ta parole
— Et l'Infini terrible effara ton œil bleu !

III

— Et le Poète dit qu'aux rayons des étoiles
Tu viens chercher, la nuit, les fleurs que tu cueillis ;
Et qu'il a vu sur l'eau, couchée en ses longs voiles,
La blanche Ophélia flotter, comme un grand lys.

Introduction :

Présentation de l'extrait :

« Ophélie » apparaît comme un texte à part dans le *Cahier de Douai*. Si, comme dans « Le Châtiment de Tartufe[1] » qu'il précède, il se bâtit autour d'un personnage célèbre de la littérature, emprunté à *La Tragédie d'Hamlet* (1603) de Shakespeare, ce poème offre d'Ophélie une image nouvelle, dépassant la simple référence intertextuelle[2]. Dans la pièce de Shakespeare, Ophélie, fille de Polonius, aime Hamlet, fils du roi du Danemark assassiné. Dédaignée par Hamlet, qui se fait passer pour fou et renie brutalement ses serments d'amour, puis bouleversée par la mort de son père[3], elle sombre dans la folie et se noie, voulant accrocher une couronne de fleurs aux branches d'un saule. Dans la pièce, l'égarement progressif d'Ophélie et sa mort ne sont pas dénués de trivialité. De cet aspect, Rimbaud, qui n'était pourtant pas pudibond, ne conserve rien. Au contraire, il porte aux nues ce personnage.

Problématique et annonce du plan :

Pourquoi le personnage d'Ophélie fait-il l'objet d'une réécriture laudative sous la plume de Rimbaud ? Avec ce long poème en trois temps, Rimbaud lui offre un tombeau littéraire[4]. Il raconte son histoire à la façon d'une romance[5] funèbre, comme pour faire écho à celle qu'elle « murmure […] à la brise du soir ». Car il semble confier à cette héroïne immortelle son testament de poète.

Le plan développé

I. Le tombeau d'Ophélie

A. Une enfant submergée

Dans *Hamlet*, la mort d'Ophélie est rapportée par la reine à la scène 7 de l'acte IV comme un accident. Mais, dans la scène suivante, qui ouvre l'acte V, les fossoyeurs chargés d'enterrer la jeune fille font clairement comprendre qu'ils considèrent sa mort comme un suicide, n'en déplaise au coroner[6] qui en a jugé autrement. Or, dans le poème de Rimbaud, la mort d'Ophélie n'est présentée ni comme un accident, ni comme un suicide mais s'approche d'un meurtre, comme le donne à entendre l'affirmation du vers 18 : « Oui tu mourus, enfant, par un fleuve emporté ! ». Le « fleuve » désigne bien sûr au sens propre celui dans lequel Ophélie s'est noyée mais il est aussi, au figuré, la métaphore des passions venues l'habiter et l'envahir, au premier chef desquelles la liberté. La gradation ascendante du vers 29 les nomme avec emphase grâce aux majuscules et aux exclamations réitérées : « Ciel ! Amour ! Liberté ! » La césure à l'hémistiche prépare la chute : « Quel rêve, ô pauvre Folle ! » Là encore, les marques d'emphase comme l'emploi affectif de l'adjectif exclamatif « quel », la présence de l'interjection lyrique « ô » ou encore la majuscule au nom « Folle » rendent d'autant plus brutale la réduction des trois espoirs précédents à un simple « rêve », autrement dit une chimère. L'Ophélie rimbaldienne ne meurt pas submergée par l'émotion mais par l'Idéal qu'elle avait entrevu.

1. Ce poème met en scène le personnage éponyme de la pièce de Molière, *Tartuffe* (1669).
2. Référence d'un texte à un autre texte.
3. Tué par erreur par Hamlet, ce qu'elle ignore.
4. Un tombeau littéraire est un texte offert en hommage à un écrivain par d'autres écrivains, puis, par extension à des personnes importantes.
5. En France, une romance est à l'origine une chanson sentimentale au style simple.
6. Officier de police judiciaire chargé d'enquêter sur les décès suspects.

B. Une créature surnaturelle

Non seulement Rimbaud transforme les raisons de la mort d'Ophélie mais il transfigure sa mort elle-même. Plus de « mort fangeuse[7] » dans son poème mais un calme repos qui sonne comme un retour légitime à la nature pour cette créature surnaturelle. Dès le vers 2, la comparaison d'Ophélie à « un grand lys » la métamorphose en naïade, divinité des eaux qui retrouverait son royaume. Les personnifications des éléments naturels accentuent cet effet, tantôt lui prêtant allégeance comme « le vent [qui] baise ses seins » et les « roseaux » qui « s'inclinent », tantôt lui témoignant leur affection et leur empathie comme « les saules frissonnants [qui] pleurent sur son épaule » et « les nénuphars froissés [qui] soupirent autour d'elle ». La symbiose entre Ophélie et la nature s'exprime par leur faculté commune de chanter : allongée sur le fleuve, elle fredonne encore « sa romance », tout comme elle « écoutait le chant de la Nature ».

Transition : Ophélie fait corps avec la nature et n'y semble pas arrachée mais au contraire rendue ; c'est cette triste harmonie retrouvée que Rimbaud reproduit en contant son histoire à la façon d'une romance.

II. Une romance funèbre

A. Une triste chanson

Illustrant le thème central du chant, le poème se déploie comme une chanson, sa musicalité étant travaillée en ce sens. Des anaphores créent ainsi des effets de résonnance comme aux vers 5 et 7 présentant Ophélie, « Voici plus de mille ans », et aux vers 19, 21, 25 et 27, explicitant les raisons de sa mort, « C'est que » et « C'est qu' ». Des répétitions font quant à elles miroiter des échos de strophe en strophe comme l'expression « longs voiles » (v.3, v.10, v.35), les mots « étoiles » (v.1, v.33) et « chant » (v.16, v.23). Des variations se font aussi entendre, rappelant les origines anglaises du personnage, tantôt « Ophélia », tantôt « Ophélie » et liant les strophes entre elles : le « grand front rêveur » du vers 12 devient « esprit rêveur » au vers 22. Les dérivations[8], faisant passer des « saules frissonnants » (v.11) au « petit frisson d'aile » (v.15) ou de « l'esprit rêveur » (v.22) au « rêve » (v.29) tissent la trame générale du poème, en en donnant la couleur, celle de la fragilité des êtres.

B. Des images folkloriques

Si le travail des sonorités dans ce poème le rapproche d'une chanson aisée à retenir, le choix des images y concourt également. Celles-ci empruntent aux contes et légendes par leur simplicité et leur familiarité. C'est le cas de l'antithèse entre la couleur noire du fleuve et la couleur blanche de la jeune fille aux vers 1 et 2, « l'onde calme et noire » et « la blanche Ophélia », et au vers 6, « fantôme blanc, sur le long fleuve noir », qui imprime un contraste fort entre l'innocence du personnage et son destin funeste. Servant à décrire à la fois la pureté d'âme et la pâleur d'Ophélie, les comparaisons à une fleur immaculée telle que le lys (v.2, v.9, v.36) ou à de la neige au vers 17 évoquent bien des descriptions d'héroïnes de contes. Comme dans les contes encore, ces comparaisons portent en germe l'avenir de l'héroïne, vulnérable : ainsi au vers 30, celle-ci fond face à son rêve « comme une neige au feu ». La nature elle-même bruit de prémonitions et de signes avant-coureurs tels que le son des « hallalis » dans les « bois lointains » (v.4), le souffle « tordant [la] grande chevelure » d'Ophélie (v.21) ou « l'immense râle » des mers (v.25).

Transition : Ce poème aux sonorités et aux images aisément mémorisables outrepasse néanmoins l'apparente légèreté de la romance pour se faire testament du poète.

III. Le testament du poète

A. Ophélie, double du poète

Rimbaldienne, Ophélie n'est plus une simple jeune fille incarnant l'innocence virginale broyée par des enjeux politiques qui la dépassent : elle devient le double du poète. Comme lui, elle est jeune et pleine de promesses, « enfant » (v.18, v.26) au « grand front » et à l'« esprit » « rêveur[s] » (v.12 et v.22). Comme lui, elle écoute le « chant mystérieux [qui] tombe des astres d'or » (v.16), irradiée par les « rayons des étoiles » (v.33), inspirée par le Ciel et chantant à son tour. Comme le poète, elle se laisse atteindre par « la voix des mers folles » (v.25) qui lui inoculent une « douce folie » (v.7), la dérivation entre « folles » et « folie » manifestant cette contagion. Mais la folie d'Ophélie[9] tend ici à la « fureur » poétique par le biais de l'étymologie, « fureur » venant du latin *furor* qui signifie « délire ». Comme le poète, Ophélie a rêvé trop et trop grand. Elle se trouve rattrapée par la réalité qui tout à coup la bâillonne : la métaphore de l'étranglement au vers 31 dit cette rupture, l'impossibilité de faire coïncider ce qui est vu au-delà du réel, les « grandes visions » et ce qui est. Dans ce poème, Ophélie est, elle, déjà « voyant[e][10] ».

B. Le spectre d'Ophélie ou l'âme de la poésie

Morte pour avoir aperçu « l'Infini terrible » (v.32), Ophélie cependant ne cesse de glisser sur le fleuve comme le représente la deuxième strophe du poème, la qualifiant de « fantôme blanc ». Ici, comme dans toute la première partie du poème et comme dans la dernière, le présent de l'indicatif domine, contrevenant aux lois de la mort : Ophélie est encore, et continue d'être. Plus encore alors que le double du poète, elle devient allégorie de la poésie, à la surface entre deux mondes, immortelle. Ophélie est un chant qui ne s'éteint pas. Les répétitions et les reprises synonymiques de la première à la dernière strophe achèvent de créer une impression de temps circulaire, que la légère modification opérée entre le deuxième et le dernier vers du poème installe définitivement : le choix de l'infinitif « flotter » lie Ophélie à l'infini.

Conclusion

Il semble que Rimbaud ait perçu dans le personnage d'Ophélie et son destin tragique l'essence même de la poésie : créature surnaturelle au chant inaltérable, Ophélie est tout à la fois ombre du poète et visage de la poésie.

7. Dans *Hamlet*, la reine qualifie la mort d'Ophélie de « muddy death » que l'on peut traduire par « mort boueuse » ou « mort fangeuse ».
8. La dérivation est une figure de style qui consiste à utiliser des mots fondés sur la même racine lexicale mais appartenant à des catégories grammaticales différentes.
9. Dans la scène 5 de l'acte IV de la pièce de Shakespeare, Ophélie tient un discours délirant.
10. Référence à la théorie dite du « voyant » de Rimbaud, exprimée dans les lettres à Izambard et Demeny de mai 1871.

Ponge, *La Rage de l'expression*

C'est avec la publication en 1942 de son recueil de poèmes en prose intitulé *Le Parti pris des choses* que Francis Ponge se fait connaître du grand public, qu'il déroute par sa démarche inattendue. En effet, dans cette œuvre, Ponge fait le choix de placer « les choses » au centre, sans s'interdire nul « objet » de réflexion, aussi peu « poétique » soit-il de prime abord (de l'« huître » au « morceau de viande » en passant par le « galet », par exemple) : il considère que la poésie doit s'assujettir à l'objet. Avec *La Rage de l'expression*, publié en 1952 mais qui rassemble des textes écrits entre 1938 et 1944, il poursuit dans cette direction, qu'il approfondit, laissant le lecteur le suivre pas à pas dans ses recherches.

Dans le laboratoire d'un chercheur

Un recueil de carnets de notes

Dans *La Rage de l'expression*, Francis Ponge livre au lecteur ses expérimentations poétiques telles qu'il les a menées, expérience après expérience. De fait, ce recueil se présente comme un ensemble de carnets de notes qui forment autant de petits dossiers dévolus à un objet choisi : certains titres l'annoncent nommément, comme « Notes prises pour un oiseau », « Le Carnet du Bois de pins » et « La Mounine ou Note après coup sur un ciel de Provence » ; d'autres titres se centrent sur l'objet que Ponge tente d'appréhender comme « La Guêpe », « L'Œillet » ou « Le Mimosa ». Le texte bref par lequel s'ouvre ce recueil, « Berges de la Loire », se trouve, lui, à part, et prend valeur de manifeste poétique, voire de serment poétique personnel. Ponge y réaffirme sa démarche et jure de s'y tenir : « Que rien désormais ne me fasse revenir de ma détermination : ne sacrifier jamais l'objet de mon étude à la mise en valeur de quelque trouvaille verbale que j'aurai faite à son propos, ni à l'arrangement en poème de plusieurs de ces trouvailles. »

À la recherche de la bonne formule

Or son travail de recherche, Ponge ne le perçoit pas tant comme poétique au sens où on l'entend habituellement mais bien comme scientifique, comme il l'écrit dans une lettre à son ami, l'écrivain Gabriel Audisio, en date du 16 mars 1941, figurant dans « Le Carnet du Bois de pins » : « Pour moi, je suis de plus en plus convaincu que mon affaire est plus scientifique que poétique. Il s'agit d'aboutir à des formules claires, du genre : *Une maille rongée emporta tout l'ouvrage. Patience et longueur de temps*, etc. » C'est ce travail de formulation, de reformulation que donne à voir *La Rage de l'expression* et qui s'affirme poème après poème. Ainsi dans « Le Mimosa » par exemple, le lecteur peut suivre les différentes étapes qui font passer des premières descriptions du mimosa aux différentes poésies du mimosa : « Le Brin de mimosa (poésie) », « Les Vanités complémentaires (poésie) », ses trois variantes intitulées « Variante », « Autre » et « Autre », et ce, jusqu'aux trois dernières brèves poésies : « Le Mimosa (variantes incorporées) », « Le Mimosa » et « LE MIMOSA ». Le procédé est même poussé à son comble dans « Le Carnet du Bois de pins », où Ponge numérote les « éléments indéformables » pour en proposer ensuite toutes les combinaisons chiffrées possibles.

Une modélisation de l'objet

L'objet sous toutes ses facettes

Ce faisant, en multipliant les formulations visant à décrire l'objet choisi, Ponge permet au lecteur de le saisir sous toutes ses facettes : depuis l'origine étymologique de son nom jusqu'aux plus étonnantes analogies. Dans cette perspective, la (re)présentation du mimosa commence par quelques traits d'humour le croquant comme un « personnage de la comédie italienne, avec un rien d'histrionisme, saugrenu, poudré comme

PARCOURS

LES SURRÉALISTES ET LA FABRIQUE DU POÈME

En 1919, les poètes André Breton, Louis Aragon et Philippe Soupault créent la revue *Littérature* qui marque l'acte de naissance du surréalisme et de « l'écriture automatique ». Il s'agit de libérer l'écriture de la conscience et d'écrire, à l'inverse, sous la dictée de l'inconscient. Breton définit ce mouvement comme un « Automatisme psychique pur par lequel on se propose d'exprimer, soit verbalement, soit par écrit, soit de toute autre manière, le fonctionnement réel de la pensée. Dictée de la pensée, en l'absence de tout contrôle exercé par la raison, en dehors de toute préoccupation esthétique ou morale. » Les surréalistes explorent ainsi une nouvelle façon d'écrire et de créer, offrant à la poésie et à l'art une liberté et une richesse d'images inédites, empruntant aussi aux rêves à travers notamment le « compte rendu de rêves ». Breton, Soupault et Aragon sont rejoints par d'autres poètes comme Robert Desnos, Paul Éluard, René Crevel, Benjamin Péret et des peintres comme Max Ernst et Francis Picabia. Francis Ponge se rapprochera d'eux pendant un temps avant de suivre sa propre route.

Pierrot, dans son costume à pois jaunes ». Il s'agit là d'une allusion à l'étymologie du nom « mimosa », dérivé du latin *mimus* signifiant « mime », le mimosa devenant sous la plume de Ponge un personnage de la *commedia dell'arte* (on notera que souvent, dans les poèmes de Ponge, l'objet devient sujet, acquérant une subjectivité). Puis, peu à peu, deux analogies se dégagent, mêlant vue et toucher, qui viennent donner une idée de l'aspect éblouissant et aérien du mimosa : les grains du mimosa deviennent « poussins d'or » (et « petits soleils ») et ses feuilles, « plumes d'autruches ». Son « parfum prodigieux », lui, si difficile à mettre en mots, est associé à la gloire éphémère du mimosa, Ponge qualifiant celui-ci de « glorioleux, vite découragé ». Facette par facette, Ponge matérialise le mimosa, non tant à la façon d'un peintre que d'un modélisateur 5D pour en offrir à son lecteur une expérience « immersive » avant l'heure.

Le poème comme processus inachevé

Chaque poème ou carnet de notes offre ainsi au lecteur de nombreuses variations ou variantes sur l'objet pris comme étude et semble aboutir à une conclusion ou une version finale qui viennent clore le travail de recherches préalablement présenté. Pourtant, le fait même que Ponge ait choisi de publier les différentes étapes de ce processus de recherche laisse à penser que le poème est l'ensemble de ces pages publiées ou qu'il reste à venir, comme dans « L'Œillet » ou « La Mounine ou Note après coup sur un ciel de Provence » : « Un jour, dans quelques mois ou quelques années, cette vérité aux profondeurs de notre esprit étant devenue habituelle, évidente [...] écrirai-je d'un trait simple et aisé ce Poème après coup sur un ciel de Provence que promettait le titre de ce cahier, mais que [...] nous n'avons pu encore nous offrir. » Il s'agit donc ici de penser le poème comme processus, et processus inachevé, Ponge donnant au poème et à la poésie, une forme et une extension nouvelles.

Écrire « *contre* tout ce qui a été écrit »

« Assassinat d'un poème par son objet » : faire parler l'objet

Confronté à l'analyse de son poème « Le Carnet du Bois de pins » par son ami Gabriel Audisio, Francis Ponge se récrie : « Non ! G.A. n'a pas compris (évidemment) qu'il s'agit, au coin de ce bois, bien moins de la naissance d'un poème que d'une tentative (bien loin d'être réussie) *d'assassinat d'un poème par son objet*. » Ce que Ponge a souhaité consigner dans ses carnets, ce n'est pas tant la lente maturation d'un poème que l'« effort *contre* la "poésie" » auquel il s'escrime : « Je tiens en tout cas que chaque écrivain "digne de ce nom" doit écrire contre tout ce qui a été écrit jusqu'à lui (doit dans le sens de *est forcé de, est obligé à*) – contre toutes les règles existantes notamment », répond-il. En ce sens, les notes qui composent les poèmes de *La Rage de l'expression* retranscrivent le parcours d'un affranchissement littéraire et d'une redéfinition de la poésie, comme Ponge l'explique dans « L'Œillet » : « Quelles disciplines sont nécessaires au succès de cette entreprise ? Celles de l'esprit scientifique sans doute, mais surtout beaucoup d'art. Et c'est pourquoi je pense qu'un jour une telle recherche pourra aussi légitimement être appelée *poésie*. » C'est par cette démarche à la fois scientifique et artistique que la poésie advient sous la plume de Ponge et que le bois de pins peu à peu se transforme en « une brosserie aux longs manches de bois pourpre ciselés, aux poils verts, choisie par la noble et sauvage rousse qui sort de la baignoire lacustre ou marine fumante au bas-côté ».

La poésie comme « co-naissance »

Cette réflexion esthétique se double d'une réflexion éthique : « Si nous sommes entrés dans la familiarité de ces cabinets particuliers de la nature, s'ils en ont acquis la chance de naître à la parole, ce n'est pas seulement pour que nous rendions anthropomorphiquement compte de ce plaisir sensuel, c'est pour qu'il en résulte une co-naissance[1] plus sérieuse. » Cette co-naissance plus sérieuse est celle de l'objet et des relations entre l'objet et l'humain : « je fais de l'expressionnisme (?), c'est-à-dire que j'emploie après les avoir retrouvés les mots les plus justes pour décrire le sujet. Mais mon dessein est autre : c'est la connaissance du bois de pins, c'est-à-dire le dégagement de la qualité propre de ce bois, et sa *leçon* comme je disais ». Cette réflexion éthique, Ponge la qualifie également d'entreprise politique : « La naissance au monde humain des choses les plus simples, leur prise de possession par l'esprit de l'homme, l'acquisition des qualités correspondantes – un monde nouveau où les hommes, à la fois, et les choses connaîtront des rapports harmonieux : voilà mon but poétique et politique. »

Le cours à écouter

1. Ponge reprend ici et développe une idée émise par Paul Claudel dans son *Art Poétique* (1913).

CITATIONS

À PROPOS DE LA MÉTHODE D'ÉCRITURE DE PONGE :

« L'on s'apercevra par les exemples qui suivent quels importants déblais cela suppose (ou implique), à quels outils, à quels procédés, à quelles rubriques l'on doit ou l'on peut faire appel. Au dictionnaire, à l'encyclopédie, à l'imagination, au rêve, au télescope, au microscope, aux deux bouts de la lorgnette, aux verres de presbyte et de myope, au calembour, à la rime, à la contemplation, à l'oubli, à la volubilité, au silence, au sommeil, etc.

L'on apercevra aussi quels écueils il faut éviter, quels autres il faut affronter, quelles navigations (quelles bordées) et quels naufrages – quels changements de points de vue. »

À PROPOS DE LA RELATION DE PONGE AU LECTEUR :

« Il faut que je prenne le lecteur par la main, que je sollicite de sa part une assez longue complaisance, le suppliant de se laisser conduire au risque de s'ennuyer par mes longs détours, lui affirmant qu'il goûtera sa récompense lorsqu'il se trouvera enfin amené par mes soins au cœur du bosquet de mimosas, entre deux infinis d'azur. »

Dissertation

Dans une lettre du 7 mars 1941, l'écrivain Gabriel Ausidio écrit à son ami Francis Ponge : « Je ne peux m'empêcher cependant de déplorer que ton "héroïsme" devant le problème de l'expression ait pour résultat de t'amener malgré tout devant une espèce d'impasse. Car l'aboutissement de tes efforts risque trop d'être une perfection quasi scientifique qui, à force d'avoir été purifiée, tend à l'assemblage de matériaux interchangeables. Chaque chose en soi, rigoureusement spécifique et aboutie, est excellente. Le total devient une marqueterie. » Dans quelle mesure ces propos vous paraissent-ils s'accorder au recueil *La Rage de l'expression* ?

Introduction

Analyse du sujet :

Dans sa lettre, Gabriel Ausidio émet des doutes quant à la méthode adoptée par Francis Ponge : saluant certes la rigueur et l'excellence de son travail poétique, Ausidio n'y voit pas néanmoins une œuvre aboutie mais une voie sans issue, une somme d'expérimentations d'allure scientifique sans résultat convaincant. Peut-on dire que la démarche poétique de Ponge se révèle infructueuse ?

Annonce du plan :

Certes la recherche poétique de Ponge peut s'apparenter à une méthode scientifique infertile. Mais cette quête se révèle aussi être d'une grande inventivité. Enfin, le regard distancié qui se fait jour dans chacun des poèmes préserve ce recueil du reproche de perfection comme de disparité.

Le plan développé

I. Une méthode scientifique infertile ?

A. Un protocole de recherche presque obsessionnel

La « rage » avec laquelle Ponge cherche par quels mots décrire, rendre compte des objets qui retiennent son attention pourrait paraître obsessionnelle, tant elle le conduit à multiplier les recherches, les essais et les réécritures. Ponge s'intéresse à toutes les facettes de l'objet mais aussi à toutes celles des mots. Par exemple, dans « Notes prises pour un oiseau », Ponge commence par envisager la silhouette de l'oiseau, sa façon de se mouvoir, son mode de vie (solitaire ou grégaire), son degré de familiarité vis-à-vis des êtres humains, avant de revenir en détail à la forme de l'oiseau en repartant de son squelette. Le mot « oiseau » est quant à lui étudié aussi sous toutes les coutures, et ce dès le début du poème, où la justesse du signifiant[1] est évaluée en regard du signifié[2] : « *Le mot* OISEAU : il contient *toutes les voyelles*. Très bien, j'approuve. Mais, à la place de l'S, comme seule consonne, j'aurais préféré l'L de l'aile : OILEAU, ou le V du bréchet, le V des ailes déployées, le V d'avis : OIVEAU ». S'ensuit alors une recherche lexicale poussée, Ponge interrogeant son plus fidèle allié : « Que dit Littré de l'oiseau ? » Et aussitôt de recopier une grande partie de la section consacrée au mot « oiseau », en en compilant les sens et les meilleures expressions.

Francis Ponge, © Bridgeman Images

1. Le signifiant est la forme du mot, ses aspects visuel et sonore.
2. Le signifié est ce que signifie le mot.

ZOOM SUR…

Le Littré : il s'agit d'un dictionnaire de langue française créé par Émile Littré, publié à la fin du XIXe siècle. Ce dictionnaire a l'avantage de fournir l'étymologie et l'histoire de chaque mot et d'en illustrer l'usage par un riche corpus de citations littéraires qui en a fait la réputation.

L'OuLiPo : L'« Ouvroir de Littérature Potentielle » est un groupe de travail littéraire, créé par le mathématicien François Le Lionnais et l'écrivain Raymond Queneau en 1960, et qui s'amuse à écrire en respectant diverses contraintes imposées. Le plus célèbre de leurs ouvrages est *Cent mille milliards de poèmes* : il se compose de dix sonnets de rimes identiques superposées. Chaque vers étant imprimé sur une languette qui peut être soulevée, le lecteur peut ainsi combiner différemment les vers et obtenir « cent mille milliards de poèmes ».

B. Des poèmes-équations irrésolus

Chaque poème de ce recueil suscite donc de multiples recherches, tant sur la façon d'appréhender l'objet que sur celle de le décrire. Les recherches lexicales ne manquent pas, retranscrites par Ponge telles que découvertes dans les dictionnaires et encyclopédies, et pouvant se révéler quelque peu fastidieuses à la lecture pour le lecteur qui attendrait un poème tout fait. À ces recherches lexicales s'ajoutent les différentes et nombreuses variantes proposées par Ponge sur un même objet et qui peuvent légitimement dérouter : laquelle est « la bonne », la meilleure ? Faut-il toutes les considérer comme de simples « brouillons » ou, au contraire, comme des versions achevées et égales ? Ponge, sur ce point, n'établit pas de hiérarchie et va même jusqu'au bout de cette démarche en proposant dans « Le Carnet du Bois de pins », une mise en équation des « éléments indéformables » constituant la description du bois de pins (précédant en cela les jeux de langage de L'OuLiPo[3]). Un chiffre étant associé à « chaque élémen[t] indéformabl[e] », il suffirait d'établir la combinaison de son choix pour créer un poème, en évitant la combinaison « 4-1 » à cause de la répétition de « *par* ». Le poème semble alors s'égarer dans une logique qui perd peut-être de sa poésie… Comble du comble, Ponge va même jusqu'à clore certains de ses carnets sur une irrésolution comme dans « L'Œillet » : « *Ainsi, voici le ton trouvé, où l'*indifférence *est atteinte. / C'était bien l'important. Tout à partir de là coulera de source… une autre fois. / Et je puis aussi bien me taire.* »

La méthode adoptée par Ponge peut paraître aride et inféconde, laissant le lecteur face à des recherches qui paraissent inabouties. Mais ces recherches occasionnent pourtant de nombreuses trouvailles et créations poétiques.

II. Une poésie d'une grande inventivité

A. Une richesse lexicale foisonnante

Loin d'être stériles, les recherches lexicales menées par Ponge revivifient le langage de plusieurs façons. Tout d'abord en extirpant des dictionnaires des mots tombant en désuétude comme « forcènerie » (désignant l'action d'un forcené) ou « diaphanéisé » (signifiant « transparent ») employés dans « La Guêpe », ou des mots appartenant à un lexique spécialisé, comme celui de la botanique dans « Le Carnet du Bois de pins » avec des termes tels que « hampe », « hallier », « fournilles », etc. Mais les recherches lexicales de Ponge permettent aussi de rappeler ou apprendre au lecteur l'étymologie de certains mots et l'histoire de leur usage comme le mot « oiseau » : « ÉTYMOLOGIE : ital. : *uccello, augello.* Bas latin : *aucellus* (dans la loi salique) : d'un diminutif non latin, *avicellus*, de *avis*, oiseau ». Après en avoir recopié les sens et l'étymologie, Ponge compose un florilège « des plus belles expressions », certaines constituant de petites anecdotes historiques comme le plat d'oiseaux servi à l'acteur tragique Esopus. Enfin, les recherches lexicales de Ponge stimulent sa créativité et l'on trouve sous sa plume plusieurs néologismes, comme « encortiqués » et « températion » dans « Le Carnet du Bois de pins », des mots-valises, comme « pépiailler » dans « Le Mimosa » et des jeux de mots comme « narines bées » (au lieu de « bouche bée ») dans « Le Mimosa ».

B. Des poèmes entre palimpsestes et filigranes : la multiplicité des images

Mais l'inventivité de Ponge ne se limite pas aux créations verbales : chaque objet donne lieu à une multiplicité d'images déployées grâce aux analogies[4] esquissées. Ainsi, le bois de pins est d'abord présenté comme un ensemble de « grands mâts violets, encore dans leur gangue de lichens et d'écorces ravinées, feuilletées ». Puis il se transforme au fil des pages en « sanatorium naturel », en « salon de musique », en « chambre », en « vaste cathédrale de méditation […] ouverte à tous les vents », en « hangar », en « préau », en « halle ». Enfin, à partir de l'analogie qui lie les aiguilles de pins à des poils puis à des cheveux, le bois de pins se métamorphose encore en « une brosserie aux longs manches ciselés, aux poils verts, pour la flamboyante créature qui sort de la baignoire marine ou lacustre fumante au bas-côté ». Le même processus est à l'œuvre dans les autres poèmes de ce recueil qui passent successivement par différents états, différentes images qui à la fois s'effacent les unes les autres et se combinent, une image en amenant une autre. Chez Ponge, l'image poétique est sans cesse en mouvement.

Loin d'être stériles, les recherches méthodiques de Ponge déclenchent chez lui une grande effervescence créatrice qui peut parfois confiner à « l'abcès poétique », mais qu'un sens manifeste de l'autocritique sait aussitôt crever.

III. Un regard distancié et unificateur

A. Un sens de l'humour et de l'autodérision omniprésent

Certes, Ponge mène un travail de recherche poétique extrêmement sérieux et rigoureux. Pour autant, il ne s'interdit pas une distance humoristique vis-à-vis de ses écrits comme de lui-même. Dans « Le Carnet du Bois de pins », il se dépeint avec autodérision en mage de la parole, apte peut-être à faire parler les objets : « Surgissez, bois de pins, surgissez dans la parole. L'on ne vous connaît pas. – Donnez votre formule. – Ce n'est pas pour rien que vous avez été remarqué par F. Ponge… » Tout en se moquant des conceptions anciennes du poète-prophète dont les vers passaient pour être d'inspiration divine, Ponge se moque aussi de sa propre prétention à vouloir faire advenir les objets à la parole. Le passage le plus évident de ce regard autocritique sur son travail est bien sûr la section « Formation d'un abcès poétique » (qui mène à la combinaison quasi mathématique des vers libres), suivie de « Tout cela n'est pas sérieux » : « Tout cela n'est pas sérieux. Qu'ai-je gagné pendant ces quinze pages (p. 86 à 98) et ces dix jours ? – Pas grand-chose pour la peine que je me suis donnée. » Les remarques humoristiques qui parsèment ce recueil le préservent d'une volonté de « perfection quasi scientifique ».

B. De poème en poème : sauts de puce

Dans sa lettre sur le « Carnet du Bois de pins », Gabriel Ausidio relève l'aspect composite de ce poème. Cette remarque pourrait s'étendre à l'ensemble du recueil si l'on ne tenait pas compte des effets d'écho et de correspondance qui se nouent entre les poèmes. De fait, plusieurs thèmes reviennent et se retrouvent de poème en poème. Celui de la botanique, bien sûr, évident dans « L'Œillet », « Le Mimosa » et « Le Carnet du Bois de pins » mais présent aussi dans « La Mounine ou Note après coup sur un ciel de Provence » avec la récurrence des violettes. Le thème du vol lie « La Guêpe » et « Notes prises pour un oiseau ». Le parfum quant à lui conduit du mimosa au bois de pins, le premier « bosquet de fumées végétales » et « encens », l'autre, « arbre fort odoriférant » et « cathédrale ». La musicalité tisse également un lien entre mimosa et le bois de pins, l'un ayant des « qualités […] d'ut de poitrine », l'autre ayant « quelque chose de très doucement balancé et musical », comme un « salon de musique ». De poème en poème, à travers tout le recueil, Ponge prolonge et nourrit ainsi des thèmes qui s'entremêlent d'un objet à l'autre.

Conclusion

La Rage de l'expression pourrait essuyer le reproche de n'être qu'un cahier de brouillon consignant des recherches scientifico-poétiques sans grand retentissement. Néanmoins, ces poèmes fourmillent d'inventivité et d'originalité, tant dans la forme que dans le fond. Le regard du poète, qui établit à la fois une distance humoristique et des liens thématiques, fait de ces poèmes un recueil poétique au sens étymologique du premier terme : une cueillette, une réunion de fruits poétiques.

3. OuLiPo : « Ouvroir de Littérature Potentielle », groupe littéraire créé par le mathématicien François Le Lionnais et l'écrivain Raymond Queneau en 1960. Voir « Zoom ».
4. Ressemblances.

Dorion, *Mes forêts*

Mes forêts (2021) est à ce jour le dernier recueil poétique publié par Hélène Dorion. Il fait suite à une longue liste de publications, dans laquelle la poésie occupe une place privilégiée. Sa poésie, Hélène Dorion l'amarre au rythme du temps et de la nature, comme en témoignent les titres de ses livres : *Les Corridors du temps* (1988), *Le Vent, le Désordre, l'Oubli* (1991), *Pierres invisibles* (1999) ou encore *Le Hublot des heures* (2008). *Mes forêts* ne fait pas exception. Dans cette œuvre, la poétesse nous entraîne à travers les paysages de son enfance, ceux parmi lesquels elle continue de vivre et qui l'inspirent.

Dans le cosmos d'une intimité

Le paysage comme miroir : lire en soi

Dès le titre de son recueil, Hélène Dorion nous invite à parcourir des forêts qui, comme l'a justement écrit l'écrivain et éditeur Bruno Doucey, sont à la fois « extérieures et intérieures, réelles et symboliques ». Mais il ne faudrait pas considérer les forêts d'Hélène Dorion comme des « paysages-état d'âme[1] », simples reflets de son intériorité. Au contraire, c'est la forêt qui permet à la poétesse de lire en elle-même, comme elle l'écrit dès le premier poème de ce recueil, « L'horizon » :

les forêts
apprennent à vivre
avec soi-même

Dans « Les feuilles », elle précise cette pensée :

les forêts creusent
parfois une clairière
au-dedans de soi

La métaphore de la clairière annonce la clarté qui se fait en soi grâce à l'éclairage apporté par les forêts. C'est bien d'une lecture attentive des signes émis par les forêts que procède, tout au long de ce recueil, la mise au jour de ses propres sentiments. Dans « Le ruisseau » par exemple, les pierres silencieuses se font gardiennes de secrets :

comme un petit bruit
au fond de l'âme
ce que l'on tait
les pierres le portent

Si les forêts ne sont pas le simple reflet des états d'âme de la poétesse, il existe pourtant un profond accord entre elles : toutes deux accueillent le renouvellement des saisons, naturelles et sentimentales, évoluant au rythme de ces cycles sans fin[2].

Les forêts, dictionnaire du for intérieur

C'est sans doute pourquoi Hélène Dorion puise dans le vocabulaire de la nature pour dire ses sentiments, comme dans les rares poèmes d'amour clairsemés dans ce recueil, dans la section « L'onde du chaos » par exemple :

alors que   je rêve
vers toi mon corps s'enroule
frêles pétales
au bout de la nuit   des mots
frémissent comme
ces brumes inapaisées
encerclent nos silences

La douceur de l'étreinte et des murmures amoureux est pudiquement évoquée par les images des « frêles pétales », du frémissement, des « brumes inapaisées ». Au lexique des sentiments se substitue celui de la nature, l'expression des émotions étant confiée aux connotations associées aux mots, aux métaphores et aux comparaisons. Dans un autre poème, quelques pages plus loin, Hélène Dorion exprime l'ardeur du désir en filant la métaphore du feu :

Le chemin qui monte vers toi
brûle les ombres
de ma vie
je suis l'arbre foudroyé

Pour dire ce qu'elle ressent, la poétesse se fond avec la nature, devient elle-même un élément sylvestre. Plusieurs fois au cours du recueil, une métaphore végétale vient traduire ce qu'elle éprouve :

je suis cette branche
qui avance comme va le vent [...]
je suis cette ramille qui frémit
au bout du vide

1. Voir « Mots-clés ».
2. On peut ainsi comprendre cette mise en parallèle de l'histoire du monde et de l'histoire personnelle de la poétesse retracées dans la dernière section « Le bruissement du temps ».

PARCOURS

ROUSSEAU ET LES RÊVERIES DU PROMENEUR SOLITAIRE (1782)

Âgé de soixante-quatre ans lorsqu'il entreprend la rédaction *des Rêveries du promeneur solitaire*, Rousseau, convaincu qu'il n'a plus que des ennemis, s'est éloigné de tous. C'est au contact de la nature qu'il semble s'apaiser, trouvant en elle à la fois l'écho de ses sentiments et la sérénité recherchée. Dans la « Deuxième Promenade », la campagne apparaît ainsi comme un paysage état d'âme : « La campagne encore verte et riante, mais défeuillée en partie et déjà presque déserte, offrait partout l'image de la solitude et des approches de l'hiver. Il résultait de son aspect un mélange d'impression douce et triste trop analogue à mon âge et à mon sort pour que je n'en fisse pas l'application. »

L'interrogation sur soi passe par un questionnement analogique avec la nature comme dans « Le Silence » :

si je marche
avec les ombres de ma vie
comme de lourds oiseaux
qui dévorent les promesses
suis-je l'arbre   suis-je la feuille
grugée par les saisons

La compréhension de soi découle de l'observation de la nature.

« À l'écoute des pulsations du monde »

L'oreille tendue

Cette observation se réalise certes au moyen du regard, mais tout particulièrement de l'ouïe. La métaphore musicale, présente dès les premiers poèmes, parcourt l'ensemble du recueil. Hélène Dorion se dépeint à l'écoute de la nature, comme dans « La déchirure » :

j'écoute un chant de vagues
qui chutent
à l'horizon

Les forêts possèdent des voix, comme l'humus dans le poème du même nom, émettent « un chant » dont la poétesse capte les variations de poème en poème, attentive aux « cordes de l'univers », aux branches qui « s'inclinent comme des archets », au « chant des racines » (« L'onde du chaos »). Hélène Dorion examine « cette partition / du temps » afin de « déchiffre[r] enfin / le désordre des branches » (« L'arbre »). Et elle invite ses lecteurs à faire de même, comme dans « Une chute de galets », où l'anaphore de l'impératif « Écoute » enjoint à chacun de tendre l'oreille pour apprendre à écouter « le bruit du monde », « l'écoulement du temps » dont elle fait retentir les sons strophe après strophe.

Au rythme des saisons : une écriture fuguée[3]

Car la poésie d'Hélène Dorion emprunte également sa forme à la musique. Calquée sur le cycle des saisons, elle se fait écriture fuguée, maniant l'art de l'imitation et de la variation[4] à partir du sujet des forêts. Cinq poèmes commençant par « Mes forêts sont » structurent en effet le recueil en lui donnant son titre, alternant avec quatre sections qui apparaissent comme autant de variations sur le thème des forêts : « L'écorce incertaine », « Une chute de galets », « L'onde du chaos » et « Le bruissement du temps ». Les cinq poèmes consacrés aux forêts en déclinent, eux, chacun un aspect, comme autant d'imitations à partir du même sujet.

L'écriture fuguée ne concerne pas que la structure du recueil mais se retrouve aussi à l'intérieur des poèmes, grâce à la récurrence de l'utilisation de l'anaphore comme dans la section « L'onde du chaos », où l'expression « Il fait un temps » est reprise dans un même poème, mais aussi de poème en poème : « Il fait un temps de bourrasques et de cicatrices/ […] Il fait un temps de verre éclaté » puis, dans un autre texte : « Il fait un temps d'insectes affairés ». Cette anaphore fait même l'objet d'imitations :

il fait casse-gueule
[…] il fait refus et rejet
[…] il fait chimère

Ou encore : « Il fait taches de brouillard ». Le procédé de la variation, lui aussi, se retrouve d'un poème à l'autre, comme cette strophe dans « Les feuilles » :

les forêts creusent
parfois une clairière
au-dedans de soi

devenue « la forêt défriche / en moi tant d'années » dans « Les brèches ». Toutes deux partagent le thème de l'éclaircissement, du débroussaillage.

Au cœur du monde : une poésie engagée

Défricher, déchiffrer les forêts : les signes d'un effondrement ?

Si les forêts permettent éclaircissement et débroussaillage de soi, elles requièrent elles aussi d'être défrichées afin que leur chant ne reste pas vain. À la métaphore musicale déjà citée faisant des forêts une partition à déchiffrer (« L'arbre »), se superpose la métaphore du langage, faisant des signes naturels des signes langagiers à déchiffrer également. Comme « les forêts entendent nos rêves / et nos désenchantements » (« Le tronc »), elles parlent par énigmes aux êtres humains, par des « syllabes informes » (« La branche »), par un « alphabet » dessiné par « les petites bêtes » de l'herbe (« L'herbe ne va nulle part… »). À l'instar des racines éponymes qui, peut-être, dans la section « L'écorce incertaine », « observent »

les nuages
pour apprendre
la langue de l'horizon

Hélène Dorion incite le lecteur à décrypter les signes qui s'offrent à lui. Or, à les rassembler, ces signes ne semblent pas de bon augure, donnant à voir « le paysage que l'on trahit » (« L'ocre »), à entendre les « alertes du matin [qui] résonnent/ dans la chambre du siècle » (« L'onde du chaos »).

Un avertissement ? Entre inquiétude et espoir

Il ne faudrait pas imaginer les forêts d'Hélène Dorion recluses et closes sur elles-mêmes. Tout au contraire, ouvertes sur le monde moderne, elles en portent les stigmates et en dénoncent les dérives. Au cœur des mots de la nature s'immisce un vocabulaire contemporain, fait de sigles et d'acronymes comme « arn », « ram », « zip », « sdf », « vip »[5], de noms de réseaux sociaux compilés en un seul « facebookinstagramtwitter », qui vient percuter le temps lent et continu des forêts par sa frénésie et ses heurts. Plusieurs poèmes décrivent les ravages occasionnés sur la nature (« Il fait un temps de foudre et de lambeaux… »), laissant entrevoir une probable fin du monde :

dans ce temps de bile et d'éboulis
les forêts tremblent
sous nos pas
la nuit approche

Dans cette perspective, l'attention que prête Hélène Dorion aux silences trahit une inquiétude, comme lorsque le loup se tait (« Je n'entends pas le loup… »). Pourtant, à d'autres moments perce un espoir, dans « Le Houppier », par exemple. Reste l'impression de se trouver à un moment fatidique, celui d'une bascule d'un côté ou de l'autre, comme l'exprime « Entre mes doigts… » :

une forêt d'édifices
[…] un gouffre sous la terre
[…] se transforme en rêve
– c'est beau   n'est-ce pas
ou en ruines qui nous dévorent
– peut-être   on a tout raté

Le cours à écouter

3. Voir « Mots-clés ».
4. Imitation et variation : voir « Mots-clés ».
5. « arn » : vaccins à ARN (Acides RiboNucléiques) ; « ram » : Random-Access Memory, désignant la mémoire vive des ordinateurs ; « zip » : format de fichiers compressés ; « sdf » : Sans Domicile Fixe ; « vip » : Very Important Person.

Dissertation

Hélène Dorion, © Louis Monier.
All rights reserved 2023 / Bridgeman Images

« Dans l'article qu'elle consacre à Hélène Dorion, la journaliste Raphaëlle Leyris écrit : "Les poèmes de *Mes forêts* disent certes l'émerveillement, mais surtout l'inquiétude. Ils témoignent d'une obstination à contempler les choses en y cherchant sans cesse du nouveau" (*Le Monde des Livres*, 14 avril 2023). Ces remarques s'accordent-elles avec votre lecture de *Mes forêts* ? »

Introduction

Analyse du sujet

Pour Raphaëlle Leyris, si le recueil d'Hélène Dorion comporte une part de ravissement, sans doute provoqué par la puissante beauté des forêts, il est surtout marqué par une appréhension qui dominerait au fil des pages. L'attitude de la poétesse correspondrait, quant à elle, à une posture réflexive tournée vers la nouveauté, voire l'avenir. Pourtant, tout au long de son recueil, Hélène Dorion se montre attentive aux traces du passé, occupée à les analyser. Peut-on dire qu'elle est guidée par une quête de sens plus que de nouveauté ?

Annonce du plan

Sans conteste, *Mes forêts* oscillent entre émerveillement et inquiétude, nos oreilles se révélant peut-être plus sensibles à cette dernière. Elle pourrait être ce qui pousse l'autrice à se pencher sur le passé, afin de mieux le comprendre et l'incorporer dans sa réflexion sur le temps et le monde. Cette (dé)marche sylvestre d'Hélène Dorion fait par-dessus tout s'élever un désir d'harmonie qui confère son unité au recueil.

Le plan développé

I. Entre émerveillement et inquiétude

A. Dire la beauté fragile de la nature

Mes forêts apparaissent dans un premier temps comme un recueil cherchant à capter les instants saisissant de beauté des forêts. Cela se perçoit dès la première section, « L'écorce incertaine », qui se compose de brefs poèmes consacrés chacun à un élément sylvestre, comme « L'arbre », « Le ruisseau », « Le tronc », « La branche », etc. Chacun de ces brefs poèmes met en lumière, de façon aiguë, l'élément sur lequel le regard et l'ouïe d'Hélène Dorion se concentrent, découvrant pour le lecteur tout un monde inconnu. Ainsi, la poétesse transfigure le rocher dans le poème du même nom : « on dirait une histoire / couverte de rouille / mousse et cratères / un ciel noirci / par l'ombre de nos pas / que les années fendillent / les forêts s'embrasent / dans le clair-obscur / révèlent des chemins de sève ». Habituellement lourd et arrimé au sol, le rocher se fait céleste ; opaque et silencieux, il se fait détenteur d'un récit comme oublié. Plus imposant que les cailloux du Petit Poucet qu'il évoque presque malgré lui, il ouvre un chemin « de sève » comme une promesse de vie. Les poèmes d'Hélène Dorion recèlent des éclats de beauté qui frappent l'imagination du lecteur.

B. Irruptions de violence : un avenir menacé

Mais il plane aussi dans ces poèmes une menace plus ou moins voilée, comme dans « L'humus ». La première strophe fait retentir les thèmes de la naissance, de la croissance, de l'ascension : « s'il était la racine et s'il était / du ciel devenu herbe / un commencement / posé sur la pierre ». Mais la seconde strophe renverse brutalement cette dynamique en introduisant la destruction : « s'il était la voix / qu'on n'entend plus / une sorte de clarté / qu'on aurait saccagée ». Cette coexistence de l'espérance et de l'anéantissement est constante dans *Mes forêts*. Dans certains poèmes, la violence prend même le dessus, notamment lorsque le règne animal est mentionné, très souvent associé à l'idée de prédation. Dans le poème « La bête » bien sûr, mais aussi dans « Le sentier », où le hibou s'élance à la recherche d'une proie, ou encore dans le troisième « Mes forêts » où celles-ci deviennent « des bêtes qui attendent la nuit / pour lécher le sang de leurs rêves / [...] boire l'offrande ». Liée au règne animal, la menace du feu parcourt aussi le recueil : « on dirait une bête / prête à tout dévorer[1] » (« Le feu »). Enfin, de nombreuses métaphores et comparaisons se développent autour des thèmes du bris, de la fracture, de la destruction.

Dans les poèmes d'Hélène Dorion, l'émerveillement se conjugue à l'inquiétude, plusieurs menaces obscurcissant l'avenir. Cherchant à comprendre cette situation, la poétesse se tourne vers le passé.

II. (Re)lire le passé

A. (Ré)interpréter les traces

La dernière section du recueil, « Le bruissement du temps », illustre tout particulièrement ce mouvement de retour en arrière afin d'expliquer ce qui est, et peut-être ce qui sera. L'épigraphe[2] située au début de cette section, empruntée à l'écrivaine américaine Annie Dillard, résume cette démarche : « Où avons-nous été, / et pourquoi descendons-nous ? » S'ensuivent alors trois poèmes qui reconstituent « l'avant » : « Avant l'aube », « Avant l'horizon », « Avant la nuit ». Les deux premiers brossent à grands traits la cosmogonie de la Terre. « Avant l'aube » retrace la formation de la planète et celle des croyances humaines, empruntant à diverses mythologies à travers le globe : « sont venus les dieux qui flottent / au-dessus des eaux / Hésiode Zeus Odin/ Brahma Izanami ». « Avant l'horizon » redessine, lui, la trajectoire de l'humanité dans toute sa brutalité, celle imposée

1. Et néanmoins, dans un effet de renversement similaire à celui de « L'humus », le poème « Le feu » s'achève sur une promesse : « le feu promet l'éclaircie / qui donnerait envie de grandir ».
2. Une épigraphe est une courte citation placée au début d'un livre, d'un chapitre, d'une section afin d'en suggérer l'esprit.

par des peuples humains à d'autres peuples humains comme les autochtones du Canada, aussi bien que celle imposée aux animaux. Enfin, le troisième et dernier poème, « Avant la nuit », se révèle de facture autobiographique, condensant le chemin d'Hélène Dorion vers la poésie, aboutissement de ces trois longs poèmes où l'énumération domine, grande et petite histoires s'entrelaçant dans les mêmes interrogations et se rejoignant dans la même quête de sens.

B. La poésie ou le temps du deuil

Si les poèmes d'Hélène Dorion arpentent le passé dans une perspective téléologique[3], ils résonnent aussi comme des poèmes de deuil, permettant l'acceptation du temps passé comme du temps qui passe, sachant « l'alchimie de vivre / et de mourir » (« Les feuilles »). Dans « La branche » par exemple, à la brisure succède la repousse : « et l'horizon craquelle / un sentier se referme / sur l'écorce des choses / que rongent les vers et les fourmis / il n'y a que ce qui casse / et repousse / autour de nous / syllabes informes / qu'assemble la lumière ». L'observation des forêts permet de resituer le temps humain dans le cycle naturel « qui sauve et détruit / sauve / et détruit » (« Mes forêts sont le bois usé d'une histoire... »). Ainsi, le deuil devient une saison dont l'aridité dissimule cependant la fécondité à venir : « Tu t'arrêtes / pour que traversent / à l'embranchement / les chagrins jamais avoués / de tant de visages / éparpillés parmi les heures / gestes et tâches / qui ensemencent nos vies » (« L'onde du chaos »). Dans la contemplation des forêts, la déchirure du deuil trouve place et s'apaise.

Le regard scrutateur qu'Hélène Dorion fixe sur un passé qu'elle restitue par ses mots se teinte d'un désir d'harmonie perdue il y a longtemps et sporadiquement retrouvée.

III. Un désir d'harmonie

A. Accorder les voix

Mes forêts expriment en effet la recherche d'une harmonie, qui commence par l'écoute consciencieuse des chants sylvestres : nombre de poèmes font entendre ces chants épars, mystérieux, nourris d'émotions variées, comme les « notes lumineuses d'une feuille » (« Autour de moi les notes... »). Mais ces chants s'amenuisent ou s'éteignent, comme celui de l'humus, « voix que l'on n'entend plus » (« L'humus ») ou du loup, devenu « chant vide » (« Je n'entends pas le loup... »). Aussi la poétesse se montre-t-elle particulièrement attentive à collecter ces chants et à en entretenir la mémoire : « je me suis assise / au milieu de ces vastes alliés / sans voix » (« Je n'ai rien déposé... »). Enjoignant à son lecteur de tendre l'oreille, elle cherche à accorder ces voix qui se croisent sans s'entendre, dans « Une chute de galets » certes, mais dans d'autres poèmes également, comme « On dirait une silhouette mystérieuse... » : « tu écoutes le chant des racines / tu deviens la sève / un filet de clarté / qui traverse le tronc ». En se mettant à l'écoute du « chant des racines », le « tu », qui dans ce recueil recouvre une pluralité d'identités[4], fusionne progressivement avec l'arbre dont il devient même fluide vital.

B. Rétablir les correspondances

Accorder les voix entre elles c'est, pour Hélène Dorion, rétablir les correspondances entre les différentes espèces, végétales, minérales et animales. Par son propre chant, elle secoue l'oubli ou l'indifférence et invite à ouvrir grand yeux et oreilles : « mon chant soulève la poussière / de spectacles muets / comme un trou béant / dans la maison noire des mots » (« Il fait un temps de bourrasques et de cicatrices... »). De cette façon, une porosité se crée entre l'intérieur et l'extérieur qui permettrait d'atteindre la correspondance, voire l'unisson entre forêts et êtres humains comme elle l'expérimente elle-même : « Le jeune érable frémit / sous les coups du tonnerre / [...] quand j'ai ouvert les yeux / ce n'était plus à l'intérieur / de moi que la pluie s'immisçait / le bois racontait une histoire / d'air rouillé de pas égarés » (« Le jeune érable frémit... »). La poésie d'Hélène Dorion se veut et se fait guide, patiente et vigilante, indiquant semble-t-il le nord : « un poème murmure / un chemin vaste et lumineux /qui donne sens / à ce qu'on appelle *humanité* » (« Avant la nuit »).

Conclusion

Entre émerveillement et inquiétude, *Mes forêts* offrent au lecteur des fragments de beauté. Mais ce recueil nous entraîne également dans une quête de sens, qui requiert un réexamen du passé, collectif comme individuel, les deux dimensions s'entremêlant. En cueillant et recueillant à travers ses forêts, Hélène Dorion tente d'instaurer une harmonie ténue qui donnerait la clé – de portée et de voûte – de « l'énigme fragile » à laquelle les êtres humains sont confrontés.

3. La téléologie est l'idée selon laquelle le monde obéit à une finalité (un but).
4. Il désigne en effet tantôt un ami intime de la poétesse, tantôt le lecteur, tantôt l'autrice elle-même qui s'interpelle dans une mise à distance de soi. Comme le « tu », le « nous » aussi recouvre une multiplicité d'identités possibles.

MOTS CLÉS

PAYSAGE-ÉTAT D'ÂME

C'est, en littérature comme en peinture, un paysage qui représente l'état d'âme du personnage, c'est-à-dire les sentiments qu'il éprouve.

ANAPHORE

C'est une figure de style qui consiste à reprendre un même mot ou groupe de mots au début d'un paragraphe, d'une phrase, d'une proposition ou d'un vers.

FUGUE

C'est une forme musicale qui repose sur l'imitation d'un thème dominant appelé « sujet ». Le compositeur allemand Jean-Sébastien Bach (1685-1750) lui a donné ses lettres de noblesse avec des œuvres comme *Le Clavecin bien tempéré* (1722 à 1744) ou *L'Art de la fugue* (1742 à 1750).

IMITATION

C'est un procédé d'écriture musicale qui consiste à répéter le même dessin mélodique au sein d'une même composition.

VARIATION

C'est la transformation d'une phrase musicale par divers procédés d'écriture qui touchent, séparément ou simultanément, à la mélodie, au rythme, à la mesure, au mode, au ton, à l'harmonie, à la polyphonie, tout en laissant le thème original discernable (Encyclopédie Larousse en ligne).

Quiz : **La poésie du XIXe au XXIe siècle**

Plusieurs réponses peuvent être correctes.

Versification, figures de style et formes poétiques

1. Parmi ces propositions, quelles sont les contraintes formelles que peut se donner le genre poétique ?

- ☐ a. le mètre (pair ou impair)
- ☐ b. le schéma de rimes
- ☐ c. la métaphore
- ☐ d. la strophe
- ☐ e. le vers
- ☐ f. la tonalité mélancolique

2. Voici une phrase extraite d'*Atala* (1801) de Chateaubriand : « Le désert déroulait maintenant devant nous ses solitudes démesurées. » En quoi peut-on dire qu'elle relève de la prose poétique ?

☐ a. Elle est construite sur un jeu d'assonances et d'allitérations.
☐ b. Son rythme est celui d'un alexandrin, suivi d'un octosyllabe.
☐ c. Elle évoque la nature, sujet poétique privilégié.

3. Quel type de vers est défendu par le poète Paul Verlaine ?

- ☐ a. le vers impair
- ☐ b. le vers libre
- ☐ c. l'alexandrin

4. Par quelle figure de style Paul Éluard effectue-t-il un rapprochement entre les dormeurs et le monde minéral dans l'extrait suivant ?

Les dormeurs sont blancs, veinés de vert pâle, aussi transparents que le cristal de roche ; leurs cuisses laissent passer les rayons du jour. Ils n'ont pas la solidité du marbre le plus ordinaire ; ils sont même si tendres qu'on peut les tailler, les façonner avec un couteau.
Mais au contact de leurs paupières, la nuit dure et froide se fond comme l'ardoise.

Paul Éluard, « Dormeurs », *Donner à voir*, 1939

- ☐ a. la métaphore
- ☐ b. l'analogie
- ☐ c. l'ellipse

5. Lequel de ces vers contient une diérèse ?

☐ a. « La nature est un temple où de vivants piliers » (Charles Baudelaire, « Harmonie du soir », *Les Fleurs du mal*, 1857)
☐ b. « Et j'irai loin, bien loin, comme un bohémien » (Arthur Rimbaud, « Sensation », *Le Cahier de Douai*, 1870)
☐ c. « Les nuages du ciel ressemblaient à des marbres » (Victor Hugo, « À quoi pensaient les deux cavaliers », *Les Contemplations*, 1856)

6. Dans la strophe ci-dessous, comment appelle-t-on le vers « Ainsi qu'un basson » ?

Le ciel était gris. La bise pleurait
Ainsi qu'un basson.
Au loin, un matou frileux et discret
Miaulait d'étrange et grêle façon.

Verlaine, « Croquis », *Poèmes saturniens*, 1866

- ☐ a. un pentasyllabe.
- ☐ b. un alexandrin.
- ☐ c. un octosyllabe.

7. Dans la strophe ci-dessus, que peut-on dire de *miaulait* ?

☐ a. Le mot se prononce mi-au-lait, en trois syllabes.
☐ b. Le mot se prononce miau-lait, en deux syllabes.
☐ c. Le mot se prononce avec une synérèse.
☐ d. Le mot se prononce avec une diérèse.

8. Dans les vers ci-dessus, pour respecter la versification, on doit prononcer :

- ☐ a. le -*e* final de bise.
- ☐ b. le -*e* final d'étrange.
- ☐ c. le -*e* final de grêle.

9. Parmi les propositions suivantes, lesquelles renvoient à des formes fixes de poèmes ?

- ☐ a. le rondeau
- ☐ b. la ballade
- ☐ c. le vers libre

10. Voici le poème « Le dormeur du val » d'Arthur Rimbaud. Quelle est sa forme ?

C'est un trou de verdure où chante une rivière
Accrochant follement aux herbes des haillons
D'argent ; où le soleil de la montagne fière,
Luit : C'est un petit val qui mousse de rayons.

Un soldat jeune, bouche ouverte, tête nue,
Et la nuque baignant dans le frais cresson bleu,
Dort ; il est étendu dans l'herbe, sous la nue,
Pâle dans son lit vert où la lumière pleut.

Les pieds dans les glaïeuls, il dort. Souriant comme
Sourirait un enfant malade, il fait un somme :
Nature, berce-le chaudement : il a froid.

Les parfums ne font pas frissonner sa narine ;
Il dort dans le soleil, la main sur sa poitrine
Tranquille. Il a deux trous rouges au côté droit.

Arthur Rimbaud, « Le dormeur du val », *Cahier de Douai*, 1870

- ☐ a. C'est un rondeau.
- ☐ b. C'est une ballade.
- ☐ c. C'est un sonnet.
- ☐ d. C'est un pantoum.
- ☐ e. Ce n'est pas un poème de forme fixe.

11. Qui est l'initiateur du poème en prose ?

- ☐ a. Aloysius Bertrand (1807-1841)
- ☐ b. Charles Baudelaire (1821-1867)
- ☐ c. Arthur Rimbaud (1854-1891)

12. Qu'est-ce qu'un calligramme ?

- ☐ a. un poème qui se lit de haut en bas
- ☐ b. un poème dont la forme mime le sujet traité
- ☐ c. un poème dont tous les vers sont anaphoriques

Les grands mouvements poétiques

13. Parmi les poètes suivants, lesquels sont des poètes du Moyen Âge ?

- ☐ a. Pierre de Ronsard
- ☐ b. Charles d'Orléans
- ☐ c. François Villon

14. À la Renaissance, que pensent les poètes de la Pléiade ?

- ☐ a. Ils pensent qu'il faut s'inspirer des sources antiques pour renouveler la langue et la poésie française, et critiquent la poésie médiévale.
- ☐ b. Ils pensent qu'il faut avant tout s'inspirer des poètes du Moyen Âge pour écrire dans une belle langue française.
- ☐ c. Ils pensent qu'il vaut mieux écrire de la poésie en latin, car c'est la seule langue suffisamment noble pour exprimer leurs pensées et sentiments.

15. Quel courant littéraire et artistique tente de représenter le mouvement et l'instabilité du monde ?

- ☐ a. la Pléiade
- ☐ b. le mouvement baroque
- ☐ c. le mouvement classique

16. Lequel de ces mouvements littéraires prône le lyrisme en poésie ?

- ☐ a. le mouvement classique
- ☐ b. le mouvement baroque
- ☐ c. le mouvement romantique

17. À quelle époque le romantisme apparaît-il ?

- ☐ a. dans la première moitié du XVIIIe siècle
- ☐ b. dans la seconde moitié du XVIIIe siècle
- ☐ c. dans la première moitié du XIXe siècle

18. Dans ces strophes extraites du poème « Le Lac », quels thèmes chers à la poésie romantique retrouve-t-on ?

Éternité, néant, passé, sombres abîmes,
Que faites-vous des jours que vous engloutissez ?
Parlez : nous rendrez-vous ces extases sublimes
Que vous nous ravissez ?

Ô lac ! rochers muets ! grottes ! forêt obscure !
Vous, que le temps épargne ou qu'il peut rajeunir,
Gardez de cette nuit, gardez, belle nature,
Au moins le souvenir !

Qu'il soit dans ton repos, qu'il soit dans tes orages,
Beau lac, et dans l'aspect de tes riants coteaux,
Et dans ces noirs sapins, et dans ces rocs sauvages
Qui pendent sur tes eaux.

Alphonse de Lamartine, *Nouvelles Méditations poétiques*, 1823

- ☐ a. la nostalgie liée à la fuite du temps
- ☐ b. l'angoisse de la mort
- ☐ c. l'exaltation du sentiment personnel
- ☐ d. la communion de l'âme avec la nature

19. Parmi les auteurs suivants, lesquels écrivent de la poésie engagée pendant la Seconde Guerre mondiale ?

- ☐ a. Victor Hugo
- ☐ b. Paul Éluard
- ☐ c. Louis Aragon

20. Quel écrivain a-t-on qualifié de « pape du surréalisme » ?

- ☐ a. Tristan Tzara
- ☐ b. André Breton
- ☐ c. Paul Éluard

21. Quelles techniques d'écriture illustrent cette définition du surréalisme ?

Le surréalisme repose sur la croyance à la réalité supérieure de certaines formes d'associations négligées jusqu'à lui, à la toute-puissance du rêve, au jeu désintéressé de la pensée.

André Breton, *Manifeste du surréalisme*, 1924

☐ a. le collage
☐ b. les bouts-rimés
☐ c. le blason
☐ d. le « cadavre exquis »
☐ e. le sonnet
☐ f. le récit de rêves

22. Quelle technique d'écriture ce texte décrit-il ?

Tout occupé que j'étais encore de Freud à cette époque et familiarisé avec ses méthodes d'examen que j'avais eu quelque peu l'occasion de pratiquer sur des malades pendant la guerre, je résolus d'obtenir de moi ce qu'on cherche à obtenir d'eux, soit un monologue de débit aussi rapide que possible, sur lequel l'esprit critique du sujet ne fasse porter aucun jugement, qui ne s'embarrasse, par suite, d'aucune réticence, et qui soit aussi exactement que possible la pensée parlée. Il m'avait paru, et il me paraît encore [...] que la vitesse de la pensée n'est pas supérieure à celle de la parole, et qu'elle ne défie pas forcément la langue, ni même la plume qui court.

André Breton, *Manifeste du surréalisme*, 1924

☐ a. le collage verbal ou « cadavre exquis »
☐ b. l'écriture automatique
☐ c. le récit de rêves

23. D'après l'extrait suivant, que recherche le mouvement dada ?

Tout produit du dégoût susceptible de devenir une négation de la famille, est dada ; protestation aux poings de tout son être en action destructive : DADA ; connaissance de tous les moyens rejetés jusqu'à présent par le sexe pudique du compromis commode et de la politesse : DADA ; abolition de la logique, danse des impuissants de la création : DADA ; de toute hiérarchie et équation sociale installée pour les valeurs par nos valets : DADA ; chaque objet, tous les objets, les sentiments et les obscurités, les apparitions et le choc précis des lignes parallèles, sont des moyens pour le combat : DADA ; abolition de la mémoire : DADA ; abolition de l'archéologie : DADA ; abolition des prophètes : DADA ; abolition du futur : DADA ; croyance absolue indiscutable dans chaque dieu produit immédiat de la spontanéité : DADA.

Tristan Tzara, *Manifeste Dada*, 1918

☐ a. une redéfinition du monde sensible
☐ b. un refus total appliqué à certains domaines
☐ c. un rejet des approches scientifiques du monde

24. Parmi les artistes suivants, lesquels se sont reconnus dans les mouvements dada et surréaliste ?

☐ a. Max Ernst
☐ b. Paul Cézanne
☐ c. Salvador Dalí
☐ d. René Magritte
☐ e. Marcel Duchamp
☐ f. Henri Matisse
☐ g. Man Ray

Corrigés

1. a, b, d, e. La poésie est un genre qui s'est longtemps fixé des contraintes fortes pesant sur la forme : respecter certaines longueurs de vers, certains schémas de rimes, un nombre précis de strophes et de vers par strophe, etc. Ces contraintes varient selon la forme du poème (un sonnet, une ballade) et selon l'époque. Au XVIIe siècle, par exemple, Boileau, dans son *Art poétique*, pose les jalons de ce qui deviendra l'idéal de la poésie classique. À partir du XIXe siècle, certains poètes contestent ces contraintes imposées à la poésie par le classicisme. Le poète devient alors libre de s'affranchir de la codification du genre. Attention, la poésie n'a pas de tonalité particulière : elle peut être tout aussi bien mélancolique que comique, par exemple.

2. a, b. Cette phrase est constituée de deux membres : le premier épouse le rythme parfaitement régulier de l'alexandrin (Le désert / déroulait / maintenant / devant nous) ; le second se déploie comme un octosyllabe, créant un effet de rupture. Ces deux séquences rythmiques sont liées entre elles par un jeu de sonorités en écho : désert / démesurées ; maintenant / devant.

3. a. Verlaine écrit dans « Art poétique » (*Jadis et naguère*, 1884) : « De la musique avant toute chose, / Et pour cela préfère l'Impair / Plus vague et plus soluble dans l'air, / Sans rien en lui qui pèse ou qui pose. »

4. b. Procédé très proche de la comparaison et de la métaphore, l'analogie établit une ressemblance entre deux ou plusieurs objets qui sont, habituellement, totalement éloignés. Ici, le poète insiste sur les rapports de réciprocité et d'harmonie qui existent dans l'univers.

5. b. La diérèse porte sur bohémien (bohemi-en). Il est très important de repérer les diérèses au sein des vers. Outre qu'elles permettent au poète d'obtenir un mètre régulier (ici, l'alexandrin), elles mettent en valeur un mot qui, de ce fait, focalise l'attention du lecteur. Il est indispensable de les inclure dans un commentaire de texte. Rappel : l'antonyme de la diérèse est la synérèse.

6. a. « Ainsi qu'un basson » comporte cinq syllabes : c'est un pentasyllabe.

7. a, d. Il faut le prononcer en trois syllabes, avec une diérèse donc.

8. a, c. Le -*e* final de *bise*, dans le vers 1, ainsi que le -*e* final de *grêle,* dans le vers 4, se prononcent : ils sont en effet suivis d'une consonne ; par contre, le -*e* final d'*étrange*, dans le vers 4, est muet : il est suivi d'une voyelle.

9. a, b. Le vers libre n'obéit pas à une structure régulière : il échappe aux contraintes du mètre et de la rime.

10. c. Le poème intitulé « Le dormeur du val » (Arthur Rimbaud) est un sonnet.

11. a. Publié en 1842, le recueil d'Aloysius Bertrand *Gaspard de la Nuit* est constitué de poèmes sans vers, mais comportant des strophes et des rythmes proches de la poésie versifiée. Le poète a la volonté de créer « un nouveau genre de prose », c'est-à-dire aussi un nouveau genre de poésie. Le recueil est passé inaperçu jusqu'à ce que Baudelaire le cite avec admiration et le revendique comme source d'inspiration pour ses *Petits Poèmes en prose* (1869).

12. b. Le calligramme est un type de poème principalement employé par Guillaume Apollinaire. Le texte est organisé de manière à reproduire graphiquement le sujet du poème (une fontaine, une colombe par exemple).

13. b, c. Pierre de Ronsard est un poète de la Renaissance appartenant au courant de la Pléiade. Il est né en 1524 et mort en 1585.

14. a. Les poètes de la Pléiade veulent renouveler la poésie et la langue française, et critiquent la poésie médiévale.

15. b. Agrippa d'Aubigné, Jean de Sponde ou Théophile de Viau sont des représentants de la poésie baroque.

16. c. Alfred de Musset définit ainsi la poésie dans son poème « Impromptu » : « Aimer le vrai, le beau, chercher leur harmonie ; / Écouter dans son cœur l'écho de son génie ; / Chanter, rire, pleurer, seul, sans but, au hasard » (*Poésies nouvelles*, 1852).

17. b. C'est au XVIIIe siècle que naît ce qu'on appelle le « préromantisme » : l'expression des sentiments personnels commence à poindre dans les œuvres littéraires, avec l'œuvre autobiographique de Rousseau, le lyrisme de Chénier (poète condamné à mort à la Révolution), l'exotisme et la célébration de la nature sauvage de Bernardin de Saint-Pierre.

18. a, b, c, d. Marquée par le lyrisme personnel et l'effusion du sentiment, la poésie de Lamartine est caractéristique du romantisme. Ici, le poète évoque le tourment de son âme face à la fuite du temps et à la perspective de la mort. La nature sauvage apparaît comme le témoin privilégié des jours heureux et la gardienne du souvenir. À la fois mystérieuse, violente (« forêts obscures », « orages », « noirs sapins », « rocs sauvages ») et douce (« belle nature », « riants coteaux »), elle est le reflet de l'âme du poète.

19. b, c. Victor Hugo a écrit de la poésie engagée, mais il s'agit d'un auteur du XIXe siècle.

20. b. Cette appellation souligne le fonctionnement très structuré du mouvement surréaliste. L'expression ne manque pas de piquant, puisque l'Église était justement la cible favorite des attaques des surréalistes.

21. a, d, f. Ces trois techniques ont pour but de faire surgir de l'inconscient des associations de termes inattendues, des rapprochements que la logique n'aurait pas pu produire et qui révèlent une autre perception du réel.

Le « collage » consiste à juxtaposer des images et des mots, aléatoirement choisis : éléments de texte, bouts de vers, photos, extraits d'articles, etc.

Le « cadavre exquis » est un jeu où chacun écrit à tour de rôle un morceau de phrase, sans savoir ce qu'écrivent les autres. Le résultat est aussi illogique que la juxtaposition des termes cadavre et exquis.

Les surréalistes s'entraînent à noter leurs rêves, afin d'y puiser des idées qui échappent à la conscience.

22. b. Dans cet extrait du *Manifeste du surréalisme,* où il est explicitement fait référence aux théories psychanalytiques de la fin du XIXe siècle, Breton explique que l'artiste se doit d'être à l'écoute d'une « voix intérieure ». Cet aspect sert de point de départ à une théorie radicalement nouvelle, bâtie sur le caractère impérieux et gratuit d'un automatisme verbo-auditif. L'exploration de l'inconscient et le hasard deviennent alors la matière première de l'inspiration poétique.

23. b. Le mouvement dada se proposait principalement de supprimer le cloisonnement qui pouvait exister entre les formes d'expression et de créer un langage total, en jouant sur la fusion de rythmes, de graphismes, de collages, de montages de mots et d'images, voire sur l'association de bruits. Aussi le manifeste rejette-t-il la morale, la tradition, l'Église et l'enseignement.

24. a, c, d, f, h. Sous l'influence des écrivains, plusieurs artistes vont appliquer les théories surréalistes à la peinture qui devient, ainsi, un simple moyen, un automatisme pour l'expression immédiate de la pensée et du rêve. Pour reprendre le mot d'André Breton, « la beauté sera convulsive ou ne sera pas ».

LA LITTÉRATURE D'IDÉES DU XVIe SIÈCLE AU XVIIIe SIÈCLE

Rabelais, *Gargantua*

À partir du personnage de Pantagruel, Rabelais invente l'histoire d'une famille de géants qui va passionner la France et l'Europe. Le succès rencontré par *Pantagruel*, publié en 1532, est tel que Rabelais décide de raconter dans le livre suivant, paru deux ou trois ans après, l'histoire de son père, Gargantua. Si l'on retrouve dans ce second roman la même drôlerie, le même esprit parodique que dans le premier, il se dote néanmoins d'une dimension satirique et pédagogique plus marquée, diffusant les valeurs de l'humanisme.

Portrait anonyme de François Rabelais.

Un roman de chevalerie parodique

Un chevalier particulier

Outre son gigantisme, Gargantua apparaît d'emblée comme un héros à part. Sa naissance tout d'abord le désigne comme tel, lui qui « naquit en façon bien étrange », en sortant par « l'oreille senestre de sa mère » (chap. VI). Certes, cette naissance est une parodie de la conception du Christ par l'oreille, mais elle signale aussi le caractère exceptionnel de cet enfant qui de plus ne crie pas « Mies ! mies ! » mais « À boire ! à boire ! à boire ! ».

Le ton est ainsi donné, et les particularités de Gargantua seront à l'image de sa naissance et de ses premiers cris : Grandgousier découvre « l'esprit merveilleux » de son fils « à l'invention d'un torchecul » (chap. XIII). Le décalage comique est d'autant plus marqué que le récit ne manque pas de rappeler que Philippe, roi de Macédoine, comprit, lui, quelle était l'intelligence de son fils en le voyant dresser le cheval Bucéphale, effarouché par son ombre (chap. XIV) !

Des prouesses déroutantes

Les prouesses accomplies par un héros si particulier ne peuvent elles-mêmes qu'être atypiques. Ainsi, lorsque Gargantua entre en guerre contre Picrochole, il s'arme en chemin d'« un haut et grand arbre » qui lui « servira de bourdon et de lance » (chap. XXXVI). Et sa jument, quelque peu particulière elle aussi (voir chap. XVI), comme tout fidèle destrier qui se respecte, n'est pas en reste, puisqu'en « piss[ant] pour se lâcher le ventre », elle noie tous les ennemis occupant le gué de Vède ! Lorsque commence l'assaut du château, Gargantua n'a qu'à donner quelques coups de son « grand arbre » pour détruire le château et les ennemis qu'il abritait.

Bien évidemment, les prouesses guerrières de Gargantua, par leur aspect inattendu et cocasse, prêtent à rire. Et c'est à travers ce rire que se réalise la dimension satirique de ce livre.

La satire des dogmatismes

La critique du sophisme

Aussi drôle que soit ce récit, il ne se livre pas moins à une critique virulente de toutes les formes de dogmatismes : intellectuels, religieux, politiques. Les sophistes constituent de ce fait une cible de choix, eux qui, au lieu d'éveiller l'esprit, le corrompent par toutes sortes de raisonnements fallacieux. Cette critique du sophisme est initiée au chapitre XIV : l'enseignement du sophiste en lettres latines Thubal Holoferne puis celui de Jobelin Bridé ont pour unique conséquence de rendre Gargantua « fou, niais, tout rêveux et

PARCOURS

Rire et savoir.

BRÈVE HISTOIRE DE LA CENSURE

La censure comme institution examinant les publications et spectacles destinés au public et décidant d'autoriser ou d'interdire leur diffusion totale ou partielle apparaît dès la fin du Moyen Âge. Le pouvoir religieux et le pouvoir politique sont les instigateurs de la censure, car ils souhaitent contrôler la diffusion des idées porteuses de critiques à leur encontre qui affaibliraient, voire anéantiraient leur puissance. L'Église catholique est ainsi la première à surveiller l'enseignement par le biais des universités et la circulation des écrits à travers le travail des copistes et l'activité des libraires. Mais l'invention de l'imprimerie au XVe siècle rend la tâche de l'Église plus compliquée. C'est alors que les facultés de théologie font paraître des *Index des livres prohibés*. Les monarques absolus s'en prennent quant à eux directement aux imprimeurs, par des peines allant d'amendes lourdes à la prison, afin d'interdire ou de limiter la propagation de certains écrits. Au XVIIe siècle, un corps de censeurs est créé, et il faut avoir obtenu le « privilège du roi » pour pouvoir imprimer un ouvrage. C'est avec la Révolution française et la *Déclaration des droits de l'homme et du citoyen* de 1789 qu'est supprimée la censure royale. Néanmoins, avec le rétablissement de régimes politiques monarchiques et impériaux au XIXe siècle, il faut attendre la loi de 1881 pour que l'imprimerie et la librairie soient déclarées « libres », tandis que certaines formes de censure perdurent jusque dans la deuxième moitié du XXe siècle.

LA TRADITION DU RIRE DANS LA LITTÉRATURE FRANÇAISE

Dans la littérature française, le rire est une tradition qui s'affirme au Moyen Âge grâce aux genres de la farce, du dit, du conte ou du fabliau, par exemple. La farce met principalement en scène des personnages d'avocats, de marchands ou d'artisans et leurs clients qui se jouent toutes sortes de bons tours et

rassoté » (chap. XV). Il faudra l'intervention du bien nommé Ponocrates (dont le nom signifie « le pouvoir par l'effort ») pour éveiller l'esprit de Gargantua.

La satire des sophistes culmine au chapitre XIX avec la harangue de maître Janotus de Bragmardo. Enivré à dessein par Gargantua et ses compères, celui-ci ne parvient qu'à articuler un joyeux galimatias de français et de latin qui a pour seul avantage de faire éclater de rire toute l'assemblée et jusqu'à Janotus lui-même. Voici l'apparence de logique et de rhétorique des sophistes une fois pour toutes ridiculisée.

La critique de la tyrannie

C'est en usant de la même façon de l'art de la caricature littéraire que Rabelais critique la tyrannie à travers le personnage, une fois encore bien nommé, de Picrochole, le roi mû par la « bile amère » qui compose son nom et son humeur. Au chapitre XXXI, la harangue faite par Ulrich Gallet à Picrochole au nom de Grandgousier afin d'éviter une guerre expose la démarche diplomatique que Picrochole aurait dû suivre en cas d'offense et condamne la fureur avec laquelle il a agi en attaquant le peuple de Grandgousier.

Les chapitres XXXII et XXXIII révèlent l'appétit guerrier de Picrochole et son désir mégalomane de conquête, ses gouverneurs lui proposant un plan d'attaque s'étendant du nord de l'Europe au Proche-Orient, en passant par la Russie et le Maghreb. Au détroit de Gibraltar, Picrochole érigerait des colonnes « plus magnifiques que celles d'Hercule », et la Méditerranée serait rebaptisée « mer Picrocholine » ! Le détournement et l'exagération ridiculisent Picrochole et sa tyrannie, qui deviennent non plus un sujet de crainte mais d'amusement, le tragique de la guerre étant de ce fait lui aussi désamorcé.

Un hymne à la vie

Une philosophie « pantagruélique »

Gargantua est un livre qui célèbre la vie, neutralisant les puissances de mort. Son sous-titre donne d'emblée le ton puisqu'il est dit « livre plein de pantagruélisme » et que, dès le premier chapitre, ses lecteurs sont invités à « pantagruéliser » : « ainsi que voir pourrez en pantagruélisant, c'est-à-dire, buvant à gré, et lisant les gestes horrifiques de Pantagruel ». La philosophie pantagruéliste consiste en effet à se réjouir des plaisirs de la vie, particulièrement le boire et le manger, et à préférer le rire aux larmes face aux malheurs du monde.

De ce fait, les occasions de boire et de faire ripaille se multiplient dans *Gargantua*. Cet éloge des plaisirs de la vie se double d'une réhabilitation du corps s'opposant à l'ascétisme chrétien qui faisait du corps un sujet tabou. Lorsque Ponocrates rectifie l'éducation de Gargantua, il ne manque pas de lui enseigner une nouvelle hygiène de vie où les soins du corps trouvent toute leur place, et il fait appel à l'écuyer Gymnaste (au nom toujours significatif !) pour lui apprendre l'art de la chevalerie (chap. XXIII).

Une soif de connaissance et un appétit des mots inextinguibles

Cette faim de vie se double d'une soif de connaissance et d'un appétit des mots qui se marquent notamment par l'abondance des références culturelles et la truculence de la langue employée. Les chapitres IX et X multiplient à outrance le recours aux citations d'auteurs, puisant aussi bien dans le christianisme que dans l'Antiquité gréco-romaine : « Et comme être au temps passé advenu témoignent Marc Tulle *li. I. quaestio.* Tuscul., Verrius, Aristote, Tite-Live, après la bataille de Cannes, Pline *lib. VII. c. xxxii.* et *Iiii.* A. Gellius *Ii. III. XV.* et autres, à Diagoras Rhodien, Chilon, Sophocle, Denys, tyran de Sicile, Philippide, Philémon, Polycrate, Philistion, M. Juventius, et autres, qui moururent de joie » (chap. X). Avec humour et fantaisie, Rabelais convoque ainsi les plus grands auteurs de la culture occidentale.

À cet amour de la culture se mêle celui de la langue, qu'il pétrit et repétrit à souhait, inventant des mots inoubliables tels que « matagraboliser » (chap. XIX), immortalisant certaines expressions comme « à la venue des coquecigrues » (chap. XLIX) ou rebondissant de jeu de mots en jeu de mots : « Par mêmes raisons [...] ferais-je peindre un penier : dénotant qu'on me fait peiner. Et un pot à moutard, que c'est mon cœur à qui moult tarde » (chap. IX).

Le cours à écouter

auxquels il arrive toutes sortes de péripéties comiques. La plus célèbre farce du Moyen Âge est *La Farce de maître Pathelin* (vers 1465). Le dit, quant à lui, prend souvent la forme d'un monologue et possède une dimension satirique plus marquée, comme *Le Dit de l'herberie* (vers 1265) de Rutebeuf qui se moque des vendeurs d'herbes prétendument médicinales. Le conte en prose comme le fabliau (qui est, pour reprendre l'expression de Joseph Bédier, un « conte à rire en vers ») visent eux aussi à amuser l'auditeur ou le lecteur par le récit de bons ou mauvais tours et l'emploi de bons mots.

LE NOM DE LA ROSE (1980) D'UMBERTO ECO OU LE TRAITÉ PERDU D'ARISTOTE

En 1980, l'écrivain érudit italien Umberto Eco publie *Le Nom de la rose*, sorte de roman policier médiéval dans lequel il imagine une série de meurtres liés à l'existence du second tome de la *Poétique* d'Aristote (tome qui en réalité n'a jamais été retrouvé), consacré à la comédie et dont les pages auraient été empoisonnées par un religieux considérant que le rire est le propre du diable et qu'il est donc défendu d'en faire l'éloge. Ce roman a été adapté au cinéma par Jean-Jacques Annaud en 1986, avec Sean Connery dans le rôle principal.

Le Rire, huile sur bois, anonyme.

Dissertation

« Le rire de Rabelais est en grande partie un superbe déguisement pour essayer de détourner les ennemis, brouiller les pistes, éviter les censures si terribles alors. » Dans quelle mesure ces propos de Michel Butor dans *Répertoire II* s'appliquent-ils à votre lecture de *Gargantua* ?

Vous répondrez à cette question dans un développement organisé en vous appuyant sur le livre de Rabelais ainsi que sur votre culture personnelle.

« Les pèlerins mangés en salade » - Illustration de Gustave Doré, 1873.

Introduction

Analyse du sujet

La thèse exprimée par Michel Butor présente le rire dans *Gargantua* comme une stratégie littéraire (« un superbe déguisement ») élaborée par Rabelais afin d'assurer l'existence de ce livre, c'est-à-dire de le sauver des griffes de la censure (lexique de la parade : « détourner », « brouiller », « éviter »). On pourrait néanmoins opposer à cette idée le fait que le rire dans *Gargantua* apparaît aussi, bien souvent, comme un rire spontané, qui surgit de manière irrépressible. Est-ce à dire que ce rire posséderait en lui-même une vertu ?

Annonce du plan

Gargantua est en effet présenté par Rabelais comme un « livre-silène », un livre qui sous le rire dissimulerait des matières moins « folâtres » qu'il n'y paraît, accréditant la thèse de Michel Butor. Mais le rire dans *Gargantua* se révèle être aussi un rire de pur divertissement. Or, la liberté insolente de ce rire assure également son aspect subversif.

Le plan développé

I. Le rire comme déguisement

A. Un « livre-silène »

Dans *Gargantua*, les deux textes qui précèdent le récit affirment deux projets contradictoires. Dans l'avis aux lecteurs, l'auteur annonce que son livre ne vise qu'à amuser son lecteur : « Vrai est qu'ici peu de perfection / Vous apprendrez, sinon en cas de rire : / Autre argument ne peut mon cœur élire ». Pourtant, on découvre l'affirmation contraire dans le « Prologue de l'auteur ». Les « silènes », ces petites boîtes peintes pour « exciter le monde à rire » mais qui renferment de « fines drogues », servent explicitement de comparant à *Gargantua* : « C'est pourquoi faut ouvrir le livre : et soigneusement peser ce qui y est déduit. Lors connaîtrez que la drogue dedans contenue est bien d'autre valeur, que ne promettait la boîte. C'est-à-dire que les matières ici traitées ne sont tant folâtres, comme le titre au-dessus prétendait. » La même idée est exprimée par le proverbe « L'habit ne fait point le moine » comme par la célèbre métaphore de l'os à moelle. Le prologue multiplie ainsi les images et les déclarations explicites engageant le lecteur à ne pas se contenter de l'aspect divertissant de ce récit, mais à y rechercher de « très hauts sacrements et mystères horrifiques, tant en ce qui concerne notre religion, qu'aussi l'état politique et vie économique ».

B. Un livre qui développe de sérieuses critiques

En effet, *Gargantua* recèle de réelles critiques religieuses et politiques. Le chapitre XL, par exemple, intitulé « Pourquoi les moines sont refuis du monde, et pourquoi les uns ont le nez plus grand que les autres », remet en cause

MOTS CLÉS

Jeux de style et jeux de mots.

BURLESQUE
Issu du latin *burlesco* signifiant « comique, plaisant », le burlesque est un style qui fait parler des personnages nobles (héros tragiques ou épiques) dans une langue basse et vulgaire, introduisant ainsi un décalage comique. Le *Virgile travesti* (1648-1653) de Scarron constitue l'une des œuvres burlesques les plus emblématiques.

HÉROÏ-COMIQUE
À l'inverse du burlesque, l'héroï-comique traite de réalités basses sur un ton épique ou grandiloquent, des personnages issus de basse condition s'exprimant comme des princes ou des rois.

PARODIE
La parodie est l'imitation comique d'une œuvre, du style d'un auteur, etc. Son intention est le plus souvent moqueuse, maniant aussi bien l'ironie que l'humour. À la différence du burlesque et de l'héroï-comique qui relèvent d'un décalage entre la forme et le fond, la parodie concerne autant la forme que le fond.

PASTICHE
Le pastiche est lui aussi l'imitation d'un texte ou d'un auteur, mais à la différence de la parodie, le pastiche ne caricature pas ni ne se moque, il cherche à s'approcher le plus possible de son modèle, souvent guidé par la volonté de rendre hommage au texte ou à l'auteur qu'il imite.

SATIRE
La satire, terme issu du latin *satira* signifiant « farce », était à l'origine un poème destiné à attaquer ou à tourner en dérision un sujet ou une personne. Dans l'Antiquité, Horace et Juvénal se sont illustrés dans ce genre. En France, Boileau s'est fait leur héritier avec son recueil versifié *Satires* (1666). Par extension, le terme de « satire » en est ensuite venu à désigner l'intention critique manifeste d'un texte, quel que soit le genre littéraire auquel il appartient.

avec virulence l'utilité des moines, appelés « mâchemerdes » et comparés au singe qui ne fait que « tout conchier et dégâter ». Ils n'ont ni l'utilité du paysan ni celle de l'homme de guerre, du médecin, du docteur évangélique ou du marchand selon Gargantua. Pire, lorsque Grandgousier réplique que les moines prient Dieu pour les hommes, Gargantua lui rétorque qu'ils ne font que « marmonn[er] grand renfort de légendes et psaumes nullement par eux entendus ». De même, la guerre contre Picrochole peut être lue comme une critique virulente de la violence absurde des guerres.

Pourtant, comme le précise Michel Butor, le rire dans *Gargantua* n'est qu'« en grande partie » un rire de déguisement. Car il est aussi un rire de pur divertissement.

II. Un rire de pur divertissement

A. Amuser par le récit de « bons tours »

Plusieurs fois au cours de son récit, Rabelais ne résiste pas au plaisir d'amuser son lecteur en narrant les bons tours que ses personnages se jouent les uns aux autres. Au chapitre XVII, lorsque Gargantua arrive à Paris, il est vite harcelé par les Parisiens et décide de leur payer « sa bienvenue et son *proficiat* » en les « compissant » « par ris » avant de dérober les cloches de Notre-Dame. Dans le chapitre XII, « Des chevaux factices de Gargantua », Gargantua mène le maître d'hôtel et le fourrier du seigneur Painensac à ses écuries de chevaux de bois, avant de se montrer bon « causeur » en enchaînant pour eux devinettes, plaisanteries et calembours. Car le bon tour est souvent accompagné d'un bon mot.

B. Le « bon mot » ou le plaisir de jongler avec les mots

Rabelais se laisse souvent emporter par le plaisir de jongler avec les mots, quitte à ralentir le rythme de son récit à seule fin de faire goûter à son lecteur la truculence de la langue française. C'est le cas dans le chapitre X, « De ce qu'est signifié par les couleurs blanc et bleu », où Rabelais, se moquant des interprétations symboliques des couleurs, n'hésite pas à accumuler les calembours. De la même façon, il invente des étymologies fantaisistes et humoristiques, comme pour le nom de la Beauce (« Je trouve beau ce », chap. XVI) ou celui de Paris (« par ris », chap. XVII). Le personnage de Gargantua est lui-même caractérisé par son adresse verbale, s'amusant à rimer « tant et plus » de manière irrévérencieuse sur les lieux d'aisance au chapitre XIII.

La spontanéité du rire dans *Gargantua* favorise son aspect subversif : en s'autorisant à rire de tout sans restriction, Rabelais remet en cause les normes en vigueur.

III. Un rire de subversion

A. Tourner en dérision et réhabiliter

Le rire dans *Gargantua* permet de remettre en question l'ordre établi, d'une part en tournant en dérision les excès, religieux et politiques, par exemple, et d'autre part en réhabilitant des sujets tabous. La tyrannie exercée par certains monarques est ainsi dénoncée à travers le personnage de Picrochole, dont le ridicule lui ôte toute autorité, c'est-à-dire tout crédit. La déraison qui s'est emparée de lui se manifeste par exemple à travers des actes insensés tels que le meurtre de son cheval, qui avait simplement trébuché (chap. XLIX), alors même que le cheval est ce qui fait le chevalier ! Picrochole, sans monture, s'imagine dès lors voler un âne à des meuniers (qui ne le laissent pas faire), symbole de sa déchéance. Mais si le rire tourne en dérision et décrédibilise, il peut aussi réhabiliter. C'est le cas du thème du corps, par exemple : l'omniprésence du comique du bas corporel, tout comme les connaissances médicales de Rabelais que dénotent certaines descriptions, permettent de réhabiliter un corps humain que la religion chrétienne a rendu tabou.

B. L'abbaye de Thélème : l'utopie comme pied de nez final ?

Le rire permet ainsi de proposer de nouvelles valeurs, comme s'y attèlent les derniers chapitres de *Gargantua* en racontant la construction de l'abbaye de Thélème et la manière d'y vivre. Le chapitre LIV, reproduisant « l'inscription mise en la grande porte de Thélème », fait dans un premier temps la liste de tous ceux qui ne sont pas les bienvenus dans cette abbaye, s'affirmant comme une nouvelle satire en vers de la société française du XVIe siècle. La deuxième partie de cette liste recense à l'inverse tous ceux qui sont les bienvenus, composant une nouvelle société idéale. L'abbaye de Thélème entend ainsi renverser les valeurs qui mènent le monde et se faire l'incarnation même de la liberté : « En leur règle n'était que cette clause. Fais ce que voudras » (chap. LVII).

Conclusion

Certes, le rire dans *Gargantua* relève d'une stratégie littéraire qui doit lui permettre d'échapper à la censure en l'inscrivant dans une ambiguïté salvatrice. Mais ce rire naît aussi d'un geste spontané, le plaisir d'amuser et de s'amuser, que ce soit par la narration de facéties ou grâce à la richesse de la langue française. Cette liberté du rire lui confère son aspect subversif puisqu'il décrédibilise et réhabilite à sa guise afin de garantir une liberté de penser et de vivre toujours plus grande.

CALEMBOUR

Un calembour est un jeu de mots formé sur des mots qui ont un son (ou « signifiant ») ressemblant mais un sens (ou « signifié ») différent. Rabelais multiplie dans ses œuvres les calembours comme celui-ci : « Le Bon Dieu fit **les planètes**, et nous faisons les **plats nets**. »

NÉOLOGISME

Le néologisme désigne la création d'un mot nouveau. Dans *Gargantua*, par exemple, Rabelais invente le mot « matagraboliser » pour dire « se fatiguer l'esprit », à partir du grec *mátaios* (*μάταιος*) signifiant « vain, frivole » et du terme *graboliser* issu de *grabeler*, « fouiller, examiner avec attention ».

ANAGRAMME

Une anagramme est un mot formé à partir des lettres d'un autre mot, placées dans un ordre différent. François Rabelais s'amuse ainsi à se désigner comme l'auteur de *Gargantua* sous le nom d'« Alcofribas Nasier » : « La vie très horrifique du grand Gargantua, père de Pantagruel, jadis composée par M. Alcofribas abstracteur de quintessence. »

CITATION

Le rire.

« Voyant le deuil, qui vous mine et consomme, / Mieux est de rire que de larmes écrire. / Pour ce que rire est le propre de l'homme. » Rabelais, *Gargantua*, « Aux lecteurs ».

La Bruyère, *Les Caractères* (livres V à X)

Jean de La Bruyère.

En 1665 paraissent les *Maximes* de La Rochefoucauld et, en 1670, les *Pensées* de Pascal. C'est dans cette veine de réflexions brèves, variées et souvent satiriques que s'inscrit La Bruyère lorsqu'il entreprend le projet des *Caractères*, cette même année 1670 si l'on en croit le témoignage de l'avocat Brillon, son contemporain. La rédaction et la publication des *Caractères* s'échelonnent jusqu'en 1696, avec, entre 1688 et 1696, date de la mort de La Bruyère, neuf éditions successives. C'est dire que *Les Caractères* est la grande œuvre de La Bruyère, qu'il n'a cessé, jour après jour, de compléter, d'augmenter, de rectifier. Au cœur des seize livres qui composent *Les Caractères*, les livres V à X offrent une peinture colorée de la vie en société à la ville et à la cour.

L'œil du moraliste : des portraits sans concession

Une galerie de portraits individuels

Les Caractères peuvent tout d'abord être perçus comme une série de portraits individuels, peints « d'après nature » (préface). Tout comme dans l'œuvre originelle dont s'inspire La Bruyère, *Les Caractères* de l'auteur grec Théophraste, ces portraits individuels peuvent représenter des « types » comme le flatteur, l'impertinent, le courtisan, etc. C'est par exemple le cas du portrait d'Arrias (remarque 9, livre V), « homme universel », ou de Théramène (remarque 14, livre VII), « l'épouseur ».

Mais le portrait individuel peut aussi être un portrait « à clef » qui, pour décrire un type, partira d'un modèle (re)connu de tous comme Théobalde (remarque 66, livre V), qui désignerait le poète Isaac de Benserade, incarnant le type de l'auteur à la mode.

Un portrait d'ensemble de la société du XVIIe siècle

À travers ces portraits, mais aussi grâce aux autres sortes de « remarques », selon le terme employé par La Bruyère pour qualifier son texte (préface), c'est un portrait d'ensemble de la société du XVIIe siècle que brosse l'auteur, ménageant contrastes, parallèles et gradations. Ainsi croque-t-il les « partisans » dans le livre VI (« Des biens de fortune »), les « courtisans » dans le livre VIII (« De la cour »), les « grands », princes et autres gens de haute naissance dans le livre IX (« Des grands »). Aux contrastes sociaux s'ajoutent et se mêlent des contrastes géographiques, comme ceux entre la ville et la campagne ou entre la ville et la cour.

La Bruyère immortalise à la fois les évolutions de son siècle, comme l'ascension des gens fortunés au détriment de la noblesse (livre VI), et des traits caractéristiques de son

PARCOURS

La comédie sociale.

METTRE EN SCÈNE LE « THÉÂTRE DU MONDE »

Parce qu'il est un art d'imitation, de représentation et d'illusion, le théâtre est sans doute le genre littéraire le plus apte à dénoncer la dualité des apparences, le change que se donnent les uns et les autres sur la scène sociale. L'œuvre de Molière s'affirme par exemple comme une satire en règle de l'hypocrisie qui règne en société, critiquant les comportements affectés des uns dans *Les Précieuses ridicules* (1659), les précautions inutiles et égoïstes prises par d'autres pour éviter le ridicule du cocuage dans *L'École des femmes* (1662), la manipulation de familles entières par des imposteurs dans *Tartuffe* (1669) ou encore les prétentions risibles des bourgeois dans *Le Bourgeois gentilhomme* (1670). Le théâtre de Molière, par le détour du rire, étale ainsi au grand jour les mensonges dont sont tissées les relations sociales, révélant l'envers du décor. Le théâtre de Marivaux, quant à lui, s'amuse à inverser et à renverser les rôles, mettant en lumière le double jeu des personnages, leur propension à l'intrigue et à la duplicité, ce qui permet aussi de représenter les inégalités sociales sur lesquelles est fondée la société d'Ancien Régime. Ainsi les maîtres se déguisent-ils en domestiques dans *Le Jeu de l'amour et du hasard* (1730) ou bien deviennent-ils, contre leur gré cette fois, valets dans *L'Île des esclaves* (1725). Dans *Le Prince travesti* (1724), c'est un roi qui se fait passer pour un aventurier, tandis que dans *La Fausse Suivante* (1724), c'est une demoiselle qui prend les habits d'un chevalier. Dans les œuvres de Marivaux, les personnages prêchent donc le faux pour savoir le vrai, amenant les spectateurs à prendre

époque, qu'il s'agisse de modes comme les bains des quais Saint-Bernard (remarque 2, livre VII), de coutumes comme celle des jeunes mariées recevant leurs visiteurs sur leur lit durant les trois premiers jours de leur mariage (remarque 19, livre VII) ou d'*habitus* comme la versatilité de la louange et du blâme (remarque 32, livre VIII). La Bruyère fixe ainsi des traits pour mieux les infléchir.

Un livre pour instruire et corriger

La mise en scène de la dualité des apparences

La Bruyère exprime clairement son projet d'écriture dans la préface de son livre : « [le public] peut regarder avec loisir ce portrait que j'ai fait de lui d'après nature, et s'il se connaît quelques-uns des défauts que je touche, s'en corriger » ; « on ne doit parler, on ne doit écrire que pour l'instruction ». Aussi l'auteur signale-t-il la dualité des apparences pour mieux faire comprendre à son lecteur ce qui se joue en coulisses. L'image répandue du *theatrum mundi* (« le théâtre du monde ») revient en effet à plusieurs reprises, comme avec la remarque 25 du livre VI sur les cuisines. Mais la dualité des apparences peut également être épinglée à travers un caractère, comme celui de Théodote, comédien-né (remarque 61, livre VIII), ou à travers un discours dont La Bruyère explicite avec humour les sous-entendus, comme s'il traduisait une langue étrangère (remarque 37, livre IX). En dénonçant mensonge et hypocrisie, La Bruyère entend amener son lecteur à un plus haut degré de lucidité.

La présence du *je*

L'instruction que La Bruyère souhaite dispenser à son lecteur se lit aussi dans la manifestation constante au fil des pages d'un *je*. Sa présence peut surprendre dans un livre où l'expression de « remarques » générales tendrait à effacer (ou tout du moins à minorer) l'expression d'une subjectivité. Mais la présence de ce *je* joue en réalité un rôle primordial dans le dessein d'instruction affiché par La Bruyère, en faisant partager au lecteur la singularité d'une expérience, c'est-à-dire en légitimant le général par le particulier. Autrement dit encore, la présence du *je* légitime l'emploi du *on*, comme dans l'enchaînement des remarques 49 et 50 du livre V : la remarque 49 fait le récit à la première personne du singulier de la découverte d'une « petite ville » tandis que la remarque 50, par l'emploi du *on* et de tournures indéfinies, fixe les traits caractéristiques des « petites villes ». Mais outre l'emploi du *je* et du *on*, on trouve aussi souvent celui du *vous* dans *Les Caractères* – là encore, non sans raison.

De l'art de manier la langue : démonstration et traité implicite ?

Variété et variation : le choix d'une esthétique proche de la conversation

La variété et l'art de la variation déployés dans *Les Caractères* ont souvent retenu l'attention des critiques littéraires, qui ont mis en avant les contrastes marqués entre les différentes « remarques » qui composent cette œuvre, allant de la simple « pointe » exprimée en une ou deux lignes au portrait développé sur plusieurs pages. Sans doute faut-il voir dans la variation des formes d'expression et la variété des sujets traités un choix esthétique qui rapproche *Les Caractères* d'une conversation mondaine. La Bruyère s'ingénie en effet à ne pas lasser son lecteur, qu'il implique directement, presque comme un interlocuteur. De fait, le dire semble bien souvent le modèle de l'écrire, comme le donne à penser la remarque 78 du livre V : « Il me semble que l'on dit les choses encore plus finement qu'on ne peut les écrire. »

Le langage au cœur des réflexions

Le langage apparaît ainsi au cœur des réflexions formulées dans *Les Caractères*, à la fois comme manière – façon d'écrire – et comme matière – sujet traité. Un livre entier, le livre V, « De la société et de la conversation », est consacré à l'analyse du langage et de ses emplois. Mais les réflexions sur le langage essaiment aussi dans les autres livres qui composent *Les Caractères*, comme dans l'exemple déjà cité du discours à double entente de la remarque 37 du livre IX consacré aux « grands », ou comme au livre VIII consacré à « la cour », où les remarques 79 à 82 traitent respectivement des paroles qui ne s'effacent pas, des bons mots, des phrases toutes faites et des cinq ou six termes de lexique spécialisé par lesquels on se fait passer pour un spécialiste de l'art. *Les Caractères* rappellent ainsi toute l'importance de savoir manier et décrypter les mots dans une société où ils étaient souvent décochés comme des flèches.

Le cours à écouter

PARCOURS

conscience de certaines réalités et de certaines vérités qui tout à coup leur sautent aux yeux.

LE DÉPLACEMENT DU REGARD

La dénonciation des travers de la société française peut aussi s'effectuer par un déplacement du regard : il suffit pour cela de rendre les personnages « étrangers » aux lecteurs.

Dans ses *Fables*, publiées entre 1668 et 1694, La Fontaine reconstitue tout le microcosme de la société française du XVIIe siècle, épinglant les défauts de celles et ceux qui la composent en les représentant sous les traits d'animaux. La distance suscitée par cette animalisation entre les personnages et les modèles dont ils sont inspirés offre à La Fontaine une plus grande liberté de critiquer.

C'est sur le même principe de mise à distance des personnages que reposent les *Lettres persanes* (1721) de Montesquieu : dans ce roman épistolaire, les protagonistes sont deux Persans qui visitent la France et « s'étonnent » de leur découverte de ce pays. Grâce au regard étranger de ces deux personnages, Montesquieu peut se livrer à une véritable vivisection satirique de la société française de son temps.

Commentaire

Vous commenterez ce texte issu des Caractères *de La Bruyère.*

Pamphile ne s'entretient pas avec les gens qu'il rencontre dans les salles ou dans les cours : si l'on en croit sa gravité et l'élévation de sa voix, il les reçoit, leur donne audience, les congédie ; il a des termes tout à la fois civils et hautains, une honnêteté impérieuse et qu'il emploie sans discernement ; il a une fausse grandeur qui l'abaisse, et qui embarrasse fort ceux qui sont ses amis, et qui ne veulent pas le mépriser.

Un Pamphile est plein de lui-même, ne se perd pas de vue, ne sort point de l'idée de sa grandeur, de ses alliances, de sa charge, de sa dignité ; il ramasse, pour ainsi dire, toutes ses pièces, s'en enveloppe pour se faire valoir ; il dit : *Mon ordre, mon cordon bleu*, il l'étale ou il le cache par ostentation : un Pamphile en un mot veut être grand, il croit l'être ; il ne l'est pas, il est d'après un grand. Si quelquefois il sourit à un homme du dernier ordre, à un homme d'esprit, il choisit son temps si juste, qu'il n'est jamais pris sur le fait ; aussi la rougeur lui monterait-elle au visage s'il était malheureusement surpris dans la moindre familiarité avec quelqu'un qui n'est ni opulent, ni puissant, ni ami d'un ministre, ni son allié, ni son domestique ; il est sévère et inexorable à qui n'a point encore fait sa fortune : il vous aperçoit un jour dans une galerie, et il vous fuit ; et le lendemain, s'il vous trouve en un endroit moins public, ou s'il est public en la compagnie d'un grand, il prend courage, il vient à vous, et il vous dit : *Vous ne faisiez pas hier semblant de nous voir.* Tantôt il vous quitte brusquement pour joindre un seigneur ou un premier commis ; et tantôt s'il les trouve avec vous en conversation, il vous coupe et vous les enlève : vous l'abordez une autre fois, et il ne s'arrête pas ; il se fait suivre, vous parle si haut que c'est une scène pour ceux qui passent : aussi les Pamphiles sont-ils toujours comme sur un théâtre ; gens nourris dans le faux, et qui ne haïssent rien tant que d'être naturels ; vrais personnages de comédie, des *Floridors*, des *Mondoris*.

On ne tarit point sur les Pamphiles ; ils sont bas et timides devant les princes et les ministres, pleins de hauteur et de confiance avec ceux qui n'ont que de la vertu ; muets et embarrassés avec les savants ; vifs, hardis et décisifs avec ceux qui ne savent rien ; ils parlent de guerre à un homme de robe, et de politique à un financier ; ils savent l'histoire avec les femmes ; ils sont poètes avec un docteur, et géomètres avec un poète : de maximes, ils ne s'en chargent pas ; de principes, encore moins, ils vivent à l'aventure, poussés et entraînés par le vent de la faveur et par l'attrait des richesses ; ils n'ont point d'opinion qui soit à eux, qui leur soit propre, ils en empruntent à mesure qu'ils en ont besoin ; et celui à qui ils ont recours, n'est guère un homme sage, ou habile, ou vertueux, c'est un homme à la mode.

La Bruyère, *Les Caractères*, livre IX, « Des grands », remarque 50

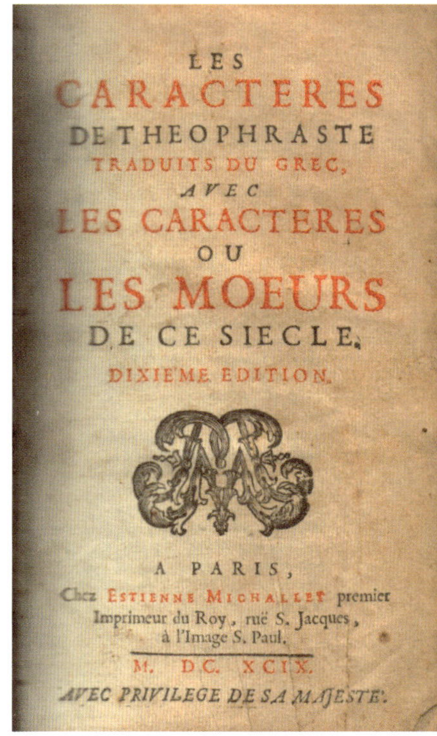
LES CARACTERES DE THEOPHRASTE TRADUITS DU GREC, AVEC LES CARACTERES OU LES MOEURS DE CE SIECLE. DIXIEME EDITION.

A PARIS, Chez ESTIENNE MICHALLET premier Imprimeur du Roy, ruë S. Jacques, à l'Image S. Paul.

M. DC. XCIX.

AVEC PRIVILEGE DE SA MAJESTE'.

Page de garde de la dixième édition (1699).

Introduction

Présentation de l'extrait

Après s'être intéressé dans le livre VIII des *Caractères* au monde de la cour, La Bruyère brosse dans le livre IX le portrait des « grands » et de ceux qui gravitent autour d'eux. À la suite de toute une série de remarques sur le comportement des « grands » et les principaux traits qui les caractérisent, La Bruyère introduit avec la remarque 50 le portrait de Pamphile, qui, situé à la fin de ce livre, culmine comme un

EXTRAIT CLÉ

L'imagination « maîtresse d'erreur et de fausseté ».

« C'est cette partie dominante dans l'homme, cette maîtresse d'erreur et de fausseté, et d'autant plus fourbe qu'elle ne l'est pas toujours, car elle serait règle infaillible de vérité si elle l'était infaillible du mensonge. Mais étant le plus souvent fausse, elle ne donne aucune marque de sa qualité, marquant du même caractère le vrai et le faux. [...]

Cette superbe puissance ennemie de la raison, qui se plaît à la contrôler et à la dominer, pour montrer combien elle peut en toutes choses, a établi dans l'homme une seconde nature. Elle a ses heureux, ses malheureux, ses sains, ses malades, ses riches, ses pauvres. Elle fait croire, douter, nier la raison. Elle suspend les sens, elle les fait sentir. [...]

Elle ne peut rendre sages les fous, mais elle les rend heureux, à l'envi de la raison, qui ne peut rendre ses amis que misérables, l'une les couvrant de gloire, l'autre de honte.

[...] Le plus grand philosophe du monde sur une planche plus large qu'il ne faut, s'il y a au-dessous un précipice, quoique sa raison le convainque de sa sûreté, son imagination prévaudra. Plusieurs n'en sauraient soutenir la pensée sans pâlir et suer. [...] Le ton de voix impose aux plus sages et change un discours et un poème de force. L'affection ou la haine changent la justice de face. Et combien un avocat bien payé par avance trouve-t-il plus juste la cause qu'il plaide ! Combien son geste hardi la fait-il paraître meilleure aux juges dupés par cette apparence ! Plaisante raison qu'un vent manie et à tout sens ! » (Blaise Pascal, *Pensées*, « Vanité »)

REPÈRE

LE BLÂME

Les procédés les plus couramment utilisés pour blâmer sont :
- un vocabulaire péjoratif ;
- des figures par amplification (hyperbole) ou par opposition (antithèse), des répétitions (anaphore, accumulation...) qui accentuent la réprobation, exagèrent la critique ;
- des métaphores et des comparaisons dépréciatives ;
- une ponctuation expressive, des phrases de type exclamatif ou interrogatif qui traduisent, par exemple, la colère et l'indignation du locuteur.

point d'orgue. Ce portrait condense en effet à la fois l'art de La Bruyère et ses principales critiques vis-à-vis de ceux qui composent la société de son temps.

Problématique et annonce du plan

En quoi peut-on dire que Pamphile, au-delà du « caractère » singulier qu'il représente, incarne le prototype même du caractère à la manière de La Bruyère ? Comme d'autres, Pamphile, parce qu'il apparaît comme un avatar de « grand », est comparé à un comédien. Mais, prenant sans cesse une nouvelle apparence, il se révèle n'être qu'un fantoche sans consistance. N'ayant aucune individualité propre, il en devient d'autant plus facilement un « type », à travers lequel La Bruyère exhibe avec malice la fabrication littéraire du caractère.

Le plan développé

I. Un avatar de « grand » : Pamphile comédien

A. Théâtralité de Pamphile

Le thème du *theatrum mundi* (« théâtre du monde ») parcourt l'ensemble des *Caractères*. La Bruyère le développe une fois encore dans ce portrait où il souligne la théâtralité de Pamphile, par exemple dans la façon dont il donne de la voix : « il se fait suivre, vous parle si haut que c'est une scène pour ceux qui passent : aussi les Pamphiles sont-ils toujours comme sur un théâtre ». Pamphile est d'emblée décrit comme jouant un rôle, affectant d'être ce qu'il n'est pas, comme l'indique l'adjectif « fausse » qui qualifie la « grandeur » qu'il prétend avoir, révélant le double jeu auquel il se livre.

B. Dualité de Pamphile

Le portrait de Pamphile le caractérise en effet comme un être double. Tel un Janus à deux visages, Pamphile minute le moment précis où il peut sans embarras montrer un visage souriant à un homme qui n'occupe pas de place importante dans la société : « il choisit son temps si juste, qu'il n'est jamais pris sur le fait ». La maîtrise du « bon moment » par Pamphile manifeste son aptitude à calculer, c'est-à-dire son absence de spontanéité, étant toujours dans la stratégie. Les précisions temporelles (« un jour », « le lendemain ») accentuent la versatilité calculée de Pamphile, qui change de face selon son intérêt et va jusqu'à accuser l'autre de ses propres méfaits (« Vous ne faisiez pas hier semblant de nous voir »).

Ainsi Pamphile change-t-il d'apparence selon l'heure, le lieu et la compagnie, toujours guidé par le seul souci de son intérêt. Mais à force de changer d'apparence, il semble perdre toute consistance.

II. Du comédien au fantoche : la critique de l'inconsistance

A. L'absence de forme à soi

Paradoxalement, Pamphile se définit comme n'étant qu'une perpétuelle mutation, revêtant les costumes les plus divers selon son avantage. Le dernier paragraphe énumère les changements d'attitude et de comportement de Pamphile en fonction de ses interlocuteurs, devenant tour à tour « bas et timid[e] », « plei[n] de hauteur et de confiance », « poèt[e] », « géomètr[e] », etc., selon qu'il a affaire à des « princes et [d]es ministres », des gens « qui n'ont que de la vertu », « un docteur », « un poète », etc. Sauf qu'à force d'emprunter les manières des autres, Pamphile n'en a aucune à lui. C'est ce qu'expriment les tournures possessives marquées : « ils n'ont point d'opinion qui soit à eux, qui leur soit propre ». Comble du comble, le modèle auquel Pamphile emprunte ses opinions est… « l'homme à la mode », autrement dit l'homme le plus changeant / changé qui soit quand on sait ce que durent les modes !

B. Une illusion dont il est la seule dupe

Pamphile passe donc son temps à imiter les hommes qui sont en vogue. Il ne s'affirme de ce fait que comme un imitateur, qui n'atteint ni ne dépasse jamais son modèle : « un Pamphile en un mot veut être grand, il croit l'être ; il ne l'est pas, il est d'après un grand ». Le pire étant encore que personne n'est dupe de ses imitations… à part lui ! Sa « fausse grandeur », qui, par une antithèse savoureuse, « l'abaisse », n'abuse pas ses amis, au contraire. Pamphile n'illusionne que lui-même : « Un Pamphile est plein de lui-même, ne se perd pas de vue, ne sort point de l'idée de sa grandeur, de ses alliances, de sa charge, de sa dignité ; il ramasse, pour ainsi dire, toutes ses pièces, s'en enveloppe pour se faire valoir. » Les figures d'exagération (hyperboles, gradations) et les tournures réfléchies employées dans cette phrase décrivent ironiquement combien Pamphile est le seul à croire aux rôles qu'il endosse.

Mais Pamphile n'est pas le seul dans ce portrait à jouer double jeu : La Bruyère s'amuse en dévoilant, en même temps qu'il façonne celui de Pamphile, les secrets de fabrication d'un « caractère ».

III. (D)écrire un caractère : mode d'emploi

A. Du particulier à l'universel : de Pamphile aux Pamphiles

La description de Pamphile a ceci de particulier que les trois paragraphes qui la composent constituent autant d'étapes de fabrication du « caractère », allant du particulier à l'universel. Le premier paragraphe commence ainsi par décrire un certain Pamphile, individu singulier, comme l'indique le simple emploi de son nom propre : « Pamphile ne s'entretient pas… » Mais, dans le paragraphe suivant, Pamphile devient « un Pamphile » : l'antonomase, figure de style qui consiste à employer un nom propre comme un nom commun, marque un degré de plus dans la fabrication du « caractère » qu'incarne Pamphile. Il n'est donc plus un être particulier mais un type d'être que l'on rencontre de temps à autre dans la société. C'est alors que le passage au pluriel dans la transition vers le dernier paragraphe, « aussi les Pamphiles » puis « On ne tarit point sur les Pamphiles », vient en réalité constituer ce type de personnage comme caractéristique de la société que dépeint La Bruyère dans son livre. Il ne s'agit plus d'un type occasionnel mais d'un type répandu dans cette société et qui contribue à lui donner son identité.

B. La plume comme un scalpel

Tout en dévoilant avec malice les étapes de fabrication d'un « caractère » puisqu'il les présente explicitement au lecteur, La Bruyère semble également s'amuser à révéler les rouages de l'écriture satirique dont relève la composition d'un « caractère ». Car la critique dans ce portrait s'avère double : critique de Pamphile comme imitateur des « grands » d'une part, mais aussi critique des « grands » à travers Pamphile d'autre part puisqu'il en singe les défauts ! Ainsi, lorsque Pamphile imite les « grands » en étant plein de « l'idée de sa grandeur, de ses alliances, de sa charge, de sa dignité », quand il dit « *Mon ordre, mon cordon* » et qu'« il l'étale ou [qu']il le cache par ostentation », cette imitation donne à voir le ridicule des « grands » eux-mêmes, gonflés de leur importance. La plume précise comme un scalpel de La Bruyère est en fait doublement incisive.

Conclusion

Le portrait de Pamphile concentre tout l'art de La Bruyère, en tant que portrait d'un « caractère » singulier faisant partie intégrante de la comédie sociale dont il expose au grand jour les coulisses, mais aussi en tant que modèle d'exposition et mode d'emploi d'écriture d'un « caractère » dont il manifeste toute la subtile ironie.

Olympe de Gouges, *Déclaration des droits de la femme et de la citoyenne*

Lorsqu'elle écrit en 1791 la *Déclaration des droits de la femme et de la citoyenne*, Olympe de Gouges n'en est pas à son premier écrit politique (et polémique !) : elle a déjà signé un nombre important de textes engagés tels que *Sur « l'espèce d'hommes nègres »* (1788), *Lettre au peuple ou projet d'une caisse patriotique par une citoyenne* (1788), *Le Cri du sage par une femme* (1789), etc. Avec cette *Déclaration*, Olympe de Gouges fait entendre une nouvelle fois des revendications féministes, mais elle propose aussi une véritable refondation de la société française, soulignant du même coup combien les femmes ont été les grandes oubliées de la Révolution française.

D'une voix de femme à la voix des femmes ?

Une prise de parole audacieuse

La *Déclaration des droits de la femme et de la citoyenne* est tout d'abord une prise de parole audacieuse dans un contexte sociopolitique troublé et violent : celui de la Révolution française. La structure même de ce texte porte la trace de cette période de transition qui fait passer de la monarchie à la république : s'affirmant comme le pendant féminin (et la réécriture ironique) de la *Déclaration des droits de l'homme et du citoyen* de 1789 rédigée par les « représentants du peuple français, constitués en assemblée nationale », la *Déclaration* d'Olympe de Gouges est pourtant dédiée « À la reine », Marie-Antoinette (qui sera guillotinée en 1793). Si cette dédicace manifeste un souci de concorde politique de la part d'Olympe de Gouges, elle s'explique également par le fait que son autrice a conscience de son audace lorsqu'elle réclame, en tant que femme, les mêmes droits pour les femmes

Olympe de Gouges.

que pour les hommes. Aussi cherche-t-elle à obtenir l'appui de celle qui est encore la femme la plus puissante de France, la reine : « Il n'appartient qu'à celle que le hasard a élevée à une place éminente, de donner du poids à l'essor des droits de la femme, et d'en accélérer les succès », écrit-elle.

S'exprimer au nom de toutes les femmes : créer une sororité

Olympe de Gouges a donc conscience qu'en tant que femme, sa voix risque de n'être pas entendue. C'est pourquoi elle voudrait ne plus être seulement une voix singulière mais devenir la voix des femmes. Dans le « Préambule » de sa *Déclaration*, c'est au nom des « mères », des « filles », des « sœurs », « représentantes de la nation », qu'elle s'exprime : elle entend ainsi représenter toutes les femmes françaises. De même, dans le « Postambule », elle exhorte les femmes à reconnaître leurs droits : « Ô femmes ! femmes, quand cesserez-vous d'être aveugles ? » Elle les appelle à s'unir afin d'obtenir l'égalité : « opposez courageusement la force de la raison aux vaines prétentions de supériorité ; réunissez-vous sous les étendards de la philosophie ».

PARCOURS

Écrire et combattre pour l'égalité.

MARIE DE GOURNAY ET FRANÇOIS POULLAIN DE LA BARRE : DEUX PRÉCURSEURS

Marie de Gournay et François Poullain de La Barre méritent d'être mentionnés comme étant parmi les premiers philosophes à publier des textes affirmant l'égalité des femmes et des hommes. Marie de Gournay, « fille d'alliance » de Montaigne selon l'expression de ce dernier, fait paraître en 1622 *Égalité des hommes et des femmes*. François Poullain de La Barre publie quant à lui en 1673 *De l'égalité des deux sexes. Discours physique et moral où l'on voit l'importance de se défaire des préjugés*. Dans ces deux brefs ouvrages aux titres explicites, Marie de Gournay et François Poullain de La Barre entendent démontrer que, contre l'opinion communément admise, les femmes ne sont pas inférieures aux hommes.

MARY WOLLSTONECRAFT ET SA *DÉFENSE DES DROITS DE LA FEMME (A VINDICATION OF THE RIGHTS OF WOMEN*, 1792)

En 1792, l'Anglaise Mary Wollstonecraft publie ce court texte en réponse au *Rapport sur l'instruction publique* rédigé par le Français Talleyrand en 1791 pour l'Assemblée nationale et qui évacue la question de l'éducation des femmes comme étant peu pertinente. Dans ce livre, Mary Wollstonecraft, qui a déjà publié en 1786 *Réflexions sur l'éducation des filles*, dénonce les préjugés dont sont victimes les femmes et réclame le droit pour elles à une éducation semblable à celle des hommes ainsi que l'égalité des droits entre eux.

Cette (ré)union des femmes qu'Olympe de Gouges appelle de ses vœux peut se lire aussi dans l'emploi récurrent qu'elle fait du singulier « femme » ou « la femme » dans sa *Déclaration*. À ce terme de « femme », elle accole celui de « citoyenne », façon de revendiquer l'égalité civile entre les femmes et les hommes.

Un nouveau « contrat social »

L'affirmation d'une égalité naturelle entre les femmes et les hommes

Avec cette *Déclaration*, Olympe de Gouges entend affirmer l'égalité en droits des femmes et des hommes, comme l'énonce l'article premier : « La femme naît libre et demeure égale à l'homme en droits. » Elle justifie cette assertion par le caractère naturel de cette égalité : « l'exercice des droits naturels de la femme n'a de bornes que la tyrannie perpétuelle que l'homme lui oppose ; ces bornes doivent être réformées par les lois de la nature et de la raison » (art. IV).

En rappelant le caractère naturel de l'égalité en droits des femmes et des hommes, Olympe de Gouges légitime les revendications des femmes à l'égalité : fait de société, la suprématie des hommes est une injustice qu'il convient d'effacer à présent que s'institue un régime démocratique, la Première République, qui doit faire respecter les « lois de la raison ». Ce n'est donc que justice et bon sens que de concourir à protéger et à faire respecter les droits des femmes, qui sont les mêmes que ceux des hommes.

L'affirmation du statut de « citoyennes » des femmes et ses conséquences

Mais Olympe de Gouges ne se contente pas de vouloir faire reconnaître l'égalité en droits des femmes et des hommes : elle atteste aussi du statut de « citoyennes » des femmes et, par là, de la nécessité de leur participation au façonnement de la société et de la nation, comme l'énoncent les articles XIII et XIV. Cette nécessaire participation des citoyennes à la vie de la société va de pair avec la garantie de leur liberté d'opinion et d'expression, inscrite dans les articles X et XI de cette déclaration : « Nul ne doit être inquiété pour ses opinions mêmes fondamentales ; la femme a le droit de monter sur l'échafaud, elle doit avoir également celui de monter à la tribune » (art. X). Les femmes étant soumises aux mêmes rigueurs de la loi que les hommes (art. VI à IX), elles doivent réciproquement disposer des mêmes libertés.

En garantissant la liberté d'expression des femmes, Olympe de Gouges introduit dans sa *Déclaration* la question épineuse de la reconnaissance de la paternité des enfants, obligeant les hommes à prendre leur part de responsabilité dans la naissance d'« enfants naturels », refusant que les femmes portent seules cette responsabilité (appréhendée par la société comme une culpabilité) et que l'identité de leurs enfants s'en ressente. Car Olympe de Gouges entend aussi faire évoluer la façon dont les femmes sont perçues et se perçoivent.

Changer l'image et la place des femmes : changer les femmes

La critique des femmes dans les sociétés d'Ancien Régime

Dans le « Postambule », Olympe de Gouges brosse un « effroyable tableau de ce que [les femmes ont] été dans la société » : substituant à la force qui leur manquait la ruse et le charme, les femmes y apparaissent comme de dangereuses éminences grises, « le gouvernement français [...] [ayant] dépendu, pendant des siècles, de l'administration nocturne des femmes ».

En peignant les femmes sous les traits de manipulatrices et de meurtrières, Olympe de Gouges reprend des clichés répandus dans la société quant à la « nature » des femmes. Mais elle ne les reprend que pour mieux en dénoncer le caractère culturel : « Une femme n'avait besoin que d'être belle ou aimable ; quand elle possédait ces deux avantages, elle voyait cent fortunes à ses pieds. Si elle n'en profitait pas, elle avait un caractère bizarre ou une philosophie peu commune [...] ; alors elle n'était plus considérée que comme une mauvaise tête ; la plus indécente se faisait respecter avec de l'or ; le commerce des femmes était une espèce d'industrie reçue dans la première classe, qui, désormais, n'aura plus de crédit. » Autrement dit, dans une société corrompue, les femmes ne pouvaient qu'être elles-mêmes corrompues si elles désiraient survivre et être respectées.

Éduquer les femmes (autrement)

Avec cette *Déclaration*, Olympe de Gouges exprime l'urgence de se pencher sur la question de l'éducation des femmes : « puisqu'il est question, en ce moment, d'une éducation nationale, voyons si nos sages législateurs penseront sainement sur l'éducation des femmes ». Dépassant le cadre *stricto sensu* d'une déclaration de droits, Olympe de Gouges ébauche déjà la perspective dans laquelle devra s'inscrire un projet d'éducation des femmes : il s'agit de faire d'elles des êtres libres de leurs pensées et de leurs actes, ce qui coïncide avec la réforme du statut civil des femmes et des « conventions conjugales ».

Le cours à écouter

VIRGINIA WOOLF ET *UNE CHAMBRE À SOI (A ROOM OF ONE'S OWN*, 1929)

Ce livre réunit les conférences que Virginia Woolf donna en 1928 dans les *colleges* féminins des universités de Cambridge (Newnham College et Girton College) concernant les femmes et le roman. (Au Royaume-Uni, le terme de *college* désigne une faculté au sein d'une université.) En réfléchissant à ce sujet, elle se met à dénoncer les nombreuses difficultés auxquelles se heurtaient les femmes qui souhaitaient s'instruire et écrire, revendiquant le droit pour elles de devenir des écrivaines à part entière et d'être reconnues comme telles.

SIMONE DE BEAUVOIR ET *LE DEUXIÈME SEXE* (1949)

C'est à la suite d'une discussion avec son compagnon Jean-Paul Sartre que Simone de Beauvoir commence à réfléchir à ce que « ça avait signifié pour [elle] d'être une femme », comme elle le raconte dans *La Force des choses*. Pensant d'abord pouvoir répondre rapidement à cette question, Simone de Beauvoir prend peu à peu conscience de la nécessité d'entreprendre une véritable réflexion sur la condition féminine : « Je fus si intéressée que j'abandonnai le projet d'une confession personnelle pour m'occuper de la condition féminine dans sa généralité. J'allai faire des lectures à la Nationale et j'étudiai les mythes de la féminité » (*La Force des choses*). En juin et novembre 1949 paraissent ainsi successivement les deux tomes du *Deuxième Sexe*, ce vaste essai sur la condition féminine appelé à devenir la bible du féminisme, en dépit d'une réception houleuse en France, alors qu'aux États-Unis ce livre connaît un succès retentissant. Simone de Beauvoir y examine tous les mythes et clichés sur les femmes et la « féminité », brosse un tableau exigeant et lucide de la condition féminine, et plaide pour l'instauration d'une véritable égalité entre les femmes et les hommes.

Dissertation

La littérature peut-elle avoir un pouvoir politique?

Vous répondrez à cette question dans un développement organisé en vous appuyant sur la Déclaration des droits de la femme et de la citoyenne d'Olympe de Gouges, sur les textes que vous avez étudiés dans le cadre du parcours associé et sur votre culture personnelle.

Introduction

Analyse du sujet

« Longtemps j'ai pris ma plume pour une épée, à présent je connais notre impuissance », écrit Jean-Paul Sartre à la fin de son autobiographie, *Les Mots* (1964), exprimant ainsi, à la suite d'autres écrivains qui l'ont précédé, un certain désenchantement quant au pouvoir politique que pourrait détenir la littérature. Pourtant, les menaces de mort, les persécutions qu'ont subies et subissent de nombreux écrivains à travers le monde, de Rabelais à Salman Rushdie, en passant par Olympe de Gouges et Voltaire, par exemple, suffisent à témoigner du fait que la littérature dérange. Que peut alors la littérature lorsqu'elle se mêle de politique ?

Annonce du plan

Nombre d'écrivains ont envisagé la littérature comme une arme leur permettant de façonner les hommes et la société. Toutefois, les défaites de la démocratie et le non-respect des droits humains ont montré que la littérature pouvait se révéler impuissante. De ce fait, peut-être faut-il plutôt percevoir la littérature comme un bouclier : un contre-pouvoir.

Le plan développé

I. Prendre sa plume comme une épée

A. Affûter l'esprit : éduquer

La philosophie et la littérature se sont longtemps proposé d'éduquer les princes appelés à gouverner un peuple, notamment grâce aux « miroirs des princes », le genre du « miroir » (sorte de manuel moral et politique) étant apparu dès le Moyen Âge. C'est de cette tradition que semble hériter La Fontaine lorsqu'il dédie ses *Fables* au Dauphin de France : « L'apparence en est puérile, je le confesse ; mais ces puérilités servent d'enveloppe à des vérités importantes. » Ainsi les différentes fables qui composent son recueil abordent-elles des thèmes moraux et politiques qui doivent permettre au jeune Dauphin d'affûter son esprit afin de gouverner avec justice et justesse.

B. Pourfendre préjugés et dogmatismes

La littérature sert aussi d'arme lorsqu'elle est utilisée pour pourfendre préjugés et dogmatismes, comme le firent les écrivains des Lumières et, parmi eux, tout particulièrement Voltaire. Dans ses contes philosophiques, ses héros enseignent aux lecteurs une nouvelle

Olympe de Gouges à l'échafaud.

façon de percevoir le monde et donc d'y prendre place. Le sage Zadig, par exemple, héros éponyme du conte de 1748, juge de toutes choses avec raison et discernement, comme lorsqu'il devient Premier ministre au chapitre VI. Face à ce personnage mesuré et rationnel, la critique des dogmatismes et fanatismes apparaît d'autant plus véhémente, comme dans le chapitre XII, intitulé « Le souper », où éclate une dispute entre croyants de différentes confessions à laquelle Zadig met fin dans un esprit de tolérance.

La littérature peut ainsi être utilisée comme une arme destinée à lutter contre les

MOTS CLÉS

Les genres de l'argumentation directe.

L'ESSAI

L'essai est un ouvrage de réflexion dont la forme est libre et le ton personnel. On considère que ce genre littéraire naît avec les *Essais* (1580) de Montaigne, dans lesquels l'auteur se met en scène librement, mêlant récit autobiographique et réflexions philosophiques. L'essai est caractérisé par son ampleur, puisqu'il compte souvent plusieurs centaines de pages, et par son hétérogénéité, puisqu'il traite en général de nombreux sujets différents. Néanmoins, un essai peut aussi être consacré à un sujet en particulier que l'auteur abordera de manière délibérément subjective.

LE TRAITÉ

À l'origine, le traité est un ouvrage didactique qui cherche à informer le lecteur en présentant une synthèse exhaustive sur un sujet donné (traité de la musique, traité d'architecture, etc.). En littérature, il peut toutefois servir à exposer les arguments d'un auteur, comme le *Traité sur la tolérance* (1763), dans lequel Voltaire, en cherchant à réhabiliter le protestant Jean Calas (accusé du meurtre de son fils), dresse un réquisitoire contre le fanatisme et démontre la nécessité pour chacun d'apprendre la tolérance.

LE PAMPHLET

Le pamphlet est un texte court et très agressif, qui présente une critique virulente du sujet dont il traite. Dans *La Littérature à l'estomac* (1950), par exemple, Julien Gracq attaque sans concession le milieu et les mœurs littéraires de son époque, dénonçant la comédie des prix littéraires, la médiatisation à outrance des auteurs, etc.

LE LIBELLE

Proche du pamphlet, le libelle est un court texte satirique visant à critiquer une attitude ou à attaquer une personne, voire les deux à la fois. Il peut se révéler diffamatoire, ayant souvent servi au cours des siècles à mettre ses ennemis dans l'embarras, notamment durant la période révolutionnaire.

LA BROCHURE

Petit ouvrage broché comportant quelques feuillets, il fut là encore pendant longtemps l'un des genres les plus utilisés pour diffuser ses idées.

despotismes et dogmatismes. Néanmoins, face à la violence humaine, elle se révèle parfois impuissante.

II. Aveu d'impuissance de la littérature?

A. Désenchantement et refus de l'engagement : le divorce entre littérature et politique

En France, l'histoire politique mouvementée du XIXe siècle a suscité à la fois beaucoup d'espoirs et de désillusions, allant jusqu'au désenchantement. L'amertume de Gérard de Nerval est par exemple patente après l'échec de la révolution de juillet 1830, à la suite de laquelle est instituée une monarchie constitutionnelle et non une république. Dans son poème « En avant, marche! », la politique est décrite comme « une vieille hideuse », une « prostituée / De tous les trônes absolus », et la liberté comme une chimère. Théophile Gautier, quant à lui, déjà perçu comme le chef de file de « l'art pour l'art », décide de fermer définitivement ses fenêtres à la politique après la révolution de 1848 et le coup d'État de Louis-Napoléon Bonaparte, comme il l'écrit dans la préface de son recueil *Émaux et Camées* (1852) : « Sans prendre garde à l'ouragan / Qui fouettait mes vitres fermées, / Moi, j'ai fait *Émaux et Camées* ».

B. Des textes restés lettre morte?

De fait, il semble que la littérature ait un bien mince pouvoir politique, comme le manifeste l'histoire de certains textes, à commencer par la *Déclaration des droits de la femme et de la citoyenne* d'Olympe de Gouges, qui n'eut qu'un faible écho politique et fut longtemps oubliée, jusqu'au XXe siècle, où elle fut republiée grâce à la romancière féministe Benoîte Groult. Il en fut de même de l'ouvrage de François Poullain de La Barre, *De l'égalité des deux sexes* (1673), texte pourtant lui aussi majeur et précurseur concernant l'égalité entre femmes et hommes. De la même façon, les nombreux plaidoyers de Victor Hugo en faveur de l'abolition de la peine de mort, que l'on pense au *Dernier Jour d'un condamné* (1829), à *Marion Delorme* (1831) ou à *Claude Gueux* (1834), n'ont pas eu d'effet immédiat.

Et pourtant, ces textes nous sont parvenus, nous les lisons encore et nous en mesurons toute l'importance. Aussi faut-il penser le pouvoir politique de la littérature à travers le temps : comme le dit le proverbe latin, « les paroles s'envolent, les écrits restent ».

III. La littérature comme bouclier : un contre-pouvoir

A. Défendre : faire entendre des voix inaudibles ou muselées

Comme l'écrit Italo Calvino dans *La Machine littérature* (1984), « la littérature est nécessaire à la politique avant tout lorsqu'elle donne une voix à qui n'en a pas ». La littérature est donc cet espace où se font entendre des voix autrement inaudibles. L'engagement de Voltaire dans l'affaire Calas (1761-1765) puis dans celle du chevalier de La Barre (1765-1766) permet la réhabilitation posthume de ces deux condamnés à la torture et à la mort. Dans le cas de l'affaire Sirven, Voltaire obtient même la relaxe et la réhabilitation de la famille Sirven de son vivant. L'intervention de Voltaire permet ainsi à ces familles protestantes injustement accusées de faire entendre leur vérité. Lorsqu'elle rédige sa *Déclaration*, Olympe de Gouges aussi fait entendre une voix souvent muselée, celle des femmes, rappelant qu'à rôle égal lors de la Révolution française, les femmes n'ont pourtant pas obtenu les mêmes droits que les hommes.

B. Dénoncer : changer nos représentations

La littérature sert enfin à faire évoluer nos représentations. C'est à ce travail de longue haleine que se livre notamment Olympe de Gouges dans sa *Déclaration* en réfléchissant à la question de la « nature » des femmes : elle affirme que les femmes sont par nature égales en droits aux hommes et que la ruse habituelle qu'on leur prête ne leur est point naturelle mais est au contraire la conséquence d'une contrainte sociale. Ce faisant, Olympe de Gouges libère les femmes des clichés négatifs qui pèsent sur elles, libération symbolique nécessaire pour que s'accomplisse une libération civile et politique.

Conclusion

Certes, lorsqu'il écrit « Longtemps j'ai pris ma plume pour une épée, à présent je connais notre impuissance », Sartre semble une fois pour toutes affirmer l'absence de pouvoir politique de la littérature. Mais ce serait oublier qu'il ajoute aussitôt après : « N'importe : je fais, je ferai des livres ; il en faut ; cela sert tout de même. » C'est que le pouvoir politique de la littérature doit être pensé à travers le temps et non dans l'immédiateté d'une publication : comme la *Déclaration* d'Olympe de Gouges, certains textes portent leurs fruits bien des années, voire des siècles après leur publication. La littérature s'avère alors être un véritable contre-pouvoir, résistant à l'épreuve du temps, au musellement de la parole et de la pensée.

L'AFFICHE

Manuscrite ou imprimée, l'affiche, collée sur un mur, servait à exprimer des idées, à transmettre un message. Olympe de Gouges, par exemple, a eu plusieurs fois recours à l'affichage ; à son époque, il fallait alors obtenir l'accord de l'un des afficheurs autorisés pour que son texte soit affiché sur un mur. C'est d'ailleurs une affiche, *Les Trois Urnes ou le Salut de la patrie par un voyageur aérien*, qui lui coûtera la vie.

LA LETTRE ET LA LETTRE OUVERTE

La lettre, support de correspondance privée entre un émetteur et un destinataire, a pourtant souvent servi de moyen d'expression et de diffusion d'idées en étant volontairement rendue publique. Voltaire use de ce procédé en 1766, adoptant un nom d'emprunt, pour sa *Relation de la mort du chevalier de La Barre*, adressée au marquis de Beccaria. Mais la lettre peut aussi être explicitement écrite pour être publiée, dans un journal ou une revue : on parle alors de « lettre ouverte ». C'est le choix effectué par Émile Zola pour dénoncer l'antisémitisme dont fut victime Alfred Dreyfus en publiant sa lettre *J'accuse… !*, adressée au président de la République, dans le journal *L'Aurore*, le 13 janvier 1898.

LE MANIFESTE

Le manifeste est un bref texte dans lequel un individu, un groupe politique ou artistique expose une prise de position ou un programme. La naissance du mouvement surréaliste est par exemple annoncée par le *Manifeste du surréalisme* publié en 1924 par André Breton.

CITATION

« Nul ne doit être inquiété pour ses opinions mêmes fondamentales ; la femme a le droit de monter sur l'échafaud, elle doit avoir également celui de monter à la tribune. » Olympe de Gouges, *Déclaration des droits de la femme et de la citoyenne* (art. X).

Commentaire, sujet de métropole, juin 2023

Vous commenterez le texte suivant de Denis DIDEROT, Salon *de 1767.*

Diderot n'est pas seulement l'homme de L'Encyclopédie ; il est aussi critique d'art. De 1759 à 1781, il rend compte de l'exposition de peinture de Paris, qui se tient tous les deux ans et qu'on appelle Salon. En 1767, il commente un tableau d'Hubert Robert, Grande Galerie antique, éclairée du fond, et exprime les sentiments que lui inspire sa contemplation.

Les idées que les ruines réveillent en moi sont grandes. Tout s'anéantit, tout périt, tout passe. Il n'y a que le monde qui reste. Il n'y a que le temps qui dure. Qu'il est vieux ce monde ! Je marche entre deux éternités. De quelque part que je jette les yeux, les objets qui m'entourent m'annoncent une fin, et me résignent à celle qui m'attend. Qu'est-ce que mon existence éphémère, en comparaison de celle de ce rocher qui s'affaisse, de ce vallon qui se creuse, de cette forêt qui chancelle, de ces masses suspendues au-dessus de ma tête, et qui s'ébranlent ? Je vois le marbre des tombeaux tomber en poussière ; et je ne veux pas mourir ! et j'envie un faible tissu de fibres et de chair à une loi générale qui s'exécute sur le bronze ! Un torrent entraîne les nations les unes sur les autres, au fond d'un abîme commun ; moi, moi seul, je prétends m'arrêter sur le bord, et fendre le flot qui coule à mes côtés !

Si le lieu d'une ruine est périlleux, je frémis. Si je m'y promets le secret et la sécurité, je suis plus libre, plus seul, plus à moi, plus près de moi. C'est là que j'appelle mon ami. C'est là que je regrette mon amie. C'est là que nous jouirons de nous sans trouble, sans témoins, sans importuns, sans jaloux. C'est là que je sonde mon cœur. C'est là que j'interroge le sien, que je m'alarme et me rassure. De ce lien, jusqu'aux habitants des villes, jusqu'aux demeures du tumulte, au séjour de l'Intérêt des passions, des vices, des crimes, des préjugés, des erreurs, il y a loin.

Si mon âme est prévenue d'un sentiment tendre, je m'y livrerai sans gêne. Si mon cœur est calme, je goûterai toute la douceur de son repos. Dans cet asile désert, solitaire et vaste, je n'entends rien, j'ai rompu avec tous les embarras de la vie. Personne ne me presse et ne m'écoute. Je puis me parler tout haut, m'affliger, verser des larmes sans contrainte.

Introduction

« Je vous aime, ô débris ! et surtout quand l'automne / Prolonge en vos échos sa plainte monotone », écrit Victor Hugo dans ses *Odes et ballades*. Le motif des ruines est de fait un *topos* poétique privilégié du romantisme, occasionnant des méditations sur le *tempus fugit* et la vanité de l'homme et de sa création. Ce thème était cependant déjà présent au XVIIIe siècle notamment dans la peinture d'Hubert Robert, dont Diderot évoque un tableau, la *Grande galerie antique*, dans son *Salon* de 1767. Le tableau, qui n'est pas décrit, suscite chez Diderot une révolte face à la mort mais aussi un apaisement nostalgique, exprimés dans un registre passionné et poétique. Comment Diderot met-il en scène son émotion esthétique et sa réflexion sur la fuite du temps ? Nous étudierons dans un premier temps l'approche sensible de Diderot face au tableau avant de nous intéresser à sa réflexion quant à la fuite du temps.

Le plan développé

Si Diderot est dans une posture de critique d'art qui évoque l'intérêt de la peinture à ses yeux, cette position critique est d'autant plus forte qu'elle exhibe son émotion.

Le texte s'inscrit dans le genre des salons de la peinture, et propose donc une réflexion sur l'art et ses pouvoirs, ce qui fonde la valeur d'une œuvre. Nous pouvons comprendre qu'en creux, Diderot considère que le pouvoir d'un tableau vient du fait qu'il nous fait confondre représentation et réalité. Le tableau, en effet, n'est jamais vraiment décrit, comme si les ruines étaient réelles, et non une figuration. On remarque de ce point de vue les adverbes de lieu, « c'est là » (lignes 13, 14, 15), les déictiques, « ce lieu » (ligne 16) ou encore les verbes de perception qui effacent la matérialité de la toile et donnent une impression de réel : « Je vois le marbre » (ligne 7). La force de la peinture se trouve donc dans son souci du vrai et sa capacité à faire oublier au spectateur qu'il est face à une toile au profit d'une sensation de réel, ce qui mène à une implication personnelle du spectateur.

Denis Diderot

En effet, le pouvoir de la toile vient également de sa capacité à susciter l'émotion du spectateur. En cela, Diderot est lui-même l'exemple du pouvoir de la toile d'Hubert Robert. Il a ainsi recours à une accumulation du champ lexical de l'émotion et de la sensation, « je frémis » (ligne 12), « je suis plus libre » (ligne 13), « nous jouirons » (ligne 14), exprimant tour à tour les nombreuses « idées » (ligne 1) que la toile suscite. Son implication personnelle se retrouve également dans l'emploi de la première personne, la ponctuation forte comme les points d'interrogation et d'exclamation qui fondent un registre lyrique et les procédés emphatiques tels que l'accumulation et la gradation : « sans trouble, sans témoins, sans importuns, sans jaloux » (ligne 15), « plus libre, plus seul, plus à moi, plus près de moi » (ligne 13). L'épanchement du moi et de ses émotions sont donc rendus possibles par la puissance émotionnelle du tableau qui suscite chez son spectateur des émotions fortes s'exprimant librement.

Cette émotion est d'autant plus forte qu'elle libère l'imagination et la créativité du spectateur, qui invente le tableau davantage qu'il ne le regarde. Diderot projette en effet son histoire personnelle dans la toile en mentionnant son « ami » (ligne 14) et son amour perdu « C'est là que je regrette mon amie » (ligne 14) : il voit dans cette toile une œuvre qui lui est personnellement destinée, autrement dit, il la recrée à son image. L'usage du présent de l'indicatif renvoie ainsi au présent immédiat du spectateur, libre d'y projeter sa propre subjectivité et ses soubresauts, du tourment volontiers épique rendu par les procédés de grandissement tels que l'hyperbole (« torrent », « abîme », « flot », lignes 9 à 11) à la rêverie plus douce des scènes sentimentales. La force de la peinture est ainsi de pousser celui qui la regarde à lui donner une nouvelle signification, d'élever l'âme au point de faire du spectateur lui-même un artiste recréant la toile en même temps qu'il la contemple. La très forte émotion qu'exprime Diderot est ainsi l'exemplification des pouvoirs de la peinture et de ce qui fait une grande œuvre selon lui.

Ainsi, Diderot se montre émotionnellement impliqué grâce à la puissance de la toile. Il dépasse cependant la seule émotion et tire du tableau d'Hubert Robert une réflexion philosophique sur la fuite du temps.

En premier lieu, la contemplation des ruines mène, en effet, à une angoisse existentielle, qui s'exprime à la ligne 12 : « je frémis », le frisson renvoyant à la peur. Du *topos* antique du *tempus fugit* au précepte biblique « tu retourneras à la poussière » que l'on retrouve dans l'expression « Je vois les marbres des tombeaux tomber en poussière » (lignes 8-9), où la paronomase « tombeau/tomber » affirme que chaque monument humain (le « tombeau ») porte en lui-même sa fin. Face à une nature éternelle dans sa puissance, comme le montre l'isotopie des éléments déchaînés (« torrent », « flot », *passim*), l'homme est ramené à sa petitesse et son insignifiance, ce qui engendre un effet d'écrasement rendu par la métaphore des « masses suspendues au-dessus de ma tête » (ligne 7). L'homme paraît ainsi impuissant et résigné, obligé de capituler face à cette réalité dont l'implacabilité est rendue par la répétition du pronom « tout » et par l'expression « de quelque part que je jette les yeux » (lignes 3-4) qui affirme l'omniprésence de la mort inéluctable.

L'angoisse de Diderot semble cependant trouver un remède dans les ruines mêmes qui pourtant l'oppressent. En effet, la solitude et l'introspection qu'elles supposent, comme le montre l'expression « plus près de moi » (ligne 13), mise en valeur par sa position finale d'une énumération, permettent à Diderot de lancer un défi à la nature, marqué par la négation totale « je ne veux pas mourir ! » (ligne 8) et l'affirmation presque obsessionnelle d'un moi triomphal et sublime, comme le montre l'épizeuxe à valeur d'insistance « moi, moi seul » (ligne 10). Il est frappant de constater que Diderot affirme pouvoir contrer l'angoisse par sa seule volonté : « Si je m'y promets le secret et la sécurité, je suis plus libre » (lignes 12-13). L'immensité de la nature et l'angoisse du temps qui passe ont paradoxalement pour effet de grandir le « rêveur solitaire », pour reprendre une expression de Rousseau, et de lui donner une sensation d'immortalité : « je prétends m'arrêter sur le bord, et fendre le flot qui coule à mes côtés » (ligne 11) écrit Diderot pour conclure le premier paragraphe en reprenant l'image topique de l'eau symbolisant le temps qui ne parviendrait pas à l'entraîner dans sa chute ici.

Ce sentiment d'immortalité du « moi » que l'on pourrait presque qualifier de narcissique vient d'une philosophie préromantique qui consiste à renoncer à une société écrasante et étouffante au profit d'une solitude vivifiante et libératrice. La périphrase « les embarras de la vie » (ligne 22) peut ainsi se lire comme une désignation péjorative de la vie en société, ce que peut confirmer la négation suivant immédiatement : « Personne ne me presse » (ligne 22). La mention même de « l'ami » et de « l'amie » tend à gommer le sentiment d'altérité à l'autre avec la répétition de l'adjectif « mon » et la création d'un cercle fermé, « nous jouirons de nous » où la répétition de la première personne du pluriel permet de créer ce sentiment d'entre-soi protecteur. Le sentiment de grandeur et de supériorité vient de la libération des convenances sociales que permet l'isolement au milieu des ruines. Débarrassé d'un sentiment de honte (« je m'y livrerai sans gêne ») provoqué par le regard d'autrui, le « moi » s'autorise à s'exprimer pleinement, épousant tour à tour son sentiment d'insignifiance face au monde et d'immensité comparativement à ceux qui ne trouvent pas, dans la beauté des ruines, un espace libérateur.

Conclusion

Pour conclure, dans cette évocation du tableau d'Hubert Robert, Diderot livre tout à la fois sa conception de l'art et une philosophie de la nature et du temps qui prend des accents préromantiques. L'art, selon lui, tire sa puissance de sa capacité à engager émotionnellement le spectateur pour lui permettre de libérer une puissance créatrice en imagination. Cette puissance évocatoire de l'œuvre, en faisant oublier sa dimension matérielle, plonge Diderot dans une méditation sur le temps qui passe, comme s'il était réellement au milieu de ruines antiques. La solitude et le sentiment de libération des cadres imposés par autrui lui permettent alors de trouver un remède à l'angoisse de la fuite du temps dans l'affirmation d'un « moi » sublimé et grandi par la contemplation solitaire. Diderot se met ainsi en scène dans un registre lyrique, étant lui-même le meilleur exemple de sa théorie sur l'art. Cette démarche trouvera sa continuation dans *Les Rêveries du promeneur solitaire* de Rousseau, autre écrivain des Lumières qui cherchera à fuir la société pour trouver un « moi » plus proche de la nature, ou encore dans les écrits de la première génération romantique, comme Lamartine et Chateaubriand.

François-René de Chateaubriand

Quiz : **La littérature d'idées du XVIe siècle au XVIIIe siècle**

Plusieurs réponses peuvent être correctes.

Les formes de l'argumentation

1. Quel écrivain français du XVIIIe siècle a écrit plusieurs dialogues délibératifs ?

☐ a. Charles-Louis de Montesquieu
☐ b. Denis Diderot
☐ c. Voltaire

2. Quelles définitions sont correctement attribuées aux termes suivants ?

☐ a. détracteur : qui s'oppose à une thèse et la contredit
☐ b. apologie : long discours enflammé
☐ c. diatribe : éloge enthousiaste
☐ d. polémique : cliché, idée usée et banale, parfois sans véritable justesse
☐ e. poncif : « combat » opposant deux adversaires aux vues opposées

3. Quelle œuvre de François de La Rochefoucauld se présente sous la forme d'un recueil de courts développements réunis autour de différents thèmes, tels que les femmes, les grands, la cour, etc. ?

☐ a. les *Fables*
☐ b. *Les Caractères*
☐ c. les *Maximes*

4. Quel traité théorique commence par ces mots : « Les lois, dans la signification la plus étendue, sont les rapports nécessaires qui dérivent de la nature des choses ; et dans ce sens, tous les êtres ont leurs lois : la divinité a ses lois, le monde matériel a ses lois ; les intelligences supérieures à l'homme ont leurs lois, les bêtes ont leurs lois, l'homme a ses lois. »

☐ a. *De l'esprit des lois* (Montesquieu)
☐ b. Les *Lettres persanes* (Montesquieu)
☐ c. *Le Prince* (Machiavel)

5. Dans les *Lettres persanes*, Montesquieu utilise une argumentation :

☐ a. indirecte.
☐ b. directe.

6. Dans le conte philosophique et la fable, l'argumentation :

☐ a. s'efface devant la fiction.
☐ b. est prise en charge par la fiction.
☐ c. est séparée de la fiction.

7. Parmi les auteurs suivants, lesquels sont des fabulistes français ?

☐ a. Ésope
☐ b. Phèdre
☐ c. Jean de La Fontaine
☐ d. Jean-Pierre Claris de Florian
☐ e. Jean Anouilh

8. Qu'est-ce qu'une contre-utopie ?

☐ a. un récit réaliste qui dépeint fidèlement la société
☐ b. un récit qui présente favorablement une idéologie destructrice
☐ c. un récit qui dépeint une société fictive, particulièrement noire et terrible

9. Quelle thèse défend Rousseau dans le passage suivant ?

Il y a un excès de rigueur et un excès d'indulgence, tous deux également à éviter. Si vous laissez pâtir les enfants, vous exposez leur santé, leur vie ; vous les rendez actuellement misérables ; si vous leur épargnez avec trop de soin toute espèce de mal-être, vous leur préparez de grandes misères ; vous les rendez délicats, sensibles ; vous les sortez de leur état d'hommes dans lequel ils rentreront un jour malgré vous.
Jean-Jacques Rousseau, *Émile ou De l'éducation*, II, 1762

☐ a. L'éducation doit être sévère et stricte.
☐ b. L'éducation ne doit être ni trop sévère, ni trop bienveillante.
☐ c. L'éducation doit laisser l'enfant s'épanouir.

10. Parmi les propositions suivantes, quels sont les différents types d'argumentation indirecte ?

☐ a. la fable
☐ b. le conte philosophique
☐ c. l'utopie
☐ d. la contre-utopie
☐ e. la parabole
☐ f. l'essai

11. Qui est l'auteur de cette citation : « je pense, donc je suis » ?

☐ a. René Descartes
☐ b. Blaise Pascal
☐ c. Michel de Montaigne

12. Qui est l'auteur de cette citation : « Le monde récompense plus souvent les apparences du mérite que le mérite même » ?

☐ a. Blaise Pascal
☐ b. Michel de Montaigne
☐ c. François de La Rochefoucauld

13. Qui est l'auteur de cette citation : « La justice sans la force est impuissante, la force sans la justice est tyrannique. […] Et ainsi, ne pouvant faire que ce qui est juste fût fort, on a fait que ce qui est fort fût juste » ?

☐ a. Charles-Louis de Montesquieu
☐ b. Blaise Pascal
☐ c. Voltaire

L'argumentation indirecte et son interprétation

14. Quelle est la morale de cette fable de La Fontaine ?

Un octogénaire plantait.
« Passe encor de bâtir ; mais planter à cet âge ! »
Disaient trois jouvenceaux, enfants du voisinage ;
Assurément il radotait.
« Car, au nom des dieux, je vous prie,
Quel fruit de ce labeur pouvez-vous recueillir ?
Autant qu'un patriarche il vous faudrait vieillir.
À quoi bon charger votre vie
Des soins d'un avenir qui n'est pas fait pour vous ?
Ne songez désormais qu'à vos erreurs passées ;
Quittez le long espoir et les vastes pensées ;
Tout cela ne convient qu'à nous.
– Il ne convient pas à vous-même,
Repartit le vieillard. Tout établissement
Vient tard, et dure peu. La main des Parques blêmes
De vos jours et des miens se joue également.
Nos termes sont pareils par leur courte durée. […] »
Le vieillard eut raison ; l'un des trois jouvenceaux
Se noya dès le port, allant à l'Amérique ;
L'autre, afin de monter aux grandes dignités,
Dans les emplois de Mars servant la République,
Par un coup imprévu vit ses jours emportés ;
Le troisième tomba d'un arbre
Que lui-même il voulut enter ;
Et pleurés du Vieillard, il grava sur leur marbre
Ce que je viens de raconter.

Jean de La Fontaine, *Fables*, « Le Vieillard et les Trois Jeunes Hommes », 1678

☐ a. Il ne sert à rien de chercher à éviter la mort.
☐ b. La mort est commune à tous les âges.
☐ c. Le moqueur est toujours puni.

15. Parmi les vers suivants, lesquels constituent une morale ?

Il faut autant qu'on peut, obliger tout le monde :
On a souvent besoin d'un plus petit que soi.
De cette vérité deux fables feront foi,
Tant la chose en preuves abonde.

Entre les pattes d'un Lion
Un Rat sortit de terre assez à l'étourdie.
Le roi des animaux, en cette occasion,
Montra ce qu'il était, et lui donna la vie.
Ce bienfait ne fut pas perdu.
Quelqu'un aurait-il jamais cru
Qu'un Lion d'un Rat eût affaire ?
Cependant il advint qu'au sortir des forêts
Ce Lion fut pris dans des rets
Dont ses rugissements ne purent le défaire.
Sire Rat accourut, et fit tant par ses dents
Qu'une maille rongée emporta tout l'ouvrage.
Patience et longueur de temps
Font plus que force ni que rage.

Jean de La Fontaine, *Fables*, « Le Lion et le Rat », 1668

☐ a. Les vers 1 et 2.
☐ b. Les vers 7 et 8.
☐ c. Les vers 17 et 18.

16. Dans le conte *Micromégas*, Voltaire raconte les aventures de deux personnages qui, quoique de tailles différentes, sont tous deux des géants à l'échelle humaine, l'un venant de Saturne, l'autre de Sirius. Les deux voyageurs parviennent sur la Terre et découvrent que les minuscules insectes qui y vivent (les humains) savent parler et penser. Ils s'entretiennent donc avec un groupe de philosophes qu'ils ont rencontrés. Que démontre Voltaire dans cet extrait ?

« Ô atomes intelligents, dans qui l'Être éternel s'est plu à manifester son adresse et sa puissance, vous devez sans doute goûter des joies bien pures sur votre globe : car, ayant si peu de matière, et paraissant tout esprit, vous devez passer votre vie à aimer et à penser ; c'est la véritable vie des esprits. Je n'ai vu nulle part le vrai bonheur ; mais il est ici, sans doute. » À ce discours, tous les philosophes secouèrent la tête ; et l'un d'eux, plus franc que les autres, avoua de bonne foi que, si l'on excepte un petit nombre d'habitants fort peu considérés, tout le reste est un assemblage de fous, de méchants et de malheureux. « Nous avons plus de matière qu'il ne nous en faut, dit-il, pour faire beaucoup de mal, si le mal vient de la matière ; et trop d'esprit, si le mal vient de l'esprit.

Savez-vous bien, par exemple, qu'à l'heure où je vous parle, il y a cent mille fous de notre espèce, couverts de chapeaux, qui tuent cent mille autres animaux couverts d'un turban, ou qui sont massacrés par eux, et que, presque sur toute la terre, c'est ainsi qu'on en use de temps immémorial ? » Le Sirien frémit, et demanda quel pouvait être le sujet de ces horribles querelles entre de si chétifs animaux. « Il s'agit, dit le philosophe, de quelque tas de boue grand comme votre talon. Ce n'est pas qu'aucun de ces millions d'hommes qui font égorger prétende un fétu sur ce tas de boue. Il ne s'agit que de savoir s'il appartiendra à un certain homme qu'on nomme Sultan, ou à un autre qu'on nomme, je ne sais pourquoi, César. Ni l'un ni l'autre n'a jamais vu ni ne verra jamais le petit coin de terre dont il s'agit ; et presque aucun de ces animaux, qui s'égorgent mutuellement, n'a jamais vu l'animal pour lequel ils s'égorgent. »

Voltaire, *Micromégas*, 1752

☐ a. Il est cruel de faire du mal aux animaux.

☐ b. La guerre est une absurde boucherie et les hommes accordent de l'importance à des combats qui, à l'échelle de l'univers, semblent dérisoires.

☐ c. Les hommes, quoique minuscules à l'échelle de l'univers, sont grands par leur capacité à aimer et à penser.

17. Quelle est la moralité de la parabole évoquée dans le texte suivant ?

Les plus anciennes fables ne sont-elles pas visiblement allégoriques ? La première que nous connaissions dans notre manière de supputer le temps, n'est-ce pas celle qui est rapportée dans le neuvième chapitre du Livre des Juges ? Il fallut choisir un roi parmi les arbres ; l'olivier ne voulut point abandonner le soin de son huile, ni le figuier celui de ses figues, ni la vigne celui de son vin, ni les autres arbres celui de leur fruit ; le chardon, qui n'était bon à rien, se fit roi, parce qu'il avait des épines et qu'il pouvait faire du mal.

Voltaire, *Dictionnaire philosophique*, article « Fables », 1764

☐ a. Ce n'est pas la supériorité par rapport aux autres mais le pouvoir de nuire qui définit les gouvernants.

☐ b. Il est dangereux de s'inspirer des textes anciens.

☐ c. Seuls ceux qui produisent des richesses sont de bons gouvernants.

18. Qui est l'auteur de cette citation : « Il faut cultiver notre jardin » ?

☐ a. Jean-Jacques Rousseau

☐ b. Voltaire

☐ c. François de La Rochefoucauld

Corrigés

1. b. Il s'agit de Denis Diderot. L'essentiel de son œuvre a pris la forme de l'échange délibératif : cette forme lui permettait de tenir des propos contradictoires. Dans ces dialogues, il n'est pas toujours évident de reconnaître le point de vue de l'auteur. Certains d'entre eux, comme *Entretien d'un philosophe avec la Maréchale de ****, sont directement inspirés d'échanges réellement vécus par le philosophe.

2. a, b. Un détracteur est un interlocuteur (ou lecteur) qui s'oppose à une thèse et la contredit.
Faire l'apologie de quelque chose ou de quelqu'un, c'est en faire l'éloge. Cela désigne tout discours qui vise à justifier ou à glorifier une personne ou une doctrine. Il appartient alors au vocabulaire de l'éloge et s'oppose au blâme.
Une diatribe est une longue tirade, au ton violent, souvent injurieux.
Une polémique (du grec *polemos*, la guerre) est un « combat » opposant deux adversaires aux vues opposées ; le registre polémique se caractérise par des adresses à l'interlocuteur (questions, apostrophes, pronoms personnels de la 2e personne, etc.), un vocabulaire assez violent, des attaques, etc.
Un poncif désigne un cliché, une idée banale, usée, voire fausse.

3. c. « Qui vit sans folie n'est pas si sage qu'il croit. » La Rochefoucauld use dans ses *Maximes* d'une argumentation de type direct, où l'art de la formule est poussé à son paroxysme.

4. a. *De l'esprit des lois* relève de l'argumentation directe. Il s'agit là d'un traité théorique sur la justice et son application sous différents régimes politiques.

5. a. *Lettres persanes* est un roman épistolaire dans lequel les personnages sont des étrangers en visite en Europe. Découvrant des usages et coutumes éloignés des leurs, ils s'en étonnent et s'en indignent. Ce faisant, ils permettent au lecteur européen de reconsidérer ce qu'il prenait pour évident, et de le critiquer éventuellement.

6. b. Le conte philosophique et la fable ne peuvent être lus comme des récits ordinaires : de nombreux indices rappellent en permanence au lecteur que la fiction est une argumentation en acte, qu'elle est soutenue par une charpente argumentative solide. La thèse de l'auteur est ainsi prise en charge par le récit, les arguments étant portés par des personnages et pouvant être induits de situations concrètes.

7. c, d, e. Le plus grand fabuliste français est La Fontaine (1621-1695), dont les fables ont été écrites entre 1668 et 1694. Vient ensuite Florian (1755-1794) ; certaines morales de ses fables sont ancrées dans la mémoire collective. Au XXe siècle, c'est Anouilh (1910-1987) qui publia un recueil de fables, en 1962. Ésope (VIIe siècle av. J.-C. - VIe siècle av. J.-C.) est un écrivain grec. Il est considéré comme l'inventeur du genre. Phèdre (15 av. J.-C - 50 ap. J.-C.) est un fabuliste latin.

8. c. Traditionnellement, l'utopie dépeint un monde fictif idéal : ainsi, Cyrano de Bergerac, au XVIIe siècle, décrit, dans ses *États et empires de la lune et du soleil*, un monde qui à bien des égards est l'inverse du nôtre.
Les contre-utopies nous plongent dans un monde fictif terrifiant, qui menace de devenir le nôtre si nous ne faisons rien : Georges Perec, dans *W ou le souvenir d'enfance* (1975), décrit ainsi une société dominée par une idéologie totalitaire, directement inspirée du nazisme.

9. b. Le texte dont est extrait le passage analysé fait partie des œuvres qui ont opposé Rousseau et les autres philosophes des Lumières. Le philosophe propose ici un moyen terme entre une éducation rigoureuse et une éducation permissive en dénonçant les deux extrêmes et en évoquant le devenir de l'enfant.

10. a, b, c, d, e. Une parabole est un récit allégorique simple à visée morale ou religieuse. Dans une utopie, l'auteur invente un lieu parfait ; dans une contre-utopie, un univers sombre et effrayant. L'essai relève de l'argumentation directe.

11. a. Cette formule célèbre est de Descartes, philosophe du XVIIe siècle.

12. c. Cette citation est extraite des *Maximes* de La Rochefoucauld. Il met ici en relief l'erreur dans laquelle nous sommes lorsque nous croyons reconnaître une vertu, puisque nous nous laissons abuser par les apparences au lieu de chercher la véritable valeur.

13. b. Pascal, dans les *Pensées* (XVIIe siècle), constate l'interdépendance de la force et de la justice. La formule finale, remarquable par un chiasme (figure de style fondée sur le parallélisme et l'inversion), signifie que ce que nous appelons « justice » n'est en réalité que la loi du plus fort ; selon Pascal, la force du dominant est telle qu'il peut lui donner le nom et l'apparence de la justice.

14. b. Inspirée d'Abstémius, un moraliste italien de la fin du XVe siècle, cette fable reprend une thématique déjà commune à l'époque de La Fontaine : l'opposition entre les générations. Les trois jeunes hommes qui se moquent du vieil homme qui continue à être actif alors qu'il devrait, selon eux, profiter du maigre répit que la mort lui accorde encore, meurent tous bien avant lui.
Il est d'ailleurs intéressant de noter que leur mort fait d'eux des exemples de l'imprudence que l'on associe généralement à la jeunesse : le premier meurt alors qu'il part découvrir le Nouveau Monde, le deuxième meurt au combat

et le troisième, trop confiant, s'écrase au pied d'un arbre.

15. a, c. Cette fable présente deux morales, rédigées au présent de vérité générale.

16. b. *Micromégas*, publié en 1752, est l'un des nombreux contes philosophiques de Voltaire. Le titre associe deux étymologies grecques contradictoires, micro et méga, signifiant « petit » et « grand ». Les deux personnages du récit découvrent la Terre selon leurs points de vue respectifs.

Cet apologue vise à développer l'esprit critique du lecteur en l'incitant à changer fréquemment d'angle de vue sur les choses, à relativiser ce qu'il connaît. À cette visée didactique s'ajoute une importante fonction ludique, puisque ce texte est l'un des premiers à mettre en scène des êtres « extraterrestres ».

17. a. La parabole biblique est proche de la vision politique des Lumières : le chardon, comme le despote, s'impose au pouvoir en profitant de ce que personne ne veut assumer ce rôle.

On ne peut manquer de remarquer le pied de nez que constitue l'emploi d'une fable biblique : comment se faire taxer d'athéisme alors que l'on fonde sa réflexion sur un des livres fondateurs de la religion judéo-chrétienne ?

18. b. Cette phrase est la dernière du conte philosophique *Candide* de Voltaire ; elle invite à une forme de sagesse, celle qui consiste à rester dans ce qui est à notre portée (« notre jardin »), mais en tâchant d'en profiter et de le faire fructifier.

GRAMMAIRE

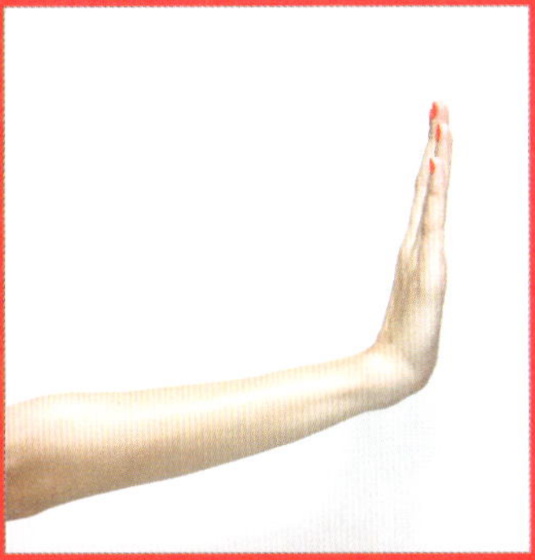

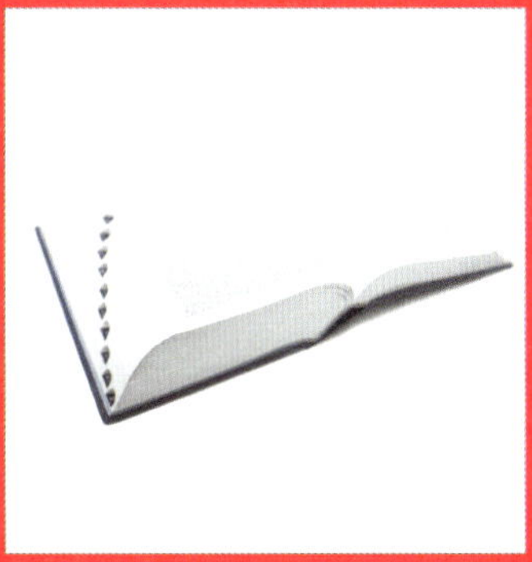

L'interrogation

L'interrogation est l'un des types de phrase. Elle sert en règle générale à demander une information ou à exprimer un questionnement. Selon le contexte, elle peut être plus ou moins contraignante pour le destinataire, jusqu'à avoir valeur d'ordre (par exemple quand un enquêteur demande : « Où étiez-vous au moment du crime ? »). Elle peut également exprimer la surprise, ou avoir un rôle argumentatif.

Les constructions

L'interrogation directe

Elle se caractérise à l'écrit par une ponctuation distinctive (le point d'interrogation) ; à l'oral, c'est l'intonation qui permet de la reconnaître.

a. Inversions

À l'écrit, elle implique une inversion des places traditionnelles du sujet et du verbe, si le sujet est un pronom personnel (ex. : Sais-tu où sont mes clefs ?). Cette caractéristique est plus rare à l'oral.

Si le sujet est un nom propre, ou un groupe nominal, il reste en première position mais est repris après le verbe par un pronom (ex. : Marc peut-il me remplacer ?).

b. Tournures interrogatives

Il existe plusieurs tournures interrogatives :
– la tournure *est-ce que*, derrière laquelle l'ordre traditionnel de la phrase ne change pas ;
– les pronoms interrogatifs *qui*, *que*, *quoi*, *lequel*, *laquelle*, etc. qui sont placés au début de la phrase. La question porte alors sur une personne ou un objet (ex. : Lequel de ces livres préfères-tu ?) ;
– le déterminant interrogatif *quel* (ex. : Quel chemin me conseilles-tu ?) ;
– certains adverbes, comme *comment*, *où*, *pourquoi*, *quand*, *combien*, qui font porter la question sur les circonstances (ex. : Combien de jours as-tu pour préparer ton examen ?).

L'interrogation indirecte

L'interrogation peut également être formulée dans une subordonnée et annoncée par un verbe introducteur dont le sens exprime l'idée d'interrogation, ou d'un savoir en suspens, tels que : *je (me) demande*, *j'ignore*, *j'étudie*, *je ne sais pas*. Il n'y a alors ni inversion ni ponctuation spécifique.

On ne peut alors utiliser que les formes simples des pronoms interrogatifs. *Qui est-ce qui* devient *ce qui* ; *qu'est-ce qui* devient *ce qui* ; *qu'est-ce que* devient *ce que*. Par exemple, « Qu'est-ce qui s'est passé ? » devient « Dis-moi ce qui s'est passé ».

Les types d'interrogation

On distingue deux types d'interrogation :
– l'interrogation partielle, qui appelle l'apport d'une information manquante. L'intonation est descendante ; le terme interrogatif initial est mis en relief (ex : Qui a téléphoné tout à l'heure ?) ;
– l'interrogation totale, qui appelle une réponse par « oui » ou « non ». L'intonation est montante (ex. : Es-tu là ?).
– La question rhétorique est un effet de style particulier, qui sert à souligner une information. On peut la considérer comme une affirmation implicite : le destinataire est invité à constater par lui-même l'importance du point mis en valeur par la question (ex. : Faut-il rappeler nos efforts passés ?).

L'INTERROGATION DANS UN TEXTE LITTÉRAIRE

TEXTE

PHÈDRE
Oui, prince, je languis, je brûle pour Thésée :
[...] Il avait votre port, vos yeux, votre langage ;
Cette noble pudeur colorait son visage,
Lorsque de notre Crête il traversa les flots,
Digne sujet des vœux des filles de Minos.
Que faisiez-vous alors ? Pourquoi, sans Hippolyte,
Des héros de la Grèce assembla-t-il l'élite ?
Pourquoi, trop jeune encor, ne pûtes-vous alors
Entrer dans le vaisseau qui le mit sur nos bords ?
Par vous aurait péri le monstre de la Crête,
Malgré tous les détours de sa vaste retraite :
Pour en développer l'embarras incertain,
Ma sœur du fil fatal eût armé votre main.
Mais non : dans ce dessein je l'aurais devancée ;
L'amour m'en eût d'abord inspiré la pensée.
C'est moi, prince, c'est moi, dont l'utile secours
Vous eût du labyrinthe enseigné les détours [...].

HIPPOLYTE
Dieux ! qu'est-ce que j'entends ? Madame, oubliez-vous
Que Thésée est mon père, et qu'il est votre époux ?

PHÈDRE
Et sur quoi jugez-vous que j'en perds la mémoire,
Prince ? Aurais-je perdu tout le soin de ma gloire ?

(Jean Racine, *Phèdre*, II, 5)

QUESTIONS

1. « Pourquoi, trop jeune encor, ne pûtes-vous alors / Entrer dans le vaisseau qui le mit sur nos bords ? » Comment analysez-vous cette question ? Dans quelle mesure est-elle paradoxale ? Qu'exprime-t-elle des émotions de Phèdre et du problème profond qu'elle rencontre ?

2. « Qu'est-ce que j'entends ? » Analysez cette question. Que révèle-t-elle de la réaction d'Hippolyte ?

CORRIGÉ

1. C'est une question rhétorique puisque la réponse est donnée dans l'incise. Elle est donc paradoxale puisque Phèdre connait parfaitement la réponse objective : le jeune âge d'Hippolyte. Cette jeunesse est le cœur du problème, puisqu'il y existe un décalage entre les générations : la belle-mère est amoureuse du beau-fils.

2. Il s'agit d'une nouvelle question rhétorique. Elle montre qu'Hippolyte a compris les sentiments que Phèdre exprime à son égard. Cette question est un cri de surprise, mais aussi une impossibilité à formuler ce qu'il entend, qui est trop indécent pour être dit.

La négation

Le principe de la négation est d'inverser l'information contenue dans une phrase ou proposition. Elle peut servir soit à décrire une réalité, soit à contester une affirmation antérieure venant d'une autre personne.

I. Construction

La négation lexicale

La négation peut être lexicale, c'est-à-dire que l'opposition est exprimée directement par les termes utilisés. C'est le cas avec les antonymes (*grand / petit, lent / rapide*) ou les termes formés par dérivation (*volontaire / involontaire*).

La négation grammaticale

La négation peut aussi être grammaticale ; la syntaxe de la phrase utilise alors des termes négatifs de plusieurs catégories :

- pronom (*rien, personne*) ;
- déterminant (*aucun*) ;
- adverbes (*ne... pas*).

II. Les types de négation

La **négation totale**, exprimée avec *ne... pas*, ou *ne... point*, inverse tout le sens de la phrase, ou conteste la phrase positive correspondante. Par exemple, « Je ne le savais pas » est le contraire de « Je le savais », ou une affirmation qui sous-entend : « Il serait faux de dire que je le savais ».

La **négation partielle** ne porte que sur un point de la proposition : *ne* est alors associé soit à un pronom (« Je n'en sais rien »), soit à un déterminant négatif (« Je ne connais aucun des invités »), soit à un complément circonstanciel de lieu (« Je ne trouve mes clefs nulle part ») ou de temps (« Je ne sais jamais quoi lui dire »).

La **négation restrictive**, malgré son nom et sa tournure, n'est pas réellement une négation, puisqu'elle vise le seul cas positif. On la forme avec *ne... que*, ou *rien... sinon*, *rien... sauf* (ex. : Il n'aime que les pâtes). On peut ajouter *pas* dans une tournure restrictive pour en inverser le sens : « Le féminisme ne concerne pas que les femmes ».

LA NÉGATION DANS UN TEXTE LITTÉRAIRE

TEXTE

LE COMTE *(prend la main de sa femme)* — Mais quelle peau fine et douce, et **qu'il s'en faut que** la comtesse ait la main aussi belle !

LA COMTESSE *(à part)* — Oh ! la prévention !

LE COMTE — A-t-elle ce bras ferme et rondelet ! ces jolis doigts pleins de grâce et d'espièglerie ?

LA COMTESSE *(de la voix de Suzanne)* — Ainsi l'amour...

LE COMTE — L'amour... **n'est que** le roman du cœur : c'est le plaisir qui en est l'histoire ; il m'amène à tes genoux.

LA COMTESSE — Vous **ne l'aimez plus** ?

LE COMTE — Je l'aime beaucoup ; mais trois ans d'union rendent l'hymen si respectable !

LA COMTESSE — Que vouliez-vous en elle ?

LE COMTE *(la caressant)* — Ce que je trouve en toi, ma beauté...

LA COMTESSE — Mais dites donc.

LE COMTE — ... **Je ne sais** : moins d'uniformité peut-être, plus de piquant dans les manières, un je ne sais quoi qui fait le charme ; quelquefois un refus : que sais-je ? Nos femmes croient tout accomplir en nous aimant : cela dit une fois, elles nous aiment, nous aiment (quand elles nous aiment) et sont si complaisantes et si constamment obligeantes, et toujours, et sans relâche, qu'on est tout surpris, un beau soir, de trouver la satiété où l'on recherchait le bonheur.

LA COMTESSE *(à part)* — Ah ! quelle leçon !

LE COMTE — En vérité, Suzon, j'ai pensé mille fois que si nous poursuivons ailleurs ce plaisir qui nous fuit chez elles, c'est **qu'elles n'étudient pas assez** l'art de soutenir notre goût, de se renouveler à l'amour, de ranimer, pour ainsi dire, le charme de leur possession par celui de la variété.

LA COMTESSE *(piquée)* — Donc elles doivent tout ?...

LE COMTE *(riant)* — Et l'homme **rien** ? Changerons-nous la marche de la nature ? Notre tâche, à nous, fut de les obtenir ; la leur...

LA COMTESSE — La leur ?...

LE COMTE — Est de nous retenir : on l'oublie trop.

LA COMTESSE — Ce **ne sera pas** moi.

LE COMTE — **Ni moi**.

FIGARO *(à part)* — **Ni moi**.

SUZANNE *(à part)* — **Ni moi**.

(Pierre Caron de Beaumarchais, *Le Mariage de Figaro*, V, 8)

QUESTIONS

1. « Qu'il s'en faut que la comtesse ait la main aussi belle ! »
Montrez que cette phrase contient une négation.

2. Trouvez une négation restrictive et une négation partielle dans ce dialogue. Expliquez ces formules en fonction de l'état d'âme des personnages.

3. « LA COMTESSE (piquée) - Donc elles doivent tout ?
LE COMTE (riant) - Et l'homme rien ? »
Étudiez cet échange de répliques en montrant le rôle de la négation et de l'implicite.

CORRIGÉ

1. La phrase contient une négation lexicale portée par la tournure « qu'il s'en faut que ». Cela équivaut approximativement à la phrase : « la comtesse n'a pas la main aussi belle ».

2. Négation restrictive : « l'amour n'est que le roman du cœur ». La phrase redéfinit l'amour en lui assignant des limites : il est illusoire et sans lien avec la réalité. Cela exprime le point de vue désabusé du Comte après trois ans de mariage.
Négation partielle : « Vous ne l'aimez plus ? ». La phrase exprime l'inquiétude de la Comtesse, qui piège son mari pour savoir à quoi s'en tenir.

3. La phrase comporte une antithèse entre tout et rien. Il y a une ellipse du verbe dans la deuxième réplique. Cela souligne le côté cavalier du Comte, qui assume l'injustice de la situation telle qu'il la décrit, et que la Comtesse pointait implicitement, attendant sans doute un démenti.

Les propositions subordonnées conjonctives compléments circonstanciels

La proposition subordonnée conjonctive complément circonstanciel est une proposition subordonnée, c'est-à-dire qu'elle dépend d'une proposition principale dont elle complète le sens. On l'appelle conjonctive, parce qu'elle est introduite par une conjonction de subordination, ou une locution conjonctive. On l'appelle circonstancielle parce qu'elle sert à préciser les circonstances de l'action verbale. Dans une certaine mesure, elle peut être comparée à un complément circonstanciel dans une phrase simple.

Les constructions

Le subordonnant peut être de deux types :
– une conjonction simple (ex. : *que*, *si*, *quand*, *comme*) ;
– une locution conjonctive faite de plusieurs mots, et dans laquelle apparait *que*. Elle peut être composée d'un adverbe suivi de *que* (*bien que*, *alors que*...) ou d'une préposition suivie de *que* (*dès que*, *pour que*...) ; il peut s'agir de formes complexes (*vu que*, *en attendant que*, *pourvu que*...).

Comme le complément circonstanciel dans la phrase simple, ces propositions peuvent généralement être supprimées ou déplacées dans la phrase.

Les types de propositions

L'expression du temps

Ces subordonnées sont introduites par *quand* / *lorsque*, *pendant que*, *après que*, *depuis que*, *comme*... *Quand* et *lorsque* sont synonymes (*lorsque* a une valeur plus littéraire).

L'aspect temporel exprimé peut être, selon les temps verbaux utilisés, soit la simultanéité, soit la succession.

Rappel : une conjonctive complément circonstanciel avec *avant que* se construit avec le subjonctif ; une conjonctive complément circonstanciel avec *après que* se construit à l'indicatif.

L'expression de la cause

Ces subordonnées sont introduites par *puisque*, *parce que*, *vu que*, *étant donné que*... Dans le cas de *puisque*, la proposition subordonnée sert à justifier la principale (ex. : Je reviendrai puisque tu me le demandes).

L'expression du but

Ces subordonnées sont introduites par *afin que*, *pour que*... (ex. : Je travaille afin que mes résultats s'améliorent).

L'expression de l'intensité

Ces subordonnées sont introduites par *si... que*, *tellement... que*, *à tel point que*... (ex. : Je suis si fatiguée que j'ai dû renoncer à ce tournoi).

L'expression de l'opposition

Ces subordonnées sont introduites par *alors que*, *tandis que*... (ex. : Tandis qu'il multiplie les efforts, son frère n'en fait aucun).

L'expression de la concession

Ces subordonnées sont introduites par *bien que*, *même si*... (ex. : Bien que je sois la plus jeune du groupe, j'ai vite été acceptée par tous).

Les conjonctives commençant par *si*

Elles peuvent exprimer une hypothèse, une récurrence ou une opposition (ex. : Si ses compliments sont sincères, ils sont rares).

C'est le type de conjonctive ayant fonction de complément circonstanciel le plus complexe ; la subordonnée ne peut pas être supprimée.

LA CONJONCTIVE UTILISÉE EN FONCTION DE COMPLÉMENT CIRCONSTANCIEL DANS UN TEXTE LITTÉRAIRE

TEXTE

ROXANE À USBEK
À Paris

Oui, je t'ai trompé ; j'ai séduit tes eunuques ; je me suis jouée de ta jalousie ; et j'ai su de ton affreux sérail faire un lieu de délices et de plaisirs.

Je vais mourir ; le poison va couler dans mes veines : car que ferais-je ici, puisque le seul homme qui me retenait à la vie n'est plus ? Je meurs ; mais mon ombre s'envole bien accompagnée : je viens d'envoyer devant moi ces gardiens sacrilèges, qui ont répandu le plus beau sang du monde.

Comment as-tu pensé que je fusse assez crédule, pour m'imaginer que je ne fusse dans le monde que pour adorer tes caprices ? que, pendant que tu te permets tout, tu eusses le droit d'affliger tous mes désirs ? Non : j'ai pu vivre dans la servitude ; mais j'ai toujours été libre : j'ai réformé tes lois sur celles de la nature ; et mon esprit s'est toujours tenu dans l'indépendance. [ ]

Tu étais étonné de ne point trouver en moi les transports de l'amour : si tu m'avais bien connue, tu y aurais trouvé toute la violence de la haine.
(Montesquieu, *Lettres persanes*, lettre CLXI)

QUESTIONS

1. Retrouvez dans cet extrait une subordonnée conjonctive complément circonstanciel de sens temporel. Quel est son verbe principal ? En quoi cet ajout permet-il d'illustrer la relation entre les personnages ?

2. Repérez dans le texte une subordonnée conjonctive complément circonstanciel servant à Roxane à justifier le choix qu'elle explique ici. Quelle information cette subordonnée apporte-t-elle ?

CORRIGÉ

1. La subordonnée est : « pendant que tu te permets tout ». Le verbe de la proposition principale est : « eusses le droit ». Cet ajout permet de montrer la domination écrasante d'Usbek, qui est soulignée par le polyptote qui joint « tout » et « tous ».

2. La subordonnée est : « puisque le seul homme [...] plus ». Le personnage meurt donc en partie par amour : la proposition précise les expressions « bien accompagnée » et « plus beau sang du monde », sinon difficilement compréhensibles.

Le lexique

Le lexique correspond à l'ensemble des mots d'une langue. Ces mots peuvent être formés de différentes façons, dont nous allons voir les principales.

La formation des mots

L'étymologie

L'étymologie est l'étude de la formation des mots à partir de ceux d'une autre langue. On appelle le mot source la racine. Le lexique français vient en large partie du latin et du grec.

Le français appartenant au groupe des langues latines, on trouve beaucoup de racines latines pour les termes de la langue courante. Par exemple, *chef* vient de *caput*, qui veut dire « tête » en latin. Le chef est en effet la tête d'un groupe. Le mot *chapeau* vient de la même racine, puisqu'un chapeau se porte sur la tête. Les racines latines peuvent aussi donner des mots savants, comme *apiculture*.

Le grec fournit des racines pour un lexique souvent technique ou abstrait. On en trouve notamment dans le vocabulaire médical (par exemple *hystérie*, qui vient du mot grec qui signifie « utérus ») ou dans le lexique des figures de style (une *métaphore*, étymologiquement, « porte le sens plus loin »). Il a aussi servi à créer des mots pour de nouveaux objets, comme le *téléphone* (étymologiquement : « la voix au loin »).

Les mots français peuvent provenir d'autres lexiques. Certains mots sont d'origine :

– gauloise : *berceau, caillou, charpente, gaillard*...
– allemande : *boulevard, calèche, foudre, hisser*...
– espagnole : *adjuvant, bourrique, carapace*...
– italienne : *masque, cavalier, concert, lavande*...

La dérivation

La dérivation consiste à créer de nouveaux mots par les jeux des affixes (préfixes et suffixes). Le mot est alors composé de plusieurs morphèmes : le radical, et le ou les affixes. Par exemple, *incroyable* contient deux morphèmes (préfixe *in-* et radical *croyable*). Incroyablement contient trois morphèmes (préfixe *in-*, radical *croyable*, suffixe *-ment*).

La dérivation permet de créer des antonymes (*juste / injuste*), de changer de catégorie grammaticale (*ferme*, adjectif ; *fermement*, adverbe) ou de jouer sur les connotations (*jaune* n'est pas identique à *jaunâtre*).

Les néologismes

Un néologisme est un mot nouveau qui s'ajoute au lexique de la langue. On peut forger des mots qui n'existaient pas avant, comme *courriel* (pour *courrier électronique*) ou *pourriel* (pour courrier électronique non désiré, « pourri » ; on l'appelle aussi *spam*).

Parfois, il est pris dans une langue étrangère, tel quel (comme *hacker*) ou avec une transformation minime (par exemple l'ajout de la terminaison en *-er* dans *spoiler*).

Un mot peut aussi prendre un nouveau sens, alors qu'il existait déjà : c'est le cas de *virus*, dans un contexte informatique, ou de *tablette* et *stylet*. On parle alors de « néosémie ».

L'analyse des mots

La polysémie

La polysémie est le fait qu'un même mot cumule plusieurs sens. Contrairement à l'homonymie, on considère qu'il s'agit bien du même mot, qui reçoit selon le contexte des nuances de sens parfois importantes. Pour parler de polysémie, il faut qu'un lien puisse exister entre les différents sens du mot.

Exemples :

– *Assiette* (plat pour manger, ou source de revenus) ;
– *Vivre* (être en vie ; habiter quelque part).

Sens propre, sens figuré

Un même mot peut également avoir un sens propre et un sens figuré. Le premier est le sens d'origine, en général un sens concret. On parle aussi de sens littéral. Le second prend une dimension imagée, métaphorique. Là aussi, l'évolution du sens peut aisément être perçue.

Exemples :

– *Plume* : au sens propre, elle recouvre le corps de l'oiseau ; elle peut être utilisée pour écrire. Au sens figuré, elle désigne le style d'un auteur, sa manière de s'exprimer ;
– *Tissu* : au sens propre, c'est une étoffe. Au sens figuré, c'est un ensemble d'éléments entrecroisés, comme dans *tissu urbain, tissu musculaire*, ou encore *tissu de mensonges*.

Les connotations

Les connotations sont des associations d'idées : certains sens s'ajoutent au sens premier d'un mot (ce qu'on appelle le sens dénoté). Selon qu'elles sont valorisantes ou non, on parlera de connotations mélioratives ou péjoratives.

Exemples :
– Le mot *rose* sert à désigner une fleur ; il est associé à des connotations mélioratives : le parfum, la beauté ;
– Le mot *rat* sert à désigner un rongeur ; il est associé à des connotations péjoratives : la saleté, la maladie, la peste.

L'analyse du lexique

Les antonymes

Les antonymes sont des mots de sens contraire : ils s'opposent par définition (ex. : *lent / rapide* ; *petit / grand* ; *jeune / vieux*).

On peut former des couples d'antonymes par dérivation (ex. : *heureux / malheureux* ; *cohérent / incohérent*).

Les synonymes

Les synonymes sont des mots de sens voisin. Les distinctions entre eux sont des nuances soit de sens, soit de connotations, soit encore de niveau de langue. Il est recommandé, pour alléger le style, d'éviter les répétitions d'un même mot en utilisant plutôt des synonymes (ex. : *maison, résidence, demeure, habitat, logis, foyer*...).

Pour varier davantage le style, on peut également recourir à la périphrase (ex. : *la bien-aimée, la dulcinée, l'amie, la compagne, celle qui est tendrement aimée*...).

Les homonymes, homophones, homographes et paronymes

Les homonymes sont des mots qui peuvent être confondus, parce que leur forme écrite est identique, et qu'ils se prononcent de la même manière. Pourtant, leurs sens sont totalement sans rapport : on considère qu'il y a bien deux mots différents (ex. : un *bateau* qui navigue, et un *bateau* devant un portail de voiture).

Les homophones sont distincts à l'écrit mais identiques à l'oral. Ils sont nombreux en français (ex. : *mère, maire, mer*).

Les homographes, plus rares, s'écrivent de la même manière mais sont distingués à l'oral, comme des *fils* (enfants de ses parents) et des *fils* (pour la couture).

Il existe enfin des paronymes, mots de forme proche que l'on peut confondre par erreur, comme allocution et allocation.

LE LEXIQUE DANS UN TEXTE LITTÉRAIRE

TEXTE

Hadrien écrit à Marc qu'il se sait malade et que son médecin, Hermogène, l'a examiné le matin même.

Mais je ne compte plus, comme Hermogène prétend encore le faire, sur les **vertus** merveilleuses des plantes, le dosage exact de sels minéraux qu'il est allé chercher en Orient. Cet homme pourtant si **fin** m'a **débité** de vagues formules de réconfort, trop banales pour tromper personne ; il sait combien je hais ce genre d'imposture, mais on n'a pas **impunément** exercé la médecine pendant plus de trente ans. Je pardonne à ce bon serviteur cette tentative pour me cacher ma mort. Hermogène est savant ; il est même sage ; sa probité est bien supérieure à celle d'un vulgaire médecin de cour. J'aurai pour **lot** d'être le plus soigné des malades. Mais nul ne peut dépasser les limites **prescrites** ; mes jambes enflées ne me soutiennent plus pendant les longues cérémonies romaines ; je suffoque ; et j'ai soixante ans.

Ne t'y trompe pas : je ne suis pas encore assez **faible** pour céder aux imaginations de la peur, presque aussi absurdes que celles de l'espérance, et assurément beaucoup plus pénibles. S'il fallait m'abuser, j'aimerais mieux que ce fût dans le sens de la confiance ; je n'y perdrai pas plus, et j'en souffrirai moins. Ce terme si voisin n'est pas nécessairement immédiat ; je me couche encore chaque nuit avec l'espoir d'atteindre au matin. À l'intérieur des limites **infranchissables** dont je parlais tout à l'heure, je puis défendre ma position pied à pied, et même regagner quelques pouces du terrain perdu. Je n'en suis pas moins arrivé à l'âge où la vie, pour chaque homme, est une défaite acceptée. Dire que mes jours sont comptés ne signifie rien ; il en fut toujours ainsi ; il en est ainsi pour nous tous. Mais **l'incertitude** du lieu, du temps, et du mode, qui nous empêche de bien distinguer ce but vers lequel nous avançons sans trêve, diminue pour moi à mesure que progresse ma maladie mortelle. Le premier venu peut mourir tout à l'heure, mais le malade sait qu'il ne vivra plus dans dix ans. Ma marge d'hésitation ne s'étend plus sur des années, mais sur des mois.

(Marguerite Yourcenar, *Les Mémoires d'Hadrien* © Éditions Gallimard)

QUESTIONS

1. Cherchez l'étymologie du mot « vertu ». Faites le lien avec le contexte.

2. Décomposez les termes « impunément » et « infranchissable ». Que mettez-vous en lumière pour trouver le sens du mot ? Comment s'appelle cette manière de construire le lexique ? Trouvez un autre terme dans l'extrait construit de cette même manière.

3. Donnez un synonyme pour le verbe « débiter » utilisé dans l'extrait. Faut-il comprendre « débité » au sens propre ou au sens figuré ? Quelle nuance de sens apporte ce verbe ? Comment appelle-t-on ce phénomène ?

4. « Cet homme pourtant si fin ».
Dans quel sens faut-il prendre « fin » ici ? Comment appelle-t-on ce type d'usage ?
« J'aurai pour lot d'être soigné ».
Dans quel sens faut-il prendre « lot » ici ? Donnez un synonyme.

5. « Nul ne peut dépasser les limites prescrites ».
Reformulez cette phrase en remplaçant « prescrites » par un synonyme ou une paraphrase. Que pouvez-vous dire sur le sens de ce mot ? En quoi le choix de ce terme est-il pertinent par rapport au contexte que décrit Hadrien ?

6. « Je ne suis pas encore assez faible ».
Dans quel sens faut-il comprendre le mot « faible » ? En quoi est-il pertinent par rapport au contexte ?

7. Trouvez un couple d'antonymes dans les trois dernières phrases de l'extrait.

CORRIGÉ

1. « Vertu » vient de *virtus* : la force. Il s'agit d'une qualité masculine en latin, tant physique que morale. Ici, c'est le pouvoir des plantes qui est désigné. Mais cela entre en résonance avec la perte de force d'Hadrien, qui va de pair avec une autre vertu : la sagesse.

2. « im-puné-ment », « in-franchi-ssable ». Il s'agit de deux dérivations avec ajouts d'affixes (suffixes et préfixes). Autres exemples : *imposture, assurément, incertitude*.

3. Synonyme : « récité ». Il s'agit donc du sens figuré. Le terme dévalorise la parole concernée, qui ici est mensongère. Il a une connotation péjorative.

4. Le mot « fin » signifie « intelligent », « subtil ». Il s'agit ici du sens figuré. Il faut prendre le mot « lot » dans le sens figuré. Le mot « sort » en est un synonyme.

5. « Nul ne peut dépasser les limites tracées par le sort ». Le sens d'origine appartient au registre médical. C'est le médecin qui prescrit un traitement. Ici, cela entre en résonance avec le contexte, puisque Hadrien se plaint du zèle de son médecin qui refuse de laisser faire la nature.

6. Le mot « faible » est à comprendre sans doute dans le sens moral. Il s'agit d'une dégradation du corps mais pas de l'esprit. Cela montre la prévalence et la stabilité du second.

7. « Diminue » / « progresse ».

Quiz : **La grammaire**

Plusieurs réponses peuvent être correctes.

Les subordonnées conjonctives utilisées comme compléments circonstanciels

1. Complétez les phrases avec les conjonctions suivantes, en utilisant une conjonction différente à chaque fois : *tandis que*, *quoique*, *quoi que*, *quelque… que*, *tout… que*.

a. .... il ait promis de venir, je ne compte guère sur lui.
b. .... Paul est robuste, sa sœur est toujours malade.
c. .... fanfaron .... il est, il a peur d'une souris.
d. .... raisons .... elle me donne, elle est inexcusable.
e. .... il arrive, nous sommes là pour lui prêter assistance.

2. Complétez les phrases suivantes de manière à exprimer la concession en utilisant les conjonctions de subordination et locutions conjonctives. Entourez la bonne réponse.

a. (Bien qu'/Quoi qu') elle ait toujours raison, son amie n'est jamais d'accord avec elle.
b. (Si/Quelque) réjouie qu'elle soit de revoir sa mère, elle n'a pas le sourire aujourd'hui.
c. (Si/Quelque) raisonnable qu'il se montre, ses parents ne lui font guère confiance.
d. (Bien que/Quoi que) l'on connaisse très bien les méfaits du soleil, des vacanciers imprudents ne mettent pas de crème solaire à la plage.

3. Quelles phrases contiennent une proposition subordonnée d'opposition ou de concession ?

☐ a. Je regardais la télévision, pourtant j'avais envie de dormir.
☐ b. Quoique tout les sépare, ils vivent ensemble depuis plus de dix ans.
☐ c. Quand bien même il le voudrait, il ne le pourrait pas.
☐ d. Cet élève écrit si mal qu'on ne peut pas le lire.
☐ e. Contre l'avis de ses parents, Johan a décidé de partir seul en vacances.
☐ f. Si grande que fût sa curiosité, Juliette feignait l'indifférence.

4. Conjuguez le verbe de la subordonnée d'opposition au mode et au temps qui conviennent.

a. Bien qu'il (s'agir) .... encore d'un enfant, il est déjà très fort.
b. Marion est toute brune, tandis que Ludovic (avoir) .... des cheveux rouquins.
c. Quoique tu (faire) ...., je t'accorde toute ma confiance.
d. Si bavarde qu'elle (pouvoir) .... être, il faudra bien que Margot rentre pour dîner.
e. Alors que le repas (être) .... devant lui, Florian n'a pas touché à son assiette.

5. Repérez la ou les phrase(s) contenant une proposition subordonnée CC de condition.

☐ a. Si nous continuons à marcher aussi vite, nous serons bientôt épuisés.
☐ b. Les touristes se demandèrent si leur guide connaissait vraiment la région.
☐ c. Pour peu que l'on touche aux racines d'une plante, celle-ci risque de mourir.

6. Lesquels des verbes en gras sont au subjonctif ?

☐ a. Si tu **venais** mardi, je te donnerais ton cadeau.
☐ b. Au cas où tu **serais** malade, je serai là pour te remplacer.
☐ c. Je le crois à condition qu'il **puisse** prouver ses affirmations.
☐ d. Marine sera enchantée, pourvu que Pierre **vienne** la voir.
☐ e. Les enfants m'écriront pour peu qu'ils **trouvent** du papier.

7. Conjuguez les verbes des propositions principales au temps et au mode qui conviennent.

a. Si tu fermais la porte, je .... (être) plus tranquille.
b. Si vous venez plus tôt, nous .... (bavarder).
c. Rien ne .... (arriver) s'il avait coupé l'eau.
d. Si j'avais eu l'as de cœur, j'............... (gagner).
e. Si tu es fatigué, ...-le (dire).

8. Conjuguez les verbes des propositions principales au temps et au mode qui conviennent.

a. En admettant que tu .... (avoir) raison, qu'arrivera-t-il ?
b. Au cas où il .... (avoir) raison, prenons nos précautions.
c. Invitons-la, pour peu qu'elle .... (vouloir) nous accompagner.

d. Si elle .... (vouloir) venir, elle est la bienvenue.
e. N'importe quel horaire conviendra pourvu que tu .... (être) à l'heure.

Les conjonctions de subordination

9. Dans chaque phrase, le mot « que » est-il une conjonction de subordination ou un pronom relatif ?

a. Je pense que tu t'es trompé de date.
☐ conjonction de subordination
☐ pronom relatif

b. Si tu vas en Australie et que tu te promènes dans la brousse, tu verras des kangourous.
☐ conjonction de subordination
☐ pronom relatif

c. Il me reste un souvenir de mes vacances que je ne suis pas près d'oublier.
☐ conjonction de subordination
☐ pronom relatif

d. Alors que je déjeunais, j'ai entendu un grand bruit qui m'a fait sursauter.
☐ conjonction de subordination
☐ pronom relatif

e. Vous n'imaginez pas la peur que j'ai eue.
☐ conjonction de subordination
☐ pronom relatif

10. Dans quelle(s) phrase(s) le mot en gras est-il une conjonction de subordination ?

☐ a. Je crois **que** tout est prêt.
☐ b. C'est Jeanne **que** je plains.
☐ c. **Où** passent-ils leurs vacances ?
☐ d. Voici le village **où** il habite.
☐ e. **Si** je viens, Luc sera-t-il là ?
☐ f. Thibault est si grand **que** je ne peux l'embrasser.

11. Dans la phrase : « le roman que je t'ai prêté est très beau ! », le mot *que* est :

☐ a. un adverbe exclamatif.
☐ b. une conjonction de subordination.
☐ c. un pronom relatif.

Les différentes façons d'exprimer l'opposition et la condition

12. Quelles sont les phrases qui expriment une opposition ?

☐ a. Comme elle n'a rien pris au petit-déjeuner, elle est tombée dans les pommes.
☐ b. En dépit de son chagrin, il éclata de rire.
☐ c. Elle a eu beau lui expliquer la situation, il n'a pas compris.
☐ d. Tout faible qu'il paraisse, il est capable de porter de lourdes charges.
☐ e. Le tableau est tombé quand il s'est appuyé contre le mur.

13. Indiquez quel procédé syntaxique est utilisé pour exprimer la condition dans la phrase suivante : « Sans ordinateur, il ne pourrait pas travailler. »

☐ a. indépendantes juxtaposées
☐ b. épithète détachée
☐ c. complément circonstanciel

14. Indiquez le procédé utilisé pour exprimer la condition dans la phrase suivante : « Pourvu qu'il soit à l'heure, tout devrait bien se passer. »

☐ a. subordonnée conjonctive
☐ b. subordonnée relative
☐ c. groupe nominal, groupe infinitif

15. Indiquez le procédé syntaxique utilisé pour exprimer l'opposition dans la phrase suivante : « J'aime Paris pourtant je regrette souvent ma Normandie natale. »

☐ a. indépendantes coordonnées
☐ b. indépendantes juxtaposées
☐ c. épithète détachée

16. Indiquez le procédé syntaxique utilisé pour exprimer l'opposition dans la phrase suivante : « Il a bientôt fini son travail ; tu n'as pas commencé le tien. »

☐ a. indépendantes coordonnées
☐ b. indépendantes juxtaposées
☐ c. épithète détachée

L'interrogation indirecte et les types de discours

17. Lesquelles de ces phrases contiennent du discours indirect ?

☐ a. Le détective appela sa secrétaire et lui demanda d'apporter le dossier Johnson.
☐ b. « Le voilà, dit-elle en entrant. Je croyais cette affaire classée ?
☐ c. — Non, le commissaire m'a dit qu'il y avait une nouvelle victime. »

18. Complétez les phrases pour passer du discours direct au discours indirect.

a. Zoé lui a dit : Je t'invite à ma soirée d'anniversaire.
Zoé lui a dit .... à .... d'anniversaire.
b. Son frère lui demanda : Pourquoi n'es-tu pas venu hier ?
Son frère lui demanda .... il ....

19. Dans laquelle de ces phrases le discours indirect libre est-il utilisé ?

☐ a. Mon père m'a demandé si j'avais fermé la porte de la maison à clé.

☐ b. Mon père m'a demandé : « As-tu fermé la porte de la maison à clé ? »
☐ c. Mon père s'interrogeait. Son fils avait-il fermé la porte de la maison à clé ?

20. Indiquez si ces extraits de fables de La Fontaine comportent du discours direct ou du discours indirect.

a. « Va-t'en, chétif insecte, excrément de la terre.
C'est en ces mots que le Lion
Parlait un jour au moucheron. »
☐ discours direct
☐ discours indirect

b. « Un Loup disait que l'on l'avait volé :
Un Renard, son voisin, d'assez mauvaise vie,
Pour ce prétendu vol par lui fut appelé. »
☐ discours direct
☐ discours indirect

c. « Un Astrologue un jour se laissa choir
Au fond d'un puits. On lui dit : Pauvre bête,
Tandis qu'à peine à tes pieds tu peux voir,
Penses-tu lire au-dessus de ta tête ? »
☐ discours direct
☐ discours indirect

d. « La Dame au nez pointu répondit que la terre
Était au premier occupant. »
☐ discours direct
☐ discours indirect

Le lexique

21. Les affirmations suivantes sont-elles justes ?

a. Le sens dénoté d'un mot se trouve dans le dictionnaire.
☐ vrai
☐ faux

b. Le sens connoté se trouve aussi dans le dictionnaire, mais après le sens dénoté.
☐ vrai
☐ faux

c. Dans la phrase « Régine a vu rouge quand son fils lui a rendu sa voiture avec une bosse », il faut prendre rouge dans un sens dénoté.
☐ vrai
☐ faux

22. Lesquels de ces couples de mots sont des paronymes ?

☐ a. maire /mère
☐ b. fils (de couture) / fils (enfants)
☐ c. éminent / imminent

La négation

23. Dans quelles phrases la négation est-elle partielle ?

☐ a. Je ne veux pas sortir ce soir.
☐ b. Je ne peux plus continuer comme ça.
☐ c. Elle ne trouva aucune réponse à lui apporter.

24. Lesquelles de ces phrases comportent une négation lexicale ?

☐ a. Il n'est pas insensible.
☐ b. Mécontent, il décida de partir.
☐ c. Quel ne fut pas son chagrin !

25. Laquelle de ces phrases contient une négation restrictive ?

☐ a. Que ne suis-je venu hier !
☐ b. Je crains qu'il ne parte.
☐ c. Cela ne concerne que lui.

Corrigés

1. a. Quoiqu' ; b. Tandis que ; c. Tout… qu' ; d. Quelques… qu' ; e. Quoi qu'. Si le verbe de la subordonnée d'opposition est à l'indicatif, on emploie l'une des deux conjonctions : *tandis que* ou *tout* (+ *adjectif*) *que*.
Employez les autres conjonctions dans les subordonnées au subjonctif. Pensez que *quelque… que*, s'il encadre un nom, s'accorde avec ce nom. Si vous êtes en difficulté, procédez par élimination : il faut employer une conjonction différente pour chaque phrase. On emploie *quoi que* (en deux mots) quand on peut le remplacer par : *quelque chose que*. Ainsi, la dernière phrase équivaut à : *Quelque chose qu'il* arrive, nous…

2. a. Bien qu' ; b. Si ; c. Si ; d. Bien que.

3. b, c, f. Dans la phrase a., c'est une proposition indépendante qui exprime l'opposition. Dans la phrase e., c'est un groupe nominal qui exprime l'opposition (*Contre l'avis de ses parents*).
La proposition introduite par *si… que* est une subordonnée de conséquence.

4. a. s'agisse ; b. a ; c. fasses ; d. puisse ; e. est. Les conjonctions *bien que*, *quoique* et *si… que* sont suivies d'un verbe au subjonctif ; elles expriment la concession. Les conjonctions *tandis que* et *alors que* sont suivies du mode indicatif ; elles expriment une simple opposition.

5. a, c. Dans la phrase b., la proposition introduite par *si* est une subordonnée interrogative indirecte COD.

6. c, d, e. Attention : le verbe *trouvent* est ici au subjonctif, et non à l'indicatif. Pour vérifier son mode, on peut le remplacer par un verbe du 3e groupe. Ex. : Les enfants m'écriront pour peu qu'ils le veuillent.

7. a. serais ; b. bavarderons ; c. serait arrivé ; d. aurais gagné ; e. dis.

Il faut regarder le temps de la subordonnée introduite par *si*.
Subordonnée au présent → principale à l'indicatif futur ou à l'impératif présent.
Subordonnée à l'imparfait → principale au conditionnel présent.
Subordonnée au plus-que-parfait → principale au conditionnel passé.
Dans les phrases c. et d., la subordonnée de condition est au plus-que-parfait, il faut donc mettre le verbe principal au conditionnel passé : *serait arrivé* (phrase c), *aurais gagné* (phrase d).

8. a. aies ; b. aurait ; c. veuille ; d. veut ; e. sois.
Après les conjonctions *en admettant que*, *pour peu que*, *pourvu que*, on emploie le subjonctif. Attention au subjonctif d'avoir : *que j'aie*, *que tu aies*, *qu'il ait*.

9. a. conjonction de subordination ; b. conjonction de subordination ; c. pronom relatif ; d. conjonction de subordination ; e. pronom relatif.
Dans la phrase *Si tu vas en Australie et que tu te promènes dans la brousse, tu verras des kangourous*, *que* est utilisé pour coordonner entre elles des propositions subordonnées : il remplace alors n'importe quelle conjonction de subordination.
Dans la phrase *Alors que je déjeunais, j'ai entendu un grand bruit qui m'a fait sursauter*, *que* fait partie de la locution conjonctive *alors que*.

10. a, e, f. Dans la phrase b., *que* représente le nom *Jeanne* : c'est un pronom relatif. Dans la phrase c., *où* est un adverbe interrogatif. Dans la phrase d., *où* représente le GN le village : c'est un pronom relatif.

11. c. Le mot *que* est un pronom relatif qui remplace le groupe nominal *un roman* dans la subordonnée.

12. b, c, d. La proposition subordonnée *Comme elle n'a rien pris au petit-déjeuner* exprime la cause. La proposition subordonnée *quand il s'est appuyé contre le mur* a une valeur temporelle causale.

13. c. Deux propositions sont juxtaposées si elles sont simplement séparées par une virgule, un point-virgule ou un deux-points ; une épithète détachée est une expansion du nom (ou du pronom). Elle est séparée du nom auquel elle se rapporte par une virgule. *Sans ordinateur* est un GN complément circonstanciel.

14. a. Le groupe de mots *pourvu qu'il soit à l'heure* est une subordonnée conjonctive.

15. a. Les deux propositions sont coordonnées par l'adverbe *pourtant*.

16. b. Deux propositions sont juxtaposées si elles sont simplement séparées par une virgule, un point-virgule ou un deux-points.

17. a, c. Le groupe infinitif « d'apporter le dossier Johnson » est du discours indirect. Au discours direct, on aurait : « Apportez-moi le dossier Johnson ! »

18. a. qu'elle l'invitait - sa soirée ; b. pourquoi - n'était pas venu la veille.
Le verbe introducteur est à un temps du passé. Il faut donc adopter les temps du système du passé : *inviter* doit être mis à l'imparfait et *venir* doit être mis au plus-que-parfait. *Hier* doit être transformé en *la veille* : *hier* est un indice de temps ancré dans la situation d'énonciation, alors que *la veille* est coupé de la situation d'énonciation.

19. c. La première phrase est au discours indirect, la deuxième au discours direct.

20. a. discours direct ; b. discours indirect ; c. discours direct ; d. discours indirect.
La proposition *que l'on l'avait volé* correspond à du discours indirect. Notez bien que le deux-points, ici, ne sert pas à introduire du discours direct : il marque un rapport logique de conséquence entre les deux propositions.

21. a. vrai, b. faux, c. faux.

22. c. *mère* et *maire* sont des homophones, *fils* et *fils* sont des homographes.

23. b, c. Les négations totales sont formées à l'aide des adverbes *pas* ou *point*.

24. a, b. La négation lexicale est ici construite à l'aide des préfixes *in* et *mé* (*mal*).

25. c. Dans les deux autres phrases, le *ne* est dit « explétif ».

LE GUIDE PRATIQUE

Méthodologie et conseils

La dissertation

Chacun des quatre parcours associés comporte au moins trois extraits d'œuvres différentes de celles du programme. À cela s'ajoute la lecture cursive d'au moins trois autres œuvres intégrales. Enfin, des textes complémentaires seront aussi étudiés tout au long de l'année. Vous disposez donc de plusieurs **exemples maîtrisés** par sujet de dissertation, afin de nourrir votre raisonnement d'arguments solides.

Analyser le sujet

Le sujet peut être une simple **question**, mais aussi une **consigne** à l'impératif (« discutez », « analysez », etc.), lesquelles peuvent inclure une **citation**.

Abordez le sujet sans idée préconçue. Il faut analyser les termes exacts de la question. S'il s'agit d'une citation, toute connaissance sur son auteur, voire sur l'œuvre dont elle est issue, s'avèrera utile. Arrêtez-vous sur chaque terme du sujet en vous demandant ce qu'il implique. Soyez attentif aux expressions employées : « Dans quelle mesure... », « Peut-on vraiment dire... ». S'agit-il de réfuter une thèse, de la discuter, de la soutenir ?

Dès la lecture du sujet, notez au brouillon les idées qui vous viennent immédiatement à l'esprit : vous en écarterez sûrement certaines, mais cela vous permettra de solliciter rapidement vos ressources.

Construire le plan

On distingue principalement deux types de plan. Il est conseillé de faire six ou neuf sous-parties, réparties en deux ou trois parties.

Le plan dialectique confronte différentes thèses, avant que ne soit donné un avis personnel. Il concerne les **questions fermées**, qui appellent une réponse par « oui » ou « non ». En général, on commence par soutenir une thèse en première partie avant de la nuancer en deuxième partie. Dans un troisième temps, on décale un petit peu les termes du sujet. Il faut être extrêmement attentif à ne pas vous contredire d'une partie à l'autre.

Le plan thématique (ou analytique) organise un raisonnement à l'appui d'une thèse, tentant d'en dégager tous les aspects de façon cohérente. Toutes les questions ouvertes se prêtent à ce type de plan. L'astuce consiste alors à trouver trois parties qui correspondent à des niveaux d'analyse différents. Le plan doit être construit selon une progression logique : on part toujours du plus simple pour aller vers le plus complexe. Le plan achevé, toutes vos idées doivent y avoir trouvé leur place.

Rédiger l'introduction et la conclusion

Pour **l'introduction**, procédez en plusieurs étapes : **amenez le sujet, dégagez la problématique, annoncez le plan**. Vous devez situer le sujet dans son contexte (histoire littéraire, événements historiques, etc.) en montrant qu'il a un intérêt. Les phrases trop vagues et générales sont à proscrire. Ensuite, reformulez ou citez la phrase du sujet : s'il s'agit d'une citation un peu longue, vous pouvez la tronquer en conservant les mots essentiels. Dégager la problématique revient à montrer en quoi la question posée par le sujet donne matière à réfléchir. Cette étape doit vous permettre d'indiquer dans quel sens va progresser votre argumentation. On peut formuler la problématique sous forme d'une ou plusieurs questions. Enfin, il faut annoncer votre plan, en mettant l'accent sur les articulations logiques entre les parties.

La conclusion est peut-être la dernière étape de la dissertation, mais ce n'est pas la moins importante. C'est sur cette **note finale** que le correcteur restera. Il est conseillé de rédiger au brouillon la conclusion, avant même de commencer le développement. Vous saurez ainsi dès le départ où vous souhaitez aboutir. La conclusion a une double fonction : d'une part récapituler le chemin parcouru en mettant l'accent sur ce que vous avez démontré ;

L'ÉPREUVE ORALE

L'épreuve orale permet d'apprécier la qualité de l'expression orale du candidat ainsi que sa capacité à développer un propos et à dialoguer avec l'examinateur. Elle est précédée d'un temps de préparation de 30 minutes et composée de deux parties qui s'enchaînent : l'exposé (12 minutes) et la présentation d'une œuvre (8 minutes).

L'EXPOSÉ (10 POINTS)

Le passage que vous aurez à expliquer est tiré de la liste d'œuvres et de textes que vous avez étudiés au cours de l'année. Lisez attentivement le texte plusieurs fois en mobilisant vos connaissances sur l'auteur, le genre, la période, la forme, etc. Au fil de la lecture, n'hésitez pas à annoter le texte. Listez au brouillon les premières idées qui vous viennent.

Il faut dégager un axe de lecture, une perspective qui orientera votre explication et montrera l'intérêt du passage étudié. Pour déterminer cet axe, posez-vous des questions : Qui parle ? De quoi ? Quel est l'enjeu du texte ? Quel est son plan (les différents mouvements du passage) ? Quel registre et quelle tonalité sont employés ? En quoi ce passage est-il caractéristique d'un mouvement ou d'un genre ?

La lecture méthodique est structurée en quatre étapes :

- l'introduction situe le texte dans l'œuvre et dans l'histoire littéraire ;
- la lecture à haute voix doit montrer que vous comprenez le sens du texte et respectez son ton, sa forme, etc. (en poésie, faites attention en particulier au mètre du vers) ;
- l'analyse proprement dite développe votre axe de lecture ;
- la conclusion récapitule les points les plus importants et tente une ouverture vers d'autres problématiques ou d'autres textes.
- Pour développer votre axe de lecture, vous devez suivre l'ordre du texte.

d'autre part, élargir le sujet, par exemple en évoquant une autre œuvre du même auteur, un courant littéraire qui s'est opposé par la suite à celui dont vous avez parlé.

Rédiger le développement

L'organisation générale du développement doit montrer que votre dissertation est cohérente et progresse : chaque partie ou sous-partie s'achève sur une transition qui récapitule ce qui vient d'être dit et fait le lien avec la partie suivante. Il est important d'illustrer chaque idée par des **exemples**, qui doivent être concis et présentés uniquement en fonction de l'idée qu'ils servent. Si vous choisissez d'introduire des citations, veillez à bien leur attribuer un auteur, à les mettre entre guillemets, à les retranscrire à la lettre et à signaler par des crochets tout passage supprimé. Pensez à soigner la présentation en aérant votre devoir par des sauts de lignes.

Le commentaire de texte

Un commentaire de texte consiste à montrer **de façon développée, littéraire et riche** que l'on a compris le texte proposé et que l'on est capable de l'analyser logiquement. On est évalué non seulement sur son contenu, mais aussi sur sa structure.

Conseils pour le brouillon

Commencez par **résumer le texte** en une phrase, ou son thème principal : ce qui constitue le premier niveau de lecture. Cela vous aidera pour trouver la problématique et à présenter le texte dans l'introduction.

Ensuite, faites un relevé des procédés poétiques, romanesques, théâtraux ou argumentatifs et cherchez un plan.

Trois types de procédés peuvent être relevés :

– **les procédés grammaticaux :** temps verbaux, fonction, nature, ponctuation, etc. ;

– **les figures de style :** métaphores, hyperboles, comparaisons, énumération, anaphore, litote, etc. ;

– **les procédés liés au genre littéraire étudié :** procédés théâtraux, poétiques, romanesques ou argumentatifs.

Construire le plan

Idéalement, un plan de commentaire comporte six ou neuf sous-parties, réparties en deux ou trois parties. La première partie constitue le premier niveau d'analyse, la deuxième correspond à un niveau de lecture plus subtil, plus complexe. La troisième va encore plus loin.

La première ou deuxième partie peuvent prendre pour appui une **notion fondamentale** liée au genre étudié. Par exemple : le jeu sur les sonorités d'un poème. Pour la troisième partie, pensez aux grandes problématiques liées aux **genres littéraires** étudiés en classe.

Rédiger l'introduction et la conclusion

Pour **l'introduction**, les étapes à suivre sont les suivantes :

– commencez par une entrée en matière, dans laquelle vous pouvez faire une ou deux phrases sur le genre littéraire étudié (poésie, roman, théâtre, discours...). Essayez de relier cette entrée en matière avec le texte étudié ;

– présentez l'auteur et l'extrait, en résumant le texte de la façon la plus synthétique possible (deux ou trois phrases) ;

– présentez votre problématique, qui peut être introduite par « Ainsi, en quoi... ? », ou « Ainsi, dans quelle mesure... ? ». On peut aussi utiliser la forme indirecte : « Nous montrerons... » ;

– annoncez le plan, en rédigeant soit une phrase par partie annoncée, soit une seule phrase.

En **conclusion**, résumez les deux ou trois grandes parties de votre devoir en les reliant à la problématique, puis faites une ouverture sur un autre texte du même genre, en formulant bien le lien que celui-ci entretient avec le texte commenté.

Rédiger le développement

La première (et parfois deuxième) phrase de chaque sous-partie correspond au titre de celle-ci en lien avec le titre de la partie et avec la problématique. On y donne l'idée directrice de la sous-partie.

Ensuite, alternez (dans l'ordre que vous voulez) citation **courte** (ou plusieurs mots, comme des champs lexicaux) et **analyse de cette citation par un procédé littéraire ou grammatical, ou par une interprétation personnelle.** Chacune de vos citations doit être impérativement expliquée.

ATTENTION !

Dans la préparation de son cours, le professeur de la classe a lui-même le choix entre trois œuvres (et leur parcours associé) proposés par le programme national pour chacun des quatre objets d'étude (poésie, roman, théâtre et littérature d'idées). Ainsi, le jour du baccalauréat, vous aurez le choix entre trois sujets (chacun sur le même objet d'étude). Il s'agira évidemment de ne pas vous tromper et de choisir le sujet qui correspond au parcours étudié au cours de l'année.

LA QUESTION DE GRAMMAIRE (2 POINTS)

La question de grammaire porte sur un extrait du texte, souvent une phrase courte. Lisez-la attentivement et définissez le type de question posée (fonction ou nature d'un mot ou groupe de mots, construction d'une phrase, valeurs de temps verbaux).

LA PRÉSENTATION D'UNE ŒUVRE CHOISIE (8 POINTS)

La présentation de l'œuvre que vous avez choisie doit être méthodique.

Situation et analyse de l'œuvre

Rappelez-en l'auteur, le titre, la date, le genre, le mouvement littéraire et le contexte, dites de quoi elle parle, en suivant par exemple un schéma narratif ou actanciel, évoquez son intérêt et ses particularités. Par exemple, vous pouvez en souligner les significations majeures. Enfin, vous pouvez commenter le style, le genre, les tonalités, les registres, les images...

Raisons de son choix

Revenez sur vos impressions de lecture, vos émotions, l'éventuelle identification à un personnage ou à une situation. Vous devez souligner tout ce qui a résonné en vous. Tout en nuançant, vous pouvez exprimer un jugement sur l'œuvre, sans jamais tomber dans la caricature « positif / négatif ». Préférez distinguer ce qui vous a touché, par rapport à ce qui vous a laissé plus indifférent. Enfin, expliquez pourquoi cette œuvre peut encore plaire aux lecteurs d'aujourd'hui, voire les éclairer en vous inspirant si possible de l'actualité.

L'examinateur vous posera ensuite plusieurs questions, qui vérifieront votre bonne maîtrise de l'œuvre présentée. Écoutez-les attentivement et répondez-y à l'aide d'arguments précis. Tâchez d'approfondir et de toujours nuancer vos propos.

S'organiser pour mieux réviser

Pendant l'année

Imprégnez-vous du programme de l'année. Les objets d'étude ont déjà été abordés au collège (théâtre, roman, nouvelle, poésie, argumentation) et en seconde (genres et registres, roman et nouvelle, argumentation, éloge et blâme, comédie et tragédie, mouvements littéraires du XIXe et du XXe siècle...). Vous possédez donc déjà des connaissances sur ce programme, mobilisez-les.

Lisez les œuvres intégrales selon les indications de votre professeur en prenant des notes afin d'éclaircir en classe les passages ou les notions qui vous semblent difficiles à comprendre.

Lisez les œuvres proposées en lecture cursive : elles enrichiront vos connaissances sur l'objet d'étude. **Apprenez vos cours régulièrement et activement** : chaque fois qu'un texte a été étudié en classe, assurez-vous de l'avoir compris.

Posez-vous à chaque fois la question simple : « Qu'est-ce qui justifie le fait qu'on ait étudié ce texte en classe ? »

La **« fiche synthétique »** est une bonne solution pour s'approprier le texte et en dégager les idées maîtresses : sur une fiche bristol facilement manipulable, notez par exemple le plan de l'explication suivi en classe, les mots-clés (objet d'étude : argumenter, convaincre, persuader, délibérer ; genre : roman ; registre : lyrique ; mouvement littéraire : surréalisme...).

Pour l'oral

À partir de la trame rédigée sur votre fiche, essayez à votre tour de proposer une **explication du texte sans vous référer au cours**.

Quoi qu'il en soit, sachez qu'un extrait dont l'explication en classe a été apprise « passivement » donnera lieu à coup sûr à un rabâchage ennuyeux, et vous serez vite déstabilisé(e) par la question de l'examinateur.

Soignez chaque intervention en classe, développez vos réponses avec clarté et en argumentant. Efforcez-vous d'être précis(e) et clair(e) : chaque prise de parole est pour vous un bon entraînement.

Révisez des points de grammaire régulièrement, car vous ne pourrez pas le faire à la dernière minute, et entraînez-vous à la lecture des textes.

Préparez bien en amont votre présentation de l'œuvre que vous choisirez, en tenant par exemple un carnet de lecture dans lequel vous noterez vos impressions et indiquerez les passages qui vous paraissent particulièrement importants et intéressants.

Pour l'écrit

Après chaque séquence, faites le bilan de l'essentiel à retenir sur une fiche.

Lors des travaux d'écriture (dissertation, commentaire), récapitulez vos points forts et vos points faibles sur l'objet d'étude concerné ; **revoyez ce qui vous a posé un problème** : mobilisation/utilisation des connaissances, compréhension du sujet, méthodologie de l'exercice, outils d'analyse (figures de style, narratologie, argumentation, etc.).

Décembre/janvier

En général, le premier bac blanc écrit se déroule à cette période. C'est l'occasion de tester vos capacités. Évaluez votre **gestion du temps** pour chaque épreuve : est-ce que je manque de temps ? Est-ce que je termine vite ? Trop vite ? Quelles sont les raisons de cette mauvaise ou de cette bonne gestion du temps ?
Essayez de trouver des solutions pour mieux gérer le temps : se concentrer davantage sur le travail, commencer par ce que vous savez faire, ne pas rédiger un brouillon complet mais un plan détaillé, garder du temps pour relire...
Testez vos connaissances : suis-je capable de trouver les mots-clés du sujet ? Suis-je capable de mobiliser mes connaissances sur le sujet ? Quelles notions, quelles techniques sont bien maîtrisées ? Lesquelles doivent être consolidées ?
Établissez un **programme de travail et de révision** à partir de vos observations, de l'évaluation et des conseils du professeur.

Avril/mai

En général, le second bac blanc écrit se déroule à cette période.
Vérifiez vos progrès dans la gestion du temps, dans la maîtrise des notions et des techniques (analyse du sujet, mobilisation des savoirs, méthodologie de l'écrit).
Effectuez les ajustements nécessaires en vous entraînant avec des **sujets zéro** (corrigés) : commencez par le type d'écrit où vous avez des difficultés. Ensuite, entraînez-vous avec un sujet, réalisé dans les conditions de l'examen. En avril, commencez vos révisions, pour préparer l'oral blanc et l'épreuve officielle (écrit et oral).

Mai/juin

En général, le bac blanc oral se déroule à cette période. C'est l'occasion de vous entraîner dans les conditions de l'examen, notamment pour l'entretien.
Revoyez l'essentiel à savoir :
• les **synthèses et les bilans** dans votre cahier et/ou dans votre manuel ;
• les **outils d'analyse** des différents discours (narratif, descriptif, argumentatif), des genres (poésie, théâtre, récit), les figures de style, l'histoire littéraire (les mouvements).
Les lectures faites en début d'année seront lointaines en mai et juin, assurez-vous d'avoir une fiche (en particulier un résumé) qui vous permette de rafraîchir votre mémoire car vous n'aurez pas le temps de tout relire !
Enfin, les **lectures personnelles** que l'enseignant vous aura conseillées seront un atout indéniable, elles enrichiront votre culture, vous permettront de vous démarquer en prouvant à l'examinateur votre intérêt et votre curiosité.

Réviser en groupe

S'entraider

Avoir un groupe de camarades de classe est un bon moyen de rester confiant(e) et motivé(e) toute l'année. C'est l'effet de groupe. On apprend à se faire confiance et à compter les uns sur les autres. En cas d'absence d'un des membres du groupe, un autre membre **lui transmettra le cours spontanément**. Un esprit d'équipe se crée au fil des jours. On discute plus librement de nos espoirs et de nos doutes car on vit les mêmes phases de haut et de bas. Comme on partage le même but, on se sent mieux compris(e) que par nos parents ou notre entourage proche, qui ne vivent pas la même chose. Le groupe a deux valeurs ajoutées méconnues : nous maintenir dans la perspective du processus de révision – on est porté par la force du groupe – et maintenir ce lien social dont nous avons tous besoin sans risque de décrocher.
Vous pouvez **partager vos fiches de révision**. Découvrir la façon dont les autres abordent une matière vous permet d'élargir votre compréhension d'une notion car chacun a ses propres idées et ses propres façons de comprendre les choses. Et si vous n'êtes pas d'accord, vous pouvez lancer un débat. Créer une discussion argumentée vous obligera à voir si les bases de connaissances sur lesquelles votre conviction repose sont solides ou si elles méritent d'être révisées.
Il est également possible de **vous inspirer des méthodes et astuces de travail** des uns et des autres. Une personne du groupe excelle peut-être à concevoir un calendrier de révision réaliste. Une autre à élaborer des visuels ou des cartes mentales de synthèse très utiles pour réviser. Osez montrer vos talents et les mettre au service des membres du groupe, ils vous en seront reconnaissants et vous augmenterez votre confiance en vous.

Enseigner

L'un des moyens les plus efficaces d'apprendre quelque chose est de l'enseigner. Pour enseigner une notion, vous devez d'abord bien la comprendre, c'est donc un moyen efficace de vérifier ce que vous savez.

Vous pouvez aussi faire une session « enseignement » : chacun sélectionne un sujet, qu'il révise avant, et l'enseigne au groupe comme un prof. La réflexion que vous devez mener pour déterminer le plan du cours, la somme des connaissances à apprendre au groupe et comment leur expliquer les concepts clés est très efficace pour l'apprentissage. Vous identifierez rapidement les lacunes dans vos connaissances et dans votre compréhension, et vous trouverez ainsi les sujets sur lesquels vous devez vous concentrer pour l'examen ou l'évaluation de fin de module. Allez jusqu'à imaginer les questions à leur poser à la fin pour voir s'ils ont tout compris : de cette façon, tout le monde travaille.

Jouer

Les jeux sont très efficaces car le cerveau retient mieux quand il s'amuse : c'est la science qui le dit, alors profitez-en. Et les jeux fonctionnent très bien en groupe. Entendons-nous bien, le conseil n'est pas de faire en fin de chaque session une partie de Mario Kart – quoique, exceptionnellement, cela peut être bon si la pression est trop forte –, le conseil est de jouer à des jeux « ludo-éducatifs » : des jeux au cours desquels vous apprenez quelque chose.

Quelques conseils pour bien gérer le groupe

1. Choisir des personnes en qui vous avez confiance et qui sont positives. Limiter la taille du groupe : quatre personnes est un bon chiffre.

2. Choisir des **lieux de travail les plus éloignés possible des distractions**. C'est pourquoi les bibliothèques sont souvent privilégiées, mais, quel que soit le lieu, les smartphones doivent être mis en mode avion. Et si l'un des membres dispose d'un lieu sympa chez lui, pourquoi ne pas essayer d'en faire un espace pour les révisions du groupe ?

Avantages du groupe et ses différentes formes

Pour convaincre les indécis, retenez que le groupe vous permettra même de résoudre des problèmes qu'aucun(e) de vous ne pouvait résoudre seul(e). En effet, selon les recherches du MIT Media Lab, le groupe est le lieu d'un phénomène étonnant appelé **« intelligence collective »** ou « supplément d'intelligence », l'intelligence du groupe étant plus grande que la somme des intelligences des membres qui la composent.

Connaître son stress pour mieux l'apprivoiser

Le mécanisme du stress

Le stress est un sentiment très personnel : tout le monde ne stresse pas pour les mêmes raisons et ne gère pas cet état de la même façon. En revanche, la réaction biologique à l'origine de ce malaise est similaire d'un individu à l'autre. Tout commence par un **stimulus** stressant (par exemple la prise de conscience soudaine... que le bac n'est plus que dans deux semaines !!!). Instantanément, le cœur s'emballe, l'estomac se noue et les muscles fléchissent. Lors de cette première **phase d'alerte**, un maximum d'énergie est mis à la disposition de l'organisme pour qu'il puisse réagir vite et bien à la situation.

Une décharge d'**adrénaline** (hormone sécrétée par les glandes surrénales, situées au-dessus des reins), commandée par le cerveau, entraîne une accélération du rythme cardiaque et facilite la libération de sucre par le foie. Les muscles disposent alors de toutes les ressources nécessaires (oxygène et sucre) pour se mettre rapidement en action. Parallèlement, la mémoire, la réflexion et la vision sont améliorées.

Si le stress se poursuit, l'organisme entre dans une **phase de résistance**. Il sollicite de nouvelles ressources énergétiques et tente de rétablir son équilibre. Pour cela, il sécrète des hormones comme le **cortisol**, qui stimule la libération de glucose dans le sang, ou l'endorphine, aux vertus apaisantes. À ce stade, le stress a une action bénéfique sur l'organisme d'un point de vue biologique.

Pourtant, s'il se prolonge davantage, le stress provoque une **phase d'épuisement**. L'organisme n'a plus les ressources énergétiques suffisantes pour continuer à gérer la situation. Par ailleurs, ses défenses immunitaires faiblissent. On devient fatigué, irritable, voire déprimé.

Le stress, ami ou ennemi ?

Lors des phases d'alerte et de résistance, le stress peut aider à avoir les **bons réflexes** face à une situation déstabilisante : trop souvent, on oublie cet **aspect positif** du stress ! Psychologue, psychothérapeute et sophrologue, Patricia Serin[1] souligne que le stress « nous permet d'optimiser nos facultés. Il est normal, et même opportun, de se sentir stressé avant un examen par exemple : l'inverse signifierait que l'on ne se sent pas concerné... »

Mais si la tension est trop importante, le stress devient **nuisible** : on se laisse déborder par lui. À cela, s'ajoutent le niveau de tolérance et l'expérience de chacun. Nous ne sommes pas égaux devant le stress : certains l'encaissent plus longtemps que d'autres.

Le stress modifie le comportement et la perception de l'environnement et cela peut avoir des conséquences néfastes. Ainsi, le **sentiment d'urgence**, ressenti par exemple à l'approche d'un examen, constitue une charge mentale importante qui risque de prendre le pas sur tout le reste : la personne trop stressée néglige alors son sommeil, son alimentation, absorbe des excitants et des drogues (comme le tabac ou l'alcool) au mépris de sa santé et de sa sécurité.

En outre, les capacités d'attention et les stratégies de prise d'information sont dégradées : si le stress a pu servir d'impulsion initiale pour se mettre au travail, il peut nuire à l'assimilation des connaissances et perturber la sérénité des révisions !

Le saviez-vous ?

Le terme *stress* vient de l'ancien français *estrece* qui veut dire « oppression » et est lui-même issu du verbe latin *stringere* signifiant « serrer ». Le mot fait ensuite un détour par l'Angleterre et revient d'outre-Manche avec le sens de « contrainte ». Il est alors utilisé en physique pour désigner une contrainte excessive exercée sur un matériau, conduisant à sa déformation ou à sa rupture. C'est par extension que l'on passe au sens courant, psychologique.

1. www.serin-patricia.com

Français : la synthèse du programme

LA POÉSIE DU XIXe AU XXIe SIÈCLE

- **Révoltes et révolutions poétiques**
  - Arthur Rimbaud, *Cahier de Douai* (1919)
  - Parcours : émancipations créatrices
    - Bertrand, *Gaspard de la nuit* (1842)
    - Breton, *Manifeste du surréalisme* (1924)
- **« Ut pictura poesis »**
  - Francis Ponge, *La Rage de l'expression* (1952)
  - Parcours : dans l'atelier du poèt
    - Char, Arp, Braque, *Lettera amorosa* (rééd., 2007)
    - Éluard, Miró, *À toute épreuve* (1958)
- **Retraits poétiques**
  - Hélène Dorion, *Mes forêts* (2021)
  - Parcours : la poésie, la nature, l'intime
    - Lamartine, *Les Méditations poétiques* (1820)
    - Vigny, *La Maison du Berger* (1844)

LA LITTÉRATURE D'IDÉES DU XVIe AU XVIIIe SIÈCLE

- **Les fonctions du rire**
  - Rabelais, *Gargantua* (1534)
  - Parcours : rire et savoir
    - Cervantès, *Don Quichotte* (1605-1615)
    - Sterne, *Tristram Shandy* (1759)
- **Plaire et instruire**
  - La Bruyère, *Les Caractères*, livres V à X (1670)
  - Parcours : la comédie sociale
    - La Fontaine, *Fables* (1668-1694)
    - Voltaire, *Candide* (1759)
- **Persuader et convaincre**
  - Olympe de Gouges, *Déclaration des droits de la femme et de la citoyenne* (1791)
  - Parcours : écrire et combattre pour l'égalité
    - Beauvoir, *Le Deuxième sexe* (1949)
    - Rousseau, *Discours sur l'origine et les fondements de l'inégalité parmi les hommes* (1755)

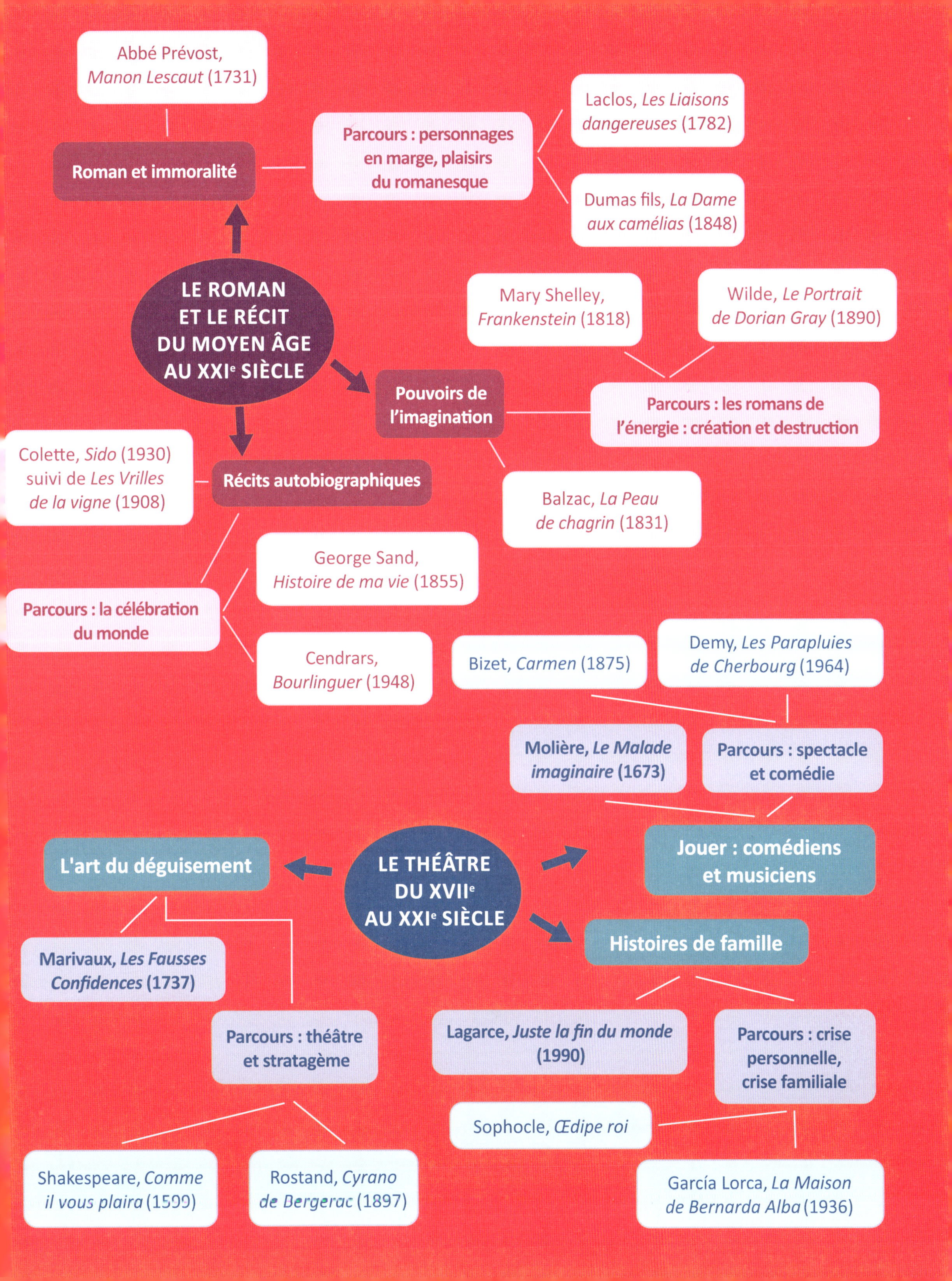
Abbé Prévost, *Manon Lescaut* (1731)
Roman et immoralité
Parcours : personnages en marge, plaisirs du romanesque
Laclos, *Les Liaisons dangereuses* (1782)
Dumas fils, *La Dame aux camélias* (1848)
LE ROMAN ET LE RÉCIT DU MOYEN ÂGE AU XXIe SIÈCLE
Mary Shelley, *Frankenstein* (1818)
Wilde, *Le Portrait de Dorian Gray* (1890)
Pouvoirs de l'imagination
Parcours : les romans de l'énergie : création et destruction
Balzac, *La Peau de chagrin* (1831)
Colette, *Sido* (1930) suivi de *Les Vrilles de la vigne* (1908)
Récits autobiographiques
Parcours : la célébration du monde
George Sand, *Histoire de ma vie* (1855)
Cendrars, *Bourlinguer* (1948)
Bizet, *Carmen* (1875)
Demy, *Les Parapluies de Cherbourg* (1964)
Molière, *Le Malade imaginaire* (1673)
Parcours : spectacle et comédie
Jouer : comédiens et musiciens
LE THÉÂTRE DU XVIIe AU XXIe SIÈCLE
L'art du déguisement
Histoires de famille
Marivaux, *Les Fausses Confidences* (1737)
Parcours : théâtre et stratagème
Lagarce, *Juste la fin du monde* (1990)
Parcours : crise personnelle, crise familiale
Sophocle, *Œdipe roi*
Shakespeare, *Comme il vous plaira* (1599)
Rostand, *Cyrano de Bergerac* (1897)
García Lorca, *La Maison de Bernarda Alba* (1936)

Crédits iconographiques

Couverture

Sidonie-Gabrielle Colette, 28 janvier 1873 - 3 août 1954. Photo © Dariush/Fototeca / Bridgeman Images

Le roman et le récit du Moyen Âge au XXIe siècle

p. 6 : La rencontre de Des Grieux et Manon Lescaut, gravure d'Hubert-François Gravelot, wikicommons - p. 8 : Charles Augustin Sainte-Beuve (1804-1869), wikicommons - p. 12 : Portrait d'Honoré de Balzac / Wikicommons - p. 14 : Illustration de La Peau de chagrin par Adrien Moreau, wikicommons - p. 20 : Maison de Colette dans l'Yonne par Memnon, Travail personnel, CC BY-SA 4.0, wikicommons - p. 18 : Portrait de Colette, vers 1896, par Ferdinand Humbert, wikicommons

Le théâtre du XVIIe au XXIe siècle

p. 8 : Louis Boulanger en 1836. ©Gwengoat

Le théâtre du XVIIe siècle au XXIe siècle

p. 26 : *Portrait de Jean-Baptiste Poquelin, dit Molière*, par Pierre Mignard, wikimedia commons - p. 29 : Gravure d'un médecin © wynnter/iStock - p. 30 : *Portrait de Pierre Carlet de Chambain de Marivaux* par Louis-Michel von Loo, wikimedia commons - p. 32 : théâtre © aerogondo/iStock - p. 34 : Jean-Luc Lagarce © DeepBlue98 - Own work, CC BY-SA 4/wikimedia commons - p. 37 : masque © Gldburger/iStock.

La poésie du XIXe siècle au XXIe siècle

p. 46 : Victor Hugo © iStock - p. 48 : Portrait d'Alphonse de Lamartine (1790-1869), 1830 (huile sur toile), Decaisne, Henri (1799-1852) © Musée Lamartine, Macon, France / Bridgeman Images

p. 50 : Charles Baudelaire DR - p. 52 : Epitavi/iStock - p. 54 : Calligramme, wikimedia commons

p. 56 : *Le jeune Bacchus*, Caravage (1571-1610), c. 1589 (huile sur toile), / Galleria degli Uffizi, Florence, Toscagne, Italie / Bridgeman Images

La littérature d'idées du XVIe au XVIIIe siècle

p. 68 à 78 : Wikimedia commons

Grammaire

p. 85 : © fstope123/iStock - © Mykola Sosiukin/iStock - © MediaProduction/iStock © JazzIRT/iStock - p. 89 : © Image Source/iStock

Le guide pratique

p. 87 : FatCamera/iStock - PeopleImages/iStock - Steve Debenport/iStock p. 88 : fizkes/iStock ; p. 90-93 : © asiseeit/iStock ; © wutwhanfoto/iStock ; © triloks/iStock ; © katerinasergeevna/iStock

EAN : 9782820815378

Éditions rue des écoles – 15 boulevard Bourdon - 75004 Paris
Achevé d'imprimer en Turquie par Print Factory, en août 2023
Dépôt légal : août 2023